Guldgrävaren Arvid

Form och omslag: Hans Paulson
ISBN: 978-7118-962-2
Proprius.se

Guldgrävaren Arvid

Christina Lövestam

Roman

Kapitel 1

1902

Arvid är 20 år och soldat i Västmanlands regemente. Han tjänstgör i Salbohed. Som indelt soldat har han ett eget soldattorp i Dalvik. Det ligger bara några kilometer från familjens hus i Älgsjöbo, inte så långt från Fagersta. Han är nöjd med att ha sitt eget. Visserligen borde bonden, som ansvarar för det, ha reparerat taket för längesen, men hellre än att vänta ut honom, har Arvid gjort jobbet själv i våras. Så nu läcker det inte ens om det blir störtregn. Köket med den öppna spisen har en fin inmurad bakugn. Han kan baka sitt eget bröd och han vet hur man gör. Hur många gånger har han inte sett på, när Mor bakat bröd? Det brukar bli bra.

När han tjänstgör sover han med de andra soldaterna i logementet. Som vanligt vaknar han halv sex. Varje morgon likadant. Nu när det är sommar är det fullt dagsljus, när han vaknar. Solen lyser in genom fönstret. De andra fem soldaterna på luckan sover. Viktor andas ljudligt, och Gunnar snarkar. De andra ligger alldeles stilla och tysta.

Arvid stiger ur sängen och går ut. Daggen i gräset glittrar. Det doftar grönt. Han drar in luften genom näsan och andas djupt. Han har skorna på sig, även om han gått ut i kalsonger och undertröja. Men han vill inte gå barfota i gruset. Det ligger alltid litet splitter och skräp på gården.

Morgonstunden medan de andra sover är hans egen tid. Ingen stör honom. Det är då han tänker på saker som finns på annat håll. Han tänker på Far och på gården. Far håller på med sitt supande som vanligt. Arvid och han har aldrig gått bra ihop. Inte sedan alla dessa gånger han som barn blivit ivägskickad för att hämta brännvin hos någon av Fars kompisar, Kalle och Pelle och de andra. Han tänker också på hur Far försökt hindra Arvid att konfirmeras. Men den gången var det inte Far som kunde bestämma det, utan prästen. Det hade känts som en triumf för Arvid, att han faktiskt blev konfirmerad. Numera verkar Far ändå kunna sköta arbetet i hyttan, men gården förfaller, även om han anställt en dräng. Arvid tänker på hur det skulle kunnat vara, om Mor varit i livet. Det är för tidigt att mista sin Mor när man bara är åtta år, tänker han. Han tänker vidare på sin storasyster Andrietta, och han tänker på vad han själv ska göra av livet. Vilka val han har. Ofta tänker han också på sina sparade pengar. Slanten han hittade den där gången utanför Kalles stuga, när han skulle hämta brännvin åt Far för många år sedan, är hans grundplåt. En amerikansk dollar. Den ligger där i botten av skrinet under golvplankan närmast hörnet vid sängen i torpet. Nu har dollarn sällskap av ganska mycket mer pengar. Flera års sparande. Så mycket som möjligt sparar han. Han lever ju ensam, även om han vet att det förväntas, att han snart borde gifta sig. Det är meningen att en soldat ska vara gift, när han har soldattorp. Men den saken får vänta. Om han jobbar extra som vägare vid bruket och med odlingarna vid torpet, samtidigt som han har sin soldatsold, bör det kunna bli en biljett till Amerika med tiden. Reveljen går och väcker Arvid ur tankarna och kamraterna ur sömnen.

Dagarna på regementet kräver uppmärksamhet. Om man inte är närvarande och hör upp när sergeanten ropar, blir det inte roligt.

Kapitel 2

Arvid är på besök i Älgsjöbo. Han ska följa med Andrietta till torget. Hon gör iordning alla de fina grönsakerna och blommorna, inslagna i papper, och lägger dem i kärran, Hon är stolt över sin trädgårdstäppa. Såväl morötter och rädisor som tomater har gått bra i år. Dillen och persiljan är gröna och frodiga. Och gurkorna kommer att bli fina om några veckor. Hon böjer sig ner över grönsakerna och drar in doften.

"Känn så det doftar", säger hon till Arvid. Han gör likadant, och tar ett djupt andetag med näsan i morotsblasten.

"Synd att du ska sälja det finaste", mumlar han.

"Men du vet ju, att vi behöver få in litet förstärkning till hushållskassan. Och det är roligt att stå på torget och sälja på lördagarna. Här hemma ser jag bara de vanliga grannarna och Far. På torget är det många nya ansikten."

Arvid drar kärran. Det är fem kilometers väg till torget. Väl framme gör de i ordning bordet de haft med sig, och Andrietta placerar grönsakerna och blommorna på ett inbjudande sätt. Det är fullt med stånd, där folk säljer sina alster. Man kan köpa fina bröd och småkakor. Några har med sig saft och sylt och säljer, och en och annan har starkare varor på sina bord. Redan klockan åtta är kommersen i full gång och känslan av folkfest infinner sig. Arvid går iväg en stund och ser på alla borden. Han träffar ett par skolkamrater, och två av soldaterna från kompaniet, Gunnar och Viktor.

"Vad gör ni här?", frågar Arvid förvånat när de möts.

"Vi tyckte vi ville ta en tur på cykel, och se hur det går till på torget i Söderbärke. Och kanske hitta ett och annat drickbart", säger Viktor. "Det där är din syster, va?", fortsätter han och nickar mot bordet där Andrietta står. Hon tycks fullt upptagen med att sälja varor.

"Ja", säger Arvid. "Det är Andrietta. Men hon är för gammal för dig."

"Vadå, för gammal, hon ser väl ut att vara i sin bästa ålder."

"Ja, det är hon men inte för dig."

Viktor ler litet snett.

”Var inte så säker på det du”, är det sista Arvid hör innan de skiljs åt.

Andrietta är röd om kinderna. Hon pratar ivrigt med sin kund, en ung man som kanske kan vara några år äldre än hon. Arvid tycker att han sett honom förut, men det är ju så. Bor man i grannbyarna, känner man ju igen varandra.

Det dröjer inte länge förrän Andrietta har sålt allt de haft med till torget. Hon går in i butiken för att handla litet socker och jäst. Arvid följer med in. Golvet har mörkröda stenplattor, och det luktar som det gör i en speceriaffär. Sött, surt, bröd, sill, jäst, grädde.

”Jag ska baka, när vi kommer hem”, viskar hon till honom, medan hon väntar på sin tur.

”Har du en hemlig gäst?”, viskar han tillbaka och ser litet roat på henne. Hon rodnar.

”Nåja, man får ju ha litet gott bröd i huset, när det blir helg”, säger hon lågt och ler.

Hon köper sitt socker som expediten häller upp i en papperspåse och försluter med en brun pappersremsa som fuktas genom att dras genom ett vattenbad. Det luktar litet sött av klistret. ”Hur mycket jäst önskas?”, säger han?

”Ett hekto, tack”, svarar Andrietta.

Expediten tar fram jästen som är i ett stycke, stort som en limpa, lägger den på en skärbräda och skär av ett par cm med hjälp av en metalltråd. Så rullar han in jästen i ett vitt omslagspapper och viker ihop änden.

Andrietta betalar och lägger varorna i en av sina korgar.

Kapitel 3

Arbetet med att sköta soldattorpet i Dalvik tar sin tid, när han är ledig från soldatuppgifterna. Han hjälper också till ibland hemma i Elgsjöbo. Drängen har visat sig ganska lat, så det behövs litet extra arbete också från Arvids sida.

Många gånger har Andrietta pratat om, att lillebror Reinhold är en drömmare, som mest fördjupar sig i böcker om fjärran länder. Han säger att han ska bli sjöman när han blir stor. Snart är han ju stor, faktiskt, han blir femton i år. Men han hjälper inte till särskilt mycket. Arvid går hem till gården framför allt för att Andrietta behöver honom. Erik Anders från grannbyn har kommit på besök till Älgsjöbo då och då under hösten. Och Arvid har allt sett, att Andrietta sprungit runt och nästan varit litet virrig och röd om kinderna och velat ha allting så fint och gott och servera honom.

Under ledigheten ett par dagar i slutet av februari, är Arvid på besök igen i Elgsjöbo. Andrietta är dämpad, och inte alls glad som vanligt. Hon ordnar med allt, men det är något tungt över henne. En eftermiddag är de ensamma i köket. De sitter vid köksbordet med en kopp kaffe.

”Hur är det?” frågar han.

”Inte så bra, tror jag”, svarar hon.

”Vad är det som inte är bra?”

”Det ska jag tala om för dig, och du är den förste som får veta det. Jag väntar barn.”

”Oj, ska du ha en unge!” Arvid blir tyst en liten stund. ”Jag antar att det inte är som med Maria, utan att det finns en karl med i bilden?”

”Du vet. Erik Anders.”

”Är det något problem med att du väntar barn då? Jag trodde du var förtjust i honom.”

”Ja, men det kom ju litet hastigt på, det här att jag skulle bli med barn. Han kanske inte har lust att bli far så snart.”

”Prata med honom, så han får veta. Innan någon mer än du och jag vet.”

”Vi ska ses på söndag. Jag måste ju berätta för honom då.”

”Han kanske blir riktigt glad, du vet ju inte det. Tänk om han har varit litet osäker på om han skulle våga satsa på att gifta sig, men nu är det ju ett stort steg framåt redan. Ifall du vill gifta dig med honom, förstås.”

”Vad har jag för val?”, säger Anrietta.

”När ska ungen komma?”

”Tror det blir i sommar, kanske i juli.”

Kapitel 4

1903

En söndagskväll kommer Viktor cyklande som vanligt tillbaka till kompaniet. Cykeln har stänkskärmar av plåt, stora tjocka luftfyllda däck och handbroms. På framgaffeln sitter fotstödet, som han vilar fötterna på i nedförsbackarna medan tramporna snurrar. Viktor är stolt över sin cykel. Den är en stor investering. Nästan lika dyr som en ko.

”Man kan ha mycket roligare med den här än med en ko”, hade han sagt när han kom med den första gången till kompaniet.

Nu ser han glad ut. Och litet finurlig.

”Vad har du haft för dig då?”, frågar Arvid, och följer med Viktor, när han parkerar cykeln bakom huset. ”Du ser nästan ut att vara förälskad”, fortsätter han.

”Förälskad och förälskad”, svarar Viktor och hans ljusblå ögon gnistrar. ”Du anar inte vad jag har gjort. Jag har träffat en mycket intressant person, må du tro.” Han ler stort och ser på Arvid.

”Det var det jag tänkte”, säger Arvid. ”Berätta nu då”, fortsätter han otåligt. ”Är det nån ny du har träffat, eller är det samma flicka som du var kär i för två veckor sen?”

”Ja, ja”, svarar Viktor, ”det kan väl hända, att jag träffar en och annan, men nu är det ingen flicka det handlar om. Jag har träffat en agent.”

”Vad då för agent”, frågar Arvid, fast han genast haft sina aningar när han hörde ordet agent.

”En agent för Amerikaresor. Du vet, i länstidningen står det ju massor av annonser om resor till Amerika. Det är amerikaagenter som sätter in annonserna. Och jag såg att det fanns en agent i Avesta, som man kunde träffa på hans kontor, så jag tog mig dit med cykel, och mötte honom. Det var en mycket stilig herre som var klädd i kostym och skjorta och kravatt och hade en flott modern hatt hängande på en krok på väggen. Snygga läderkängor hade han också. Det var många på det där kontoret, så jag fick vänta på min tur. Men när det blev dags för mig, berättade han om amerikabåtarna som går från Göteborg. Man åker först till England, till Grimsby eller Hull, och sedan tåg vidare till Liverpool. Därifrån tar man nästa båt till New York eller Boston i Amerika. Det tar ju några veckor på sjön, men vet du, det är helt möjligt att få till den här resan. Det kostar ju, men det går ju faktiskt att spara ihop, särskilt som man inte har familj. Och där är vi ju lyckligt lottade du och jag. Eller hur?", säger han och blinkar med ena ögat och ler litet snett. "Den här agenten frågade, om jag skulle ha lust att bli hans ombud, och i så fall skulle jag få litet rabatt på resan för varje passagerare jag värvade. Du är ju som klippt och skuren för amerikaresa, eller hur? Det vore väl synd och skam om du skulle gå här hemma och dra benen efter dig. Så kan du ju inte fördriva det enda jordeliv du har."

Viktor drar efter andan. Så mycket har Arvid inte någonsin hört honom prata i ett sträck.

"Om man nu kan få en syl i vädret", säger Arvid och skrattar, "så ska du veta, att mig behöver du inte övertyga särskilt länge. Jag läser annonser om Amerikaresor, jag sparar pengar och jag vill minsann se världen. Vi är ju tjugo fyllda, och man hör ju om så många som har rest över. De flesta får det ju bra med egen mark och allt. Våra grannar, Johanssons, får ju brev på brev från dottern och mågen, som reste över för fem år sedan. I breven berättar de om hur bra de har det med egen gård och många nya vänner. De vill att de gamla föräldrarna ska resa efter, men gamlingarna vågar inte. Men vi som är unga...."

De avbryts av, att sergeanten kommer runt hörnet av byggnaden.

"Och vad pågår här för nojsande?", säger han barskt.

"Vi bara funderar över, vad nästa övning ska få för betydelse för våra unga liv, sergeant", svarar Viktor.

"Är det vad Bergman också funderar över?", säger sergeanten och vänder sig till Arvid.

"Utan tvekan, sergeant", svarar soldat Bergman.

"Imorgon ska vi praktisera avlusning", säger sergeanten. "Det är vår nästa soldatövning. Lusfrihet har alltid varit en god kamrat i fält. Det är min förhoppning", fortsätter han, "att ni ser det som en ynnest, att ni redan nu är informerade i förväg jämfört med era kamrater. Och jag tar för givet, att ni ser min information som en militär hemlighet, som först i morgon bitti kommer alla soldater till del."

”Ja, sergeant”, svarar soldaterna Johansson och Bergman och gör honnör när sergeanten går därifrån.

Viktor och Arvid ser på varandra och brister ut i gapskratt.

”Sch”, säger Viktor, ”lössen kan vakna.”

”Avlusning. Var hälsad strålande morgondag!”, svarar Arvid.

”Avlusning. Må våra läppar vara förseglade så att inga militära hemligheter läcker ut”, säger Viktor.

”Vad är det som är så roligt?”, frågar de andra, när de kommer in på logementet och fortfarande gapskrattar.

”Ingenting”, säger de och försöker se gravallvarliga ut. Militära hemligheter är ju inget man skämtar om, tänker de båda samtidigt, och ser på varann och börjar skratta igen.

”Nähä, ingenting roligt alltså”, säger Gunnar. ”Käften då så vi får spela kort i fred!”

Kapitel 5

Arvid sitter i kyrkbänken tillsammans med Andrietta, Anders Erik, Far, Reinhold och Axel. Anders Eriks föräldrar och syskon är också på plats i kyrkan. Efter en lång predikan, när Arvid nästan somnat, hör han äntligen det de kommit dit för: ”Lysning tillkännages idag för första gången mellan arbetaren Anders Erik Jansson, Dalvik och hemmansägardottern Andrietta Persson, Elgsjöbo.”

Andrietta och Erik Anders sitter nära varandra. Han tar hennes hand när prästen läser upp lysningen från predikstolen. Hon har inte långt kvar, tills hon ska föda. Arvid märker, att hon har svårt att sitta stilla i den hårda bänken. Hon har klagat över ont i ryggen ända sedan i maj. Erik Anders har kommit över ibland och hjälpt till med gården, men han har ju haft sitt arbete att sköta på bruket. Men Arvid har också hjälpt till mer än vanligt. Han känner sig trött. Det tar på krafterna att sköta torpet och resa till regementsmötena och samtidigt arbeta på bruket och vara hjälpreda åt Andrietta. Ibland somnar han nästan innan han lagt huvudet på kudden.

På lysningskaffet efteråt hemma i stugan hjälper Anders Eriks mor till i köket. Hon övertalar Andrietta att lägga sig på kökssoffan en stund och vila ben och rygg.

”Jag vet nog hur det är att vänta barn och ha ont i ryggen”, säger hon. ”Karlarna fattar ju inte hur det är, men vi kvinnor får vara med om saker, som de aldrig kan förstå.”

Arvid och Reinhold hjälper till att bära fram kaffebrödet och när alla har satt sig till bords, serverar Anders Erik kaffet.

”Det är en fin måg du får”, säger Anders Eriks far.

”Ja”, säger Petter, ”det verkar ju lovande med en karl, som kan servera kaffet, när fästmön inte orkar. Man hoppas ju att han kan annat också.”

”Det ska jag säga dig”, fortsätter fadern, ”att Anders Eriks förmåga att arbeta är det inget fel på. Han är stark och tålig och kan hantera både snickarverktyg och fiskedon.”

”Har ni bestämt var ni ska bo när ni har gift er?”, frågar Arvid utan att ana, att frågan är eldfängd.

”Vi ska bo i stugan vid Hagen uppe vid skogsbrynet”, svarar Anders Erik. ”Tänkte just att vi skulle berätta det idag. Erik Gustavsson, som äger stället, ska flytta till en dotter och måg i Norberg. Så jag har pratat med honom, och det är bestämt att vi ska köpa. Stället är ju inte stort, men Andrietta kan ha sin trädgårdstäppa och det finns plats för ett par kor och några får i ladugården. Och det ingår ett skogsskifte.”

”Så du flyttar hemifrån då, Andrietta?”, säger Petter.

”Ja, Far så får det bli, när vi har gift oss. Det står i bibeln att en man ska lämna sin far och sin mor och hålla sig till sin hustru. Och att detsamma gäller för en hustru, att hon ska hålla sig till sin man, tror jag säkert.”

”Och hur har ni råd till det?”, säger Petter.

”Dels säljer han gården billigt, hellre än att han ser den förfalla, dels har jag arbetat flitigt och sparat på banken. Och för den som sparar, kan banken ge ett litet lån, så att det räcker för affären”, svarar Erik Anders. Petter skruvar på sig men säger inget mer.

Kapitel 6

När lille Erik Axel några veckor senare föds, blir glädjen stor.

Men det finns en oro för att allt inte ska vara riktigt bra med honom. Han är liten och mager, och visserligen har han tio tår och tio fingrar, men han föddes med navelsträngen kring halsen, och var alldeles blå när han äntligen kom ut. Det dröjde innan han skrek, men barnmorskan lugnade Andrietta med, att det ofta blir så, när man föds med navelsträngen kring halsen. Nu är han fem dagar gammal och Arvid är med vid dopet.

Det har krånglat med köpet av gården. Tydligen vill inte Erik Gustavssons son att gården ska säljas till så lågt pris. Så avtalet måste skrivas om, och nytt avtal med banken måste ingås. Andrietta känner sig orolig sedan hon fått reda på det, och Erik Anders säger, att de inte kan gifta sig innan det är klart med köpet, för han tänker inte flytta in under samma tak som Petter. Den avoghet som Erik Anders upplevde, att Petter visade vid lysningskaffet, har han inte glömt.

Andrietta anförtror sig till Arvid om allt detta, när de är ute och går en dag på hemväg från affären. Erik Axel sover i sjalen som Andrietta bundit över axeln.

”Jag känner mig så orolig”, säger hon. ”Tänk om inte köpet går i lås, och vi inte kan gifta oss. Jag tror att lille Axel Erik inte får tillräckligt med mjölk, för jag är så orolig. Han skriker mycket, och Far blir irriterad för att han inte kan sova, när Axel Erik skriker. Och ändå sover vi i varsin del av huset.”

”Men titta på den här lilla ungen”, säger Arvid. ”En så söt liten en som du fött till världen är väl inte att ställa till det. Titta bara på ögonfransarna. De är så tunna, så man ser dem nästan bara när solen lyser på dem. Och se på den lilla munnen, så liten så liten och ändå vet han att man ska äta med den. Och kanske kommer det ett litet leende ibland också?”

”Jo, det gör det ju, och då känns det verkligen inte som att jag ställt till det. Då känns det som att det är det bästa jag gjort.”

”Det ordnar sig. Erik Gustavssons son vill säkert inte att föräldrarnas gård ska stå osåld och förfalla. Det är ingen idé att oroa sig för det man inte kan göra något åt. I värsta fall får du väl flytta till min torpstuga."

"Aldrig i livet!" säger Andrietta. "Vad skulle jag i din torpstuga och göra! Nej, du, det måste ordna sig det här."

Kapitel 7

Arvid tycker att han känner John Gustavsson, eftersom de båda kommer från samma by, och har gått i skolan tillsammans. John kommer från Hagen i Elgsjöbo. Under samtalet med Andrietta gick det upp för Arvid, att det ju är John, som är son till Erik Gustavsson. Arvid kan inte påminna sig att finns någon mera son i familjen, däremot fem döttrar. Men det Andrietta sa, var att det var sonen som inte ville, att fadern skulle sälja för billigt.

John är inte väl sedd på kompaniet. Han är ofta ovänlig och litet översittaraktig. Tror sig veta bäst. Han är den som har ansvaret för att dela ut persedlar från lagret. Uniform inklusive läderstövlar och mössa. Arvid hade vid ett tillfälle försökt få nya uniformsbyxor, när det uppstått en reva på ena benet, men John hade snäst av honom med, att han kunde få nål och tråd och själv laga revan. Motvilligt hade han tagit emot sybehören och fått sitta en kväll och försöka sy. Men särskilt bra hade det inte blivit, och John 145 Gustavsson hade gott kunnat vara litet mer generös, tycker Arvid.

En dag i oktober är det allmän inventering av vad som finns inom kompaniet. Madrasser och kuddar, filtar och sängar, stolar och bord, lampor och galgar räknas. Också lagret med persedlar ska räknas innan dagen är över. När John som chef för lagret förstår, att också själva lagret ska inventeras, blir han mycket orolig. När han råkar se Arvid utanför dörren till lagret springer han fram till honom och drar in honom i rummet.

”Jag kommer aldrig att klara inventeringen, om du inte hjälper mig”, säger han till Arvid.

”Varför?” undrar Arvid.

”Därför att jag sett till att lägga undan en del saker från lagret, som jag tänkt sälja och tjäna litet extra på.”

”Och var har du lagt det då?”

”Det ligger i en säck i tunnan bakom dasset”, säger John.

”Och varför skulle jag hjälpa dig med det? Vad vill du förresten att jag ska göra?”

”Jag måste bemanna lagret hela dagen, för man vet inte när inventeringen blir, så om du kunde hjälpa mig, skulle jag vara dig stor tack skyldig. Om du vill kan jag nog när inventeringen är över, kunna ordna ett par extra läderstövlar till dig, utan att någon märker det.”

”Tror du att jag skulle vilja gå omkring i stulna läderstövlar? Nej, du, då får du allt fråga någon annan om att gå i maskopi med klädtjuven.” Arvid går iväg. Men en stund senare vänder han tillbaka till lagret. Han har fått en idé.

”Hur mycket handlar det om, det som finns i den där säcken?”

”Tre par stövlar och fyra par prima byxor.”

”Jag kommer att anmäla dig för det här”, säger Arvid. John blir blek.

”Snälla gör inte det. Hjälp mig. Jag gör vad som helst för dig, om du hjälper mig.”

”Ja”, säger Arvid, ”jag kan tänka mig att hjälpa dig ur den här knipan, om du lovar mig en sak. Det är, att du accepterar det försäljningspris för dina föräldrars gård, som de kommit överens med Erik Anders i Dalvik om i juli. Han ska nämligen gifta sig med min syster Andrietta. Det har redan lyst för dem, och de har en liten parvel, som föddes i juli. Jag vet, att du kräver, att dina föräldrar ska begära ett högre pris, och det klarar inte Erik Anders och Andrietta av att betala. ”

”Jag lovar”, säger John.

”Säg vad du lovar”, säger Arvid.

”Jag lovar, att om du hjälper mig, ska jag se till att det ursprungligen överenskomna priset för gården ska stå fast.”

”Kör till då”, säger Arvid och går iväg. I tunnan bakom dasset hittar han mycket riktigt säcken. Han ser sig omkring, men alla verkar vara inne i matförrådet och i sovsalarna, så han kan osedd bära tillbaka varorna till lagret. John öppnar kvickt säcken, när Arvid överlämnat den. Han plockar upp stövlar och byxor och lägger dem på de hyllor där de hör hemma.

”Tack”, säger John och räcker Arvid handen. ”Härmed bekräftas avtalet vi ingått.”

De tar i hand.

Kapitel 8

1904

En vacker dag under sommarledigheten tar Arvid med sig raketuiet utomhus. Han har fått det i arv efter sin morfar. Det är en trälåda med spegel på insidan av locket. I lådan finns raktvål och rakborste och två välslipade rakknivar. Den öppna lådan står nu på fönsterblecket. Bredvid den extra köksstolen, som han ställt framför lådan, står ett tvättfat med varmt vatten. En ren linnehandduk har han hängt på en spik bredvid fönstret. Han tvålar in sig med raktvål och borste och njuter av att kunna raka sig i lugn och ro. På regementet är det ofta trångt och ont om tid när man ska raka sig. Här surrar flugorna i gräset och fåglarna kvittrar. En nässelfjäril flyger fram och sätter sig på det uppfällda locket i spegelns övre högra hörn. Arvid kommer av sig i rakningen och betraktar den vackert mönstrade fjärilen. Den rör litet på vingarna och de långa känselspröten. Arvid tycker att den verkar se på honom, som om den ville säga något.

"Hur långt har du flugit, lilla fjäril", säger han, "kanske längre än härifrån och till havet där amerikabåtarna går. Men snart du, så har jag rört mig ännu längre bort i världen än du, hur fint och långt du än fladdrar med dina vingar." Arvid fortsätter rakningen och fjärilen fladdrar bort.

På eftermiddagen kommer regnet och han sitter i köket. Hakan känns mjuk och len, mustaschen är ansad och brödet jäser i bunken på bänken. Han ser ut på regnet och tänker på resan han förbereder. Han ska bli amerikan. I alla fall svenskamerikan. Men det kan inte hjälpas, att han ibland får dåligt samvete, när han tänker på Far, som blir ensam kvar. Å andra sidan är han ju inte lastgammal än, så han borde väl klara sig. Även om Andrietta har sitt eget numera, kanske hon kan hjälpa till litet om det behövs. Det kan väl inte bara hänga på Arvid att Far ska ha det bra. Axel har flyttat till Stockholm för att söka arbete och Reinhold har blivit sjömatros. Varför skulle just han stanna hemma? Han tar fram sin konfirmationsbibel, som han brukar när de tunga tankarna kommer. Det fjärde budet, tänker han, och återvänder i minnet till att Far inte ville låta honom konfirmeras. Han kan fortfarande alla tio buden utantill.

"Du ska hedra din fader och din moder på det att det må gå dig väl och du må länge leva i ditt land" säger han för sig själv. Och nu ska han flytta från sitt land. Men det måste väl vara en annan sak, än att det skulle handla om att vanhedra far och mor. På måfå slår han upp bibeln. Tumgreppet. Han hamnar alldeles i början. "Herren sade till Abraham", läser han, "lämna ditt land, din släkt och ditt hem, och gå till det land som jag ska visa dig." Arvid slår ihop bibeln. Det räcker så. Kunde Abraham så kan han, Arvid. Nu ska han sluta ha dåligt samvete. Fri som en fjäril ska han röra sig i världen.

Kapitel 9

Sent en kväll sitter Viktor, Arvid och Gunnar och pratar på kompaniet. De är trötta, för dagen har inneburit en lång vandring med tung packning under den senaste veckans manöver. Geväret, ammunitionsgördeln, bajonetten, ränseln, en del av tältduken och tältstången och yxan. Allt tillsammans väger många kilo. Det har varit tungt att bära på under en lång vecka, men med tiden har de unga soldaterna blivit starka. Också de som inte varit det tidigare. Arvid och de andra som arbetat på bruk och på lantgård, var starka i kroppen redan före övningen, men nu klarar alla soldaterna övningarna utan problem. Gunnar exempelvis, har jobbat på tingskansliet. Det skapar inga kroppskrafter. Men huvudet på skaft har han. Och nu har han erövrat kroppskrafter också.

"Ska du inte komma med till Amerika", säger Viktor. "Om du har jobbat som kanslist under några år, har du väl pengar på hög, så du har råd att resa över. Både Arvid och jag ska resa till våren."

"Det är väl klart, att jag som så många andra har tänkt det, men det är mycket att ordna innan. Jag har ju sällskapat det senaste året med Ingrid, och vi har väl tänkt att vi ska gifta oss med tiden. Jag vet inte vad hon skulle tycka, om jag skulle dra iväg till Amerika några år."

"Ingrid jobbar väl i mjölkbutiken, eller hur?", säger Viktor. "Då har hon ju egen försörjning och klarar sig utan dig ett tag. Du vet, man behöver ju inte vara borta för tid och evighet. Något år kanske, så har du en liten förmögenhet att komma hem med och göra Ingrid glad och rik."

"Vad kostar det egentligen att resa?", säger Gunnar.

"Det kostar en normal årslön", svarar Viktor. "Så mycket som du har jobbat, har du nog råd med det. Och tänk så spännande att kunna se litet utanför Fagerstas skogklädda horisont. Du får se havet. Du får möta nytt folk och du får uppleva att resa med båt över Atlantiska oceanen, där man bara ser hav och inget land på flera veckor. Tänk på saken, Gunnar! Ge dig själv chansen att se något utöver det vanliga", fortsätter Viktor, nästan andfådd nu.

Arvid småler.

"Det vore fint om du också kom med", säger han. "Då kunde vi bli en bra trio på väg mot det förlovade landet, istället för att du ska stanna här och vara förlovad med din Ingrid. Lova henne att du återvänder inom något år.”

”Ni nästan övertygar mig”, säger Gunnar, på sitt litet sävligt eftertänksamma vis. ”Jag ska gå hem och tänka och se efter i bankboken, om jag kan anse mig ha råd.”

”Gå hem och fundera över, om du kan anse dig ha råd att vara utan en så stor och spännande upplevelse”, svarar Viktor.

Taptot går, och snart hörs kören av snarkningar från trötta soldater. Ingen orkar tänka mer på Amerika.

Kapitel 10

Gunnar har bestämt sig för att följa med. Pengarna i bankboken kan räcka också för en återresa, så då bestämmer han sig. På lediga stunder drömmer Viktor, Arvid och Gunnar om resan. Alla tre behöver begära avsked från åtagandet att vara soldat. I september 1904 accepteras deras begäran. Friheten hägrar. Ingen av dem kan engelska. Men Viktor har en bekant som varit över en tid, och lärt honom några fraser, som thank you, hello och goodbye. Och my name is Viktor. Han lär Arvid dessa viktiga fraser och Arvid har en ordbok, som han köpte senast han var ledig. De studerar den tillsammans med Gunnar, som visar sig ha stor förmåga att komma ihåg de engelska orden. Ingen av dem vet väl hur de ska uttalas exakt, även om orden också är skrivna fonetiskt. Gunnar är van att skriva. De hjälps åt att öva in fraser genom att skriva dem.

Sommaren går. De är alla en tid i sina torp och sköter om sina odlingar och förbereder inför höst och vinter. Mjöl från bonden läggs i mjölbingen, fläsk och skinka saltas och hängs i boden. Potatisen tas upp och läggs i jordkällaren tillsammans med morötter och vinteräpplen. Arvid bakar siktkakor som han lärt av Mor. Han trär upp de färdiggräddade hålkakorna på en rundstav som hänger i taket. Inga möss ska äta upp hans bröd.

Den första dagen tillbaka på regementet innebär ett glatt återseende amerikatrions deltagare emellan.

”Har ni nu börjat förbereda er på att dra ut i världen?”, säger Viktor glatt när de tre hälsar på varandra med ryggdunkar.

”Såklart”, säger Arvid. ”Massor av hålkakor hänger i taket och torkar därhemma i köket, och skinkan är salt nog att börja torkas för att ha med att tugga på.”

”Du då, Gunnar”, säger Viktor. ”Hur går det för dig? Du har väl övertygat Ingrid om nödvändigheten i att hennes älskling får se världen”, skrattar han.

”Nja, inte precis”, säger Gunnar. ”Hon tyckte det nog kunde gå för sig något år. Vi har ju livet framför oss. Men nu är det en tredje som vill vara med och lägga sig i.”

”Blivande svärmor menar du förstås”, säger Arvid.

”Nja”, säger Gunnar sävligt, ”det är inte svärmor som lägger sig i. Ingrid väntar smått, så det är den där lilla, som vill ha ett ord med i laget. Så jag kan nog inte följa med, tyvärr, hur gärna jag än ville. Hon kan ju inte ha kvar sitt arbete när lillan föds, och hur ska hon då klara sig om jag är på andra sidan Atlanten?”

”Fattar”, säger Viktor. ”En sån där liten kan ju vända upp och ner på allting. Jag vet ju hur det var för min storasyster, när hon fick en dotter.”

Kapitel 11

1905

Arvid knackar på dörren till prästgården. Nu är det längesen han var här. Nästan tio år.

Dörren öppnas och kyrkoherden hälsar honom välkommen. Hans konfirmationspräst har blivit kyrkoherde sedan sist.

”Det var längesen, Arvid”, säger han. ”Hur har du haft det? Jag vill minnas att det var litet krångel för dig vid konfirmationen. Din far ville förbjuda dig att konfirmeras. ”

”Jo, men det löste sig ju för att kyrkoherden sa, att det inte var Far som bestämde.”

”Ja, om jag kommer ihåg rätt var din Far till sist var med vid själva konfirmationen.”

”Jo, det stämmer.”

”Roligt att höra”, säger prästen. ”Och vad har du för ärende idag, Arvid?”

”Jag kommer för jag vill ha flyttningsbetyg. Jag ska flytta till Amerika.”

”Jaha, ja, Amerika. Amerika. Det är många som flyttat dit. Alltför många. Kan det verkligen bli bra för dig, tror du?”

”Ja, jag vill se litet mer av världen. Det är ju min framtid det handlar om. Andrietta har ju gift sig, och bröderna är utflugna. Reinhold har bosatt sig i Australien. Han arbetade på sjön och reste jorden runt. I Australien träffade han en dam och gifte sig. Så han blir väl kvar där. Och Axel bor i Stockholm. Far får väl klara sig. Han har ju Andrietta på nära håll.”

”Har din Far fortfarande problem med spriten?”

”Antagligen. Jag vet inte. Varför skulle han inte ha det? Han har väl druckit i alla mina dagar. Själv är jag godtemplare numera och dricker inte en droppe sprit. Jag har fått nog av, hur det kan förstöra.”

”Du är soldat, eller hur?”

”Ja, soldat i Västmanlands regemente. Jag har torpet Dalvik som mitt torp, som kyrkoherden säkert kan se i boken. Men nu ska visst alla ska göra värnplikt, så jag antar, att jag inte direkt har någon framtid där.”

”Och du är ogift, och tänker så förbli?”

”Kan väl tänka mig att gifta mig så småningom, om jag hittar den rätta.”

”Och den rätta, hur tänker du dig henne?”

”Jag har inte tänkt så mycket, men hon ska tycka om det jag tycker om och vara en redig människa som man kan lita på och leva med. Helst ska hon gilla äventyr som jag.”

”Arvid, tänker du dig en gård där borta i Amerika?”

”Nej, inte i första hand. Tänker nog att jag kan jobba i någon gruva eller bruk eller så. Det är bättre betalt än att slita på en gård. Det kan jag för all del, men det har jag gjort tillräckligt för ett bra tag framåt.”

”Då ska vi se vad det står i boken.” Han tar fram den stora tunga kyrkboken ur arkivet och öppnar den. ”Jag ser att du fyller tjugofyra år i april.” Han följer raden med pekfingret.

”Det är många år du bott i Fagersta. Och nu ska du lämna hembygden för att flytta till okända trakter. Nu är du som sagt soldat, så jag måste skriva till Kunglig Majestät och ansöka om tillåtelse att lämna riket.”

”Jag har begärt avsked från mitt åtagande som soldat, och det har accepterats. Det beslöts i september förra året.”

”Jag kan ändå inte bara ge dig utflyttningspapperet idag. Det kan dröja, kanske en månad. Jag skickar dig ett brev när jag har fått svar på ansökan för din del. Då kan du komma tillbaka.”

”Så jag måste vänta”, säger Arvid.

”Ja, så är det”, säger prästen. ”Det är mycket att förbereda inför en stor resa. Hur har du skrapat ihop pengar förresten?”

”Sparat. Jag har sparat allt jag kunnat under flera år, och nu har jag så det ska räcka.”

”Arvid”, säger prästen med värme i rösten. ”Du kommer säkert att klara av ett amerikaäventyr på ett utmärkt sätt. Passa dig bara för guldfebern som griper om sig och får folk att utsätta sig för oändligt farliga strapatser, bara för att sedan komma tomhänta tillbaka. Eller inte komma tillbaka alls. Och glöm inte att ta med dig din konfirmationsbibel. Den kommer att bli en god vän på din resa. Du vet, Abraham, han gav sig också iväg till ett okänt land. Och det gjorde ju Rut också. Och många andra i bibeltexterna har också färdats till okända trakter, och litat på att Gud ska hjälpa dem."

"Tack", säger Arvid och reser sig. "Tack för samtalet och de goda råden."

"Den råd lyder är vis", säger prästen, när han följer Arvid till dörren. "Välkommen tillbaka."

Arvid går långsamt den krattade gången från prästgården ut på vägen. Prästens tveksamhet inför hans resa har fått honom att känna sig litet ängslig. Tänk om jag blir sjösjuk på båten, tänker han. Om pengarna inte räcker, eller något annat oförutsett. Men å andra sidan finns det inte så mycket att förlora. Han vill se världen.

Kapitel 12

Arvid och Viktor stiger på tåget i Fagersta. De har med sig varsin resväska i läder, som de bär i handen, och förutom dem har de varsin plåtklädd amerikakoffert. Deras resväskor är i ljusbrunt läder med bälg, som kan göras rymligare, om det behövs. Runt väskan finns två läderremmar i samma färg. De har båda inhandlat dem hos diversehandlare Sven Andersson i Fagersta.

Viktors lillebror kör de två koffertarna på hästkärran fram till stationen. Andrietta har kommit och har med sig lille Axel Erik, som nu är fyra år. Hon har bakat ett gott bröd som hon ger till Arvid. Dessutom får han en bytta i trä som är fylld med nykärnat smör. Brödet doftar som om det nyss kommit ur ugnen.

”Här får du så du inte svälter ihjäl på väg till Amerika”, säger hon. ”Jag tog med det här också.” Hon ger honom en annan träask. Han tar av locket på den. Den innehåller ett litet brunt paket och ett hopvikt papper.

”I papperet ligger frön från mina sommarblommor. Jag tänkte att du kanske kan lägga dem i jorden någonstans dit du kommer, och tänka på mig och på trädgården här hemma”, säger hon. ”Och i det lilla bruna paketet ligger en present som Far skickade med. Han hälsade och sa, att du egentligen skulle fått den till konfirmationen.”

Arvid öppnar den bruna påsen och där ligger ett fickur med en kedja. Han tar upp det, lägger det i bröstfickan på jackan och fäster kedjan i knapphålet. Arvid blir rörd. Han känner en klump i halsen och sväljer. Han ser tårar i Andriettas ögon också. De kramar om varandra.

”Glöm inte att skriva. Och var rädd om dig där ute i stora världen”, säger hon.

”Var rädd om dig och de dina och Far”, säger Arvid med grötig röst.

Så stiger han och Viktor på tåget. Ångvisslan ljuder och tåget sätter sakta fart. De vinkar så länge de ser människorna på perrongen.

”Nu tar vi en titt på biljetterna”, säger Arvid och tar fram sina ur väskan. Viktor tar fram sina ur en ficka i jackan, och de jämför sina biljettbuntar.

”Det här är biljetter hela vägen från Göteborg till Boston”, säger Viktor.

”Först behöver vi biljetterna som det står Göteborg-Grimsby på. Grimsby ligger ju i England, på ostsidan nära Hull. Därifrån ska vi åka tåg till Liverpool, och övernatta där, innan det är dags för båtresan till Boston. Så det är därför det är en hel packe med biljetter.”

Arvid bläddrar i den lilla bunten. Han vet allt det Viktor berättar, men ändå känns det mycket spännande.

”Det är litet konstigt att åka ifrån alla”, säger Arvid. ”Både tomt och skönt samtidigt.”

”Ja, litet konstigt, och härligt. Nu kan vi rå oss själva. Inget gnäll om att man måste det ena och det andra. Nu ska vi se världen. Allt det där vi hört om”, säger Viktor.

”Synd att Gunnar inte kommer med oss.”

”Ja, det hade varit roligt om vi hade blivit tre, men han känner väl att det är plikten som gäller.”

Tåget tuffar fram genom skogar och fält och byar under många timmar. Folk stiger av och på. Ändå har de en kupé för sig själva nästan hela vägen.

”Vart tar vi vägen i Göteborg?”, säger Arvid.

”Det kommer en representant för Wilsonrederiet och möter oss på järnvägsstationen. Han ska ha ordnat med logi för oss under de dygn vi är i Göteborg.”

Kapitel 13

Efter många timmars resa är de framme. Det är massor av folk som rör sig på Göteborgs järnvägsstation. En man, som bär en vit mössa med guldband, håller upp en skylt där det står Wilsonrederiet. Viktor vinkar på honom, och mannen kommer fram till dem, där de står med sina koffertar och resväskor. De presenterar sig, och agenten tar fram ett papper med en namnlista.

"Så det här är Carl Arvid Bergman och Viktor Johansson", säger han. "Välkomna till Göteborg. Jag hoppas resan gått bra."

Viktor och Arvid intygar att det gått alldeles utmärkt.

"Jag föreslår att ni väntar här på mig innan vi går mot ert hotell, som ligger härborta i riktning mot hamnen. Jag ska bara leta rätt på en familj som också ska till samma ställe."

De får vänta nästan en halvtimma, innan agenten återkommer. Med honom kommer ett ekipage med häst och vagn. Bredvid går en familj på två vuxna och två barn i tioårsåldern. På kärran ligger redan två amerikakoffertar liknande deras egna. De hjälps åt att lyfta upp Arvids och Viktors koffertar också, och så går hela sällskapet iväg

Mannen och kvinnan bär på varsin kappsäck, och barnen bär sina egna små väskor. Flickan har långa ljusa flätor med ljusblå rosetter. Pojken har också ljust hår, och har en liten mörkblå skärmmössa. Arvid får intrycket att hela familjen har klätt upp sig för resan. Han tittar på sina egna kläder, och på Viktors. De själva har vardagskläderna på. Tröja och tjocka byxor i vadmal, ordentliga läderstövlar och så skärmmössor förstås. Som de alltid brukar ha.

"Varifrån kommer ni då?", frågar Arvid och vänder sig till mannen i familjen.

"Vi kommer från Örebro", svarar han. "Vi heter Eriksson i efternamn. Min fru Margit, våra barn Åke och Ester och själv heter jag Sven." Sven är klädd i en beigerutig kostym och en skärmmössa i samma mönster. Han har långt rödbrunt skägg, och buskiga ljusa ögonbryn. Hans ögon är grönbruna och när de hälsar på varandra ler han vänligt. Fru Margit har mörkt hår och mörkblå ögon och ser blyg ut. Hon är klädd i en svart resdräkt och har en hatt med litet brätte.

”Jag heter Arvid och min vän heter Viktor”, säger Arvid. ”Vart är ni på väg?”

”Jag har en bror som bor i Minnesota, och nu ska vi också bosätta oss där”, säger Sven. ”Och ni?”

”Vi har nog inga fasta planer, annat än att vi ska komma till Amerika. Vad är det som får er att resa till Amerika?”, frågar Arvid.

”Vi hade ju en liten gård hemma”, säger Sven. ”Men förra sommaren var det ett åskväder som drog fram över bygden. Blixten slog ner i ladugården och både den och höladan brann ner.”

”Våra fem kor och två grisar dog”, säger Margit och ser sorgsen ut.

”Ja, det var en katastrof”, säger Sven. ”Vi hade tur som klarade boningshuset och att vi själva överlevde, men vad skulle vi försörja oss på när allt brunnit upp? Så när min bror i Minnesota tyckte att vi kunde resa dit, så beslöt vi oss för det. Han skickade pengar så vi kunde köpa biljetter. Och ni? Vad får er att åka till Amerika?”

”Det är lusten för äventyr. Vi vill se mer av världen än Fagersta”, svarar Arvid.

Det är ett öronbedövande väsen där de går. Massor av folk och skramlande kärror. De går över en liten kanalbro, och kommer in på Postgatan. Arvid får intryck av, att de befinner sig i världens centrum där allting finns. Där finns affärer och barer, folk och höns och hundar, restauranger och krogar, fint klädda människor och trashankar, som inte verkar kunna ta vara på sig själva. Utanför en krog pågår ett gräl som övergår i slagsmål och två poliser kommer rusande. Arvid och Viktor och familjen ställer sig in mot väggen för att vara ur vägen. Arvid tänker, att det då är tur, att hästarna har skygglappar. Barnen står tätt invid sina föräldrar och ser rädda ut.

”Här ska vi in”, ropar Wilsonagenten och vinkar in dem på en liten sidogata. De ser en skylt där det står Hotell. Kusken håller in hästen, de lyfter av sina koffertar och agenten går före dem in i hotellobbyn.

”Ni får dela på ett sexbäddsrum allihopa”, säger agenten, sedan han pratat med hotellägaren, som står bakom disken.

”Vi hade faktiskt bokat ett rum för vår familj bara”, säger Sven.

”Tyvärr finns det inga andra rum kvar, så om ni inte vill dela med herrarna här, så kan jag inte stå till tjänst med några rum", säger agenten.

"Det här tycker jag är dålig stil, att ni inte lever upp till det vi avtalat", säger Sven och blir röd i ansiktet.

"Det tycker jag verkligen också!", säger Margit.

"Vi med", säger Ester.

"Då går vi en trappa upp", säger agenten. "Ta med er handbagaget, och låt koffertarna stå här nere i receptionen. Hotellet förvarar dem i förrådet tills ni ska ge er av till båten."

Arvid och Viktor går upp för trappan. Familjen följer motvilligt efter. Rummet är mycket litet. Det finns en dubbelsäng och två enkelsängar. I ena hörnet står en kommod med ett handfat och en kanna. Under varje säng finns en potta.

"Ni sa, att det skulle finnas sängplatser för oss alla", säger Margit och tittar surt på agenten.

"Ni har ju barn med er. De får sova med er i dubbelsängen och herrarna här får varsin enkelsäng. Det blir sex bäddar."

Arvid och Viktor ser tyst på varandra och placerar sina resväskor vid varsin säng.

"Kom med mig nu till kontoret, så får vi ordna upp resedetaljerna", säger agenten.

Arvid och Viktor går med.

"Jag kommer efter", säger Sven. "Ska bara se till att få med mig alla papper vi behöver."

Kontoret ligger ett par kvarter längre bort på Postgatan. Det är beläget i markplan med fönster ut mot gatan, och en skylt som visar att här finns "Wilsonrederiet" på plats. Arvid ser att det finns andra skyltar, som också tycks vara rederiskyltar. En skylt där det står "Cunardrederiet" skymtar lite längre bort.

Väl på plats inne i kontoret sätter sig agenten bakom skrivbordet. Det är elegant med snidade detaljer. Han kontrollerar alla deras biljetter, och verkar nöjd med vad de visar upp.

"På de här biljetterna kommer ni ända till Boston utan problem", säger han och lämnar tillbaka deras biljetter. ”Förutsatt förstås att ni har utresebetyg och pass.” De visar upp sina papper. ”Jag tar för givet, att ni ordentligt har namnat era koffertar, så de inte blandas ihop med någon annans. På onsdag klockan fem på eftermiddagen avgår båten. Klockan ett ska ni vara nere vid båten med era koffertar, så de blir placerade ombord, för dem kan ni ju inte bära själva, utan de får placeras som polletterat gods. Ni kan få hjälp av kusken om ni vill, men då får ni titta in till mig på kontoret och beställa transport senast på tisdag eftermiddag.”

De stoppar ner sina biljetter.

”Förresten, har ni kontanter med er? Hela reskassan i kontanter?”

”Ja visst”, säger Viktor. ”Är det något fel med det?”

”Givetvis kan man ha det på det sättet, men det är mycket som händer på en resa. Folk blir bestulna ibland på hela reskassan, och då blir det ingen resa. Därför erbjuder vi resecheckar, som ni kan lösa in när ni ska betala, så behöver ni inte ha så mycket kontanta pengar. Då måste ni ha passet när ni betalar, men pass har ni ju. Vi har också något som kallas ”Amerikabälte.” Det är ett bälte där man kan förvara pengar innanför kläderna, så det inte är så lätt för ficktjuvar att komma åt dem. Bältet är dessutom värmande när det är kallt, och det skyddar också mot förkylning och sjösjuka.”

Arvid och Viktor tittar på varandra.

”Det kanske inte vore så dumt. Både checkar och pengabälte låter ju vettigt.”, säger Arvid och tittar på Viktor.

”Jag slår också till på det”, säger Viktor. ”Antar kanske att det inte är gratis?”

”Det är klart att vi på rederiet tar ut en liten avgift för resecheckarna. Men det är en försumbar avgift, för vi vill ju att våra passagerare ska ha en så lyckad resa som möjligt. Bältet får ni köpa. Men det kan vara en väl värd investering för en resa, det kan jag försäkra”, säger agenten.

De går ut från kontoret med både checkar och bälten.

”Undrar hur många rederier det finns här, som säljer amerikaresor?”, säger Arvid, när de är ute på gatan igen. ”Vet du det?”

”Det senaste jag hörde var att det skulle vara ett tiotal olika. Men det sägs ju att Wilson ska vara det bästa. Och du ser ju själv, att vi blev mycket väl omhändertagna", säger Viktor.

"Jodå, vi. Men familjen Eriksson kanske inte tycker det", säger Arvid. Viktor säger inget.

De går nerför Postgatan mot hamnen. Fartyget Calypso ligger vid kajen och det verkar pågå en hel del aktivitet. Det känns mycket spännande att vara så nära Amerikaresan, även om detta inte är deras båt.

På Postgatan finns många matställen. De går in på en restaurang. Där är mycket folk, som överallt annars. De stannar i dörren och blir stående. Ska man bara gå in och sätta sig ner vid ett bord eller vänta? En servitris klädd i vacker klänning vinkar på dem och visar dem till ett ledigt bord.

"Välkomna!" säger hon vänligt. "Om ni är hungriga, så kan jag erbjuda en mycket god rätt med köttbullar och potatis och en härlig sås. Kan det passa?"

"Det blir bra", svarar Arvid och Viktor i munnen på varandra.

"Och dricka?"

"En pilsner för mig", säger Arvid.

"En snaps och en pilsner för mig", säger Viktor.

Maten smakar bra. När de stillat den värsta hungern ser de sig storögt omkring. De ser att nästan alla herrar har hatt med ett litet lustigt brätte. De flesta kvinnorna har hucklen, men några kvinnor har hatt.

"Man kanske skulle klä upp sig för resan", säger Arvid.

Viktor håller med. "Om alla andra klär upp sig, kan ju inte vi gå omkring i arbetskläder."

De bestämmer sig för att gå till en skräddare nästa dag och fråga, vad det kan kosta att ekipera sig.

När det blir dags att betala, har servitrisen skrivit upp all maten på samma nota. Inklusive dryck. Hon räcker den till Viktor.

"Den här gången kan jag betala", säger Viktor. "Så kan du betala nästa gång."

De går tillbaka till hotellet. Det har blivit mörkt ute. Många människor är i rörelse. När de kommer upp på rummet ligger barnen i dubbelsängen och sover. Margit sitter på en stol och tittar sömndrucken upp, när de kommer in.

”Ni har möjligen inte sett till Sven?”, frågar hon. ”Jag vet inte var han är. Han har inte kommit hem.”

”Tyvärr inte”, säger Arvid lågt för att inte väcka barnen. ”Men det är väl bara att vänta, så kommer han säkert.”

De smyger sig så tyst de kan till sina sängar och lägger sig. Så fort de lagt huvudet på kudden, somnar de.

Efter ett par timmar blir de väckta av höga röster, och någon rycker upp dörren till rummet. Det är hotellportieren och Sven som kommer. Margit sätter sig yrvaket upp i sängen, och Arvid och Viktor vaknar. Sven är så full, så han knappt kan stå. Han verkar ha ramlat och slagit i huvudet. Ena ögat är helt igenmurat och han är blodig om munnen och hakan.

Arvid och Viktor skyndar sig fram till honom och hjälps åt att få ner honom på en stol.

”Jag går ner och hämtar bandage”, säger portieren.

Margit har nu kommit upp på benen och kommer fram till Sven.

”Vad är det som har hänt, Sven?”, frågar hon. ”Har du råkat i slagsmål?”

”Ja, det var några som slog ner mig”, säger han sluddrigt. ”Utanför en krog.”

”Men drack gjorde du väl själv!”, säger hon.

”Ja, jag hade varit inne på krogen med Jan, och vi hade värmt oss litet med snaps.”

”Vilken Jan?”

”En ny kamrat som jag träffade. Får man inte träffa vem man vill heller?!” Han fortsätter sluddra.

”Du blev väl inte av med pengarna hoppas jag!”, säger hon argt och skakar på honom när han verkar vara på väg att somna.

”De är här i fickan”, säger han och fumlar ner en hand i ytterfickan på rocken.

Margit blir irriterad på hans fumlande och börjar själv känna efter i hans fickor. Ingenting hittar hon i rockfickorna. Hon börjar känna efter i byxfickorna. Men det är bara mynt som ramlar ut.

”Var har du pengarna?”, säger hon ilsket. ”Du har väl inte blivit av med dem!”

”I bältet”, mumlar han.

Hon ser frågande ut.

”Han köpte nog ett penningbälte hos agenten”, säger Arvid. Viktor går till sin kappsäck och tar fram sitt eget och visar henne.

Hon öppnar livremmen och knäpper upp. Just det, innanför byxlinningen har han ett bälte som hon inte sett tidigare. Hon drar fram det. Sven blir arg och försöker hindra henne, men hon lyckas få fram det och öppnar det för att leta efter pengarna.

”Här är ju inga pengar!”, skriker hon till honom. ”Här är ju tomt! Och var har du biljetterna?!”

”Ja, ja, jag skulle lägga ner pengarna sen, men så kom jag i slagsmål för det var en som var oförskämd mot mig, och så gick det så här illa. Du ser väl hur ont jag har”, gnäller han.

”Mor!”, hörs en barnröst från sängen.

”Jag kommer!”, säger hon och går till sängen och lägger sig hos barnen, och håller om dem.

”Kan vi inte åka till Amerika nu?”, säger lille Åke.

”Det ordnar sig nog. Sov nu. Det är en dag imorgon också.”

Dörren öppnas och portieren kommer med bandage att förbinda Sven med.

Viktor och Arvid hjälper till att få Sven i säng, och snart hörs hans snarkningar dåna i rummet.

Arvid har svårt att somna om. Så småningom gryr dagen och ljuset letar sig in bakom gardinen.

Kapitel 14

Arvid väcks av att barnen redan är vakna fast klockan bara är fem. För en gångs skull är han inte först uppe. De sitter på golvet och leker viskande med ett tärningsspel av något slag. När de ser att han är vaken, flyttar de sig till andra sidan av rummet, bakom dubbelsängen. Så småningom är alla vakna, och barnen börjar prata högt. Sven jämrar sig när han rör sig i sängen. Viktor och Arvid stiger upp och klär på sig, och går en trappa ner till rummet som kallas matsal. Det är ett litet rum med fem bord. En kaffekanna står på spisen i hörnet och puttrar. En ung flicka med långa, ljusa flätor klädd i mörkblå klänning och rödrutigt förkläde hälsar god morgon och sätter fram koppar och fat på bordet. Två bord är redan upptagna av män som måste ha bott i andra rum. De pratar lågmält med varandra.

"Vi har gröt också, om ni vill ha det", säger flickan. "Gröt ingår inte i hotellpriset. Det kostar fem öre extra per portion."

"Vi vill nog gärna ha gröt", säger Arvid. "Eller hur Viktor?" Viktor nickar. Han är morgontrött och måste ha kaffe innan han säger så mycket.

En stund senare kommer Margit och barnen in i matsalen. Flickan visar dem till ett ledigt bord nära Arvids och Viktors, och Margit ber om mjölk till barnen.

Nu pratar barnen högt och livligt. Arvid frågar dem vad de gjorde igår, och de berättar i munnen på varandra, att de träffat på en trollkarl, som trollade bort en kanin och sen lyckades trolla fram den igen. Och ingen kan förstå hur detta gick till. Och de har sett akrobater som gjort konster, som de aldrig kunnat drömma om, att man kan göra. Och far har köpt ett tärningsspel till dem, för att det inte ska bli tråkigt på båtresan till Amerika.

"Jag har då aldrig tänkt, att det skulle kunna bli tråkigt på en båt till Amerika, men nu blir det ju absolut inte det, när jag och Ester kan spela spel hela dagarna", säger Åke och tittar på Arvid.

"Och jag har ju med mig min docka Elvira, så jag har ju aldrig tråkigt ändå", säger Ester. "Men nu är det ju inte lika roligt längre. Dom har ju stulit alla våra pengar, säger Mor. Så vi kanske inte kan åka till Amerika nu."

”Var är dockan nu då?”, frågar Viktor som börjar vakna till efter första koppen kaffe.

”Hon sover kvar i sängen, för hon blev så trött av allt som händer här i Göteborg. Hon blev litet rädd också, när de där karlarna började slåss och polisen kom, så det är nog bäst för henne att hon får sova och vara på rummet idag. Och nu är hon också ängslig, att någon ska komma och slå henne om hon går ut på gatan.”

”Ät nu”, säger Margit. ”Ni pratar ju bara.”

Margit går fram till servitrisen och frågar henne om det är möjligt att ta med mat till Sven, så han kan äta på rummet. Hon pratar med låg röst.

”Vi ska gå ut och se oss om”, säger Arvid. ”Ni får ha en fin dag då.”

Han och Viktor reser sig, lägger ett par mynt på bordet som betalning för gröten och går ut.

Ute blåser det rejält. Mössan blåser av Viktor, som får springa efter den rullande mössan längs gatan i vinden. De kommer fram till ett skrädderi, där de går in.

”Idag var det blåst”, säger Viktor när de kommer innanför dörren.

”Stäng dörren ordentligt efter er!”, säger skräddaren. Arvid drar igen dörren. Skrädderiet är ett enda stort rum. Fyra unga män arbetar vid varsin symaskin. Ett surrande ljud uppstår när de trampar sina maskiner. Det luktar textilier därinne och verkar vara ganska dammigt. Längs ena väggen ligger tyger på hyllorna. Olika färger, olika lyster. Längs en annan vägg finns hyllor med hattar och mössor.

”Vad kan jag stå till tjänst med?”, säger skräddaren.

”Vi funderar på att få litet snyggare kläder till amerikaresan”, säger Arvid. ”Vad kostar det att få en kostym uppsydd? Och hinner ni göra det till i morgon? Vi ska resa i övermorgon.”

Skräddaren reser sig och kommer fram och tar i hand.

”Jo, jag kan nog ordna varsin kostym till er. Priset har ju inte bara med arbetet att göra, utan vilket material i tyget man väljer. En normal vardagskostym kostar ungefär 30 kronor med tyg och sömnad. Väljer ni det billigaste tyget kostar det 20 kronor.”

Arvid vill känna på de olika tygproverna. Han bestämmer sig för ett tyg som gör att kostymen kommer att kosta 25 kronor. Viktor funderar länge, men bestämmer sig för en något billigare variant.

"Om ni båda köper kostym, kan jag tänka mig att rabattera varsin hatt till er. I så fall får ni köpa hatten för 5 kronor styck. Priset annars är det dubbla."

Skräddaren ger i uppdrag åt en av lärlingarna att ta mått.

"Välkomna tillbaka imorgon vid den här tiden", säger han. "Då ska kostymerna vara tråcklade och klara så ni får prova. Sedan kan ni räkna med att de är färdigsydda och pressade innan vi stänger klockan 7 imorgon kväll."

Arvid och Viktor tackar för sig och går ut. "Stäng dörren!", hör de skräddaren ropa innan vinden slänger upp dörren på vid gavel. Arvid vänder sig om och stänger den ordentligt efter sig.

Nu är det dags att köpa det som är absolut nödvändigt att ha med sig på båten. De går till Lundbergs butik, där det mesta ska finnas. Enligt uppgift måste de ha med sig sin egen tallrik på båten, mugg och bestick. Det är också lämpligt att införskaffa en lättare madrass och täcke och kudde. Det ska visserligen numera finnas sängkläder i sängarna, enligt agenten, men ska man ha det någorlunda bekvämt, är rekommendationen att ha med sitt eget. Så både Arvid och Viktor köper madrass och täcke. Madrassen är tunn, stoppad med halm, ganska smal och kan rullas ihop. De köper också varsitt täcke med stoppning av dun. Expediten rekommenderar duntäcke eftersom det blir så lätt att bära, jämfört med dem som är stoppade med vadd. Det finns också livsmedel att köpa, men de har fått veta att de nu för tiden inte behöver ha med sig mat, för det serveras ombord, också för tredjeklasspassagerarna. Arvid har med sig torkade siktkakor som han bakat. Så även om det blir ont om mat ombord, behöver han inte köpa något extra.

Den sista natten i Göteborg kan ingen av dem sova särskilt bra. Det är så spännande att de äntligen ska stiga på båten till Amerika. Stämningen hos familjen Eriksson är irriterad. Sven har ont, och Margit är arg.

"Vi som hade sett fram så mycket mot resan", säger hon bittert. "Ni har säkert förstått att vi inte kommer att kunna åka till Amerika nu, när vi varken har pengar eller biljetter", säger hon till Arvid och Viktor den kvällen.

”Vi kommer nog att kunna resa, när jag telegraferat till min bror att han ska skicka pengar, men då får det bli litet längre fram”, säger Sven.

”I alla fall kan vi då inte återvända hem till byn”, säger Margit. ”Jag skulle skämmas ögonen ur mig. Och vad skulle vi säga därhemma? Att Sven varit ute och rumlat och varit full och blivit rånad på allt vi ägde och hade?”

”Ni kanske kan fråga i kyrkan nere vid hamnen, om någon där kunde hjälpa er”, föreslår Viktor.

”Man är ju inte van att behöva ta emot hjälp som en annan fattig stackare”, säger Sven.

”Nej men nu har du ju gjort oss alla till fattiga stackare!”, säger Margit ilsket. ”Så nu får vi snällt ta skeden i vacker hand.”

Barnen sitter i sängen och är tysta. Ester håller sin docka tätt intill sig.

”Tråkigt för er att det skulle bli så”, säger Arvid. ”Tyvärr har vi inte heller möjlighet att hjälpa er.”

Kapitel 15

Det är onsdag. Amerikabåten ska avgå. Den ska ta dem den första etappen av resan. Till Grimsby i England. Arvid och Viktor har klätt upp sig i de nyköpta kläderna. Blåsten gör att de inte kan ha sina hattar på sig, men de är i alla fall försedda när de kommer fram till Amerika. Litet ovant känns det i de nya kläderna, men de är glada över att ha köpt dem. Man vill ju gärna vara fin när man är amerikaresenär, tänker Arvid. De bär sina resväskor i handen. Just när de kommer förbi kontoret på väg ner till båten, kommer agenten ut och låser dörren efter sig.

"Då är det snart dags för er att ge sig ut på böljan", säger han till Arvid och Viktor, medan de går ner mot hamnen.

"Ja, det är ju det som gäller nu", säger Arvid. "För oss. Familjen Eriksson som vi delade rum med, blev ju tvungna att ändra sina planer. Det var ju sorgligt för dem."

"Ja", svarar agenten. "Om ni bara visste så många som har siktet inställt på Amerika, men som aldrig kommer längre än hit till hamnområdet. De dricker sig redlösa och blir rånade eller nedslagna. Vi agenter gör vad vi kan för att varna folk. Men vad hjälper det? Man kan väl inte säga att familjen Eriksson är i gott sällskap, men de är då inte de enda som råkat illa ut."

Massor av folk rör sig på kajen. Den ena kofferten efter den andra vinschas ombord. Alla är märkta med stora fastklistrade namnetiketter. Amerikakoffertar ska rymma mycket för de flesta. Men för Arvid och Viktor krävs inte så stora koffertar. De har varit inne på kontoret och bokat transport för sitt bagage. Ljudvolymen är hög härute. De som lastar tjoar och ropar till, kanske för att väcka uppmärksamhet hos någon på kajen. Arvid och Viktor tar sig ombord. De tränger sig fram till relingen och ser ut över folkmassan och allt som är i rörelse.

"Men titta, är det inte Gunnar, som just är på väg ombord?", utbrister Arvid plötsligt. "Titta där, Viktor!." De ser båda dit Arvid pekar. Jo, det är verkligen ett välkänt ansikte.

"Är det inte Gunnar, så måste det vara hans tvilling", säger Viktor.

"Har han en tvilling?", säger Arvid.

”Inte vad jag vet”, säger Viktor.

”Alltså måste det vara Gunnar i egen hög person”, säger Arvid. De tränger sig fram mot strömmen av människor, för att möta honom.

Gunnar går ombord med sina väskor. Han har två stora resväskor. Arvid och Viktor står plötsligt framför honom.

”Gunnar!”, säger Arvid och kramar om honom med en kraftig ryggdunk. Viktor är inte sen att ansluta. ”Det var oväntat”, säger Arvid. ”Du hade ju bestämt dig för att inte resa”.

”Jo, visst, så var det, men man kan väl ändra sig.”

”Berätta!”, säger Arvid.

”Ja, jag ska berätta”, svarar Gunnar, ”men inte här. Vi ska väl bo någonstans. Antagligen längre ner i båten. Ingen av oss åker väl annat än tredje klass, eller hur?”

En purser hjälper dem att hitta vägen till tredjeklasshytterna. Det är många lejdare de klättrar nedför, för att komma ner till däcket där de ska bo. När de kommit rätt blir de visade till sina sovplatser. Kojerna är breda nog att rymma två vuxna. Sängbottnarna består av breda plankor med en glipa mellan varje. Benen är höga, så det går bra att lägga in resväskorna under sängen.

”Det finns halmbalar i nästa utrymme, så där kan ni ta det ni behöver för att det ska bli skapligt mjukt”, säger pursern. De hämtar halm och lägger under sina egna madrasser. Det blir riktigt bekvämt. Nu väller folk in. Familjer med småbarn får ha kojen som familjekoj. En del har fem barn med sig, och de har ändå bara bokat en koj. Arvid tänker, att det kommer att bli väldigt trångt för dem. Han är glad åt att de bara är två som ska dela koj. Gunnar är förtjust över en egen. Men knappt har han tänkt tanken, förrän det kommer en ung man, som pursern visar till hans koj.

”Kojerna är för två personer, så här kommer den andre”, säger han. Mannen är klädd i en stilig svart kostym, har vit skjorta och svart kravatt. Han har två eleganta stora resväskor. Arvid undrar för sig själv, om den här mannen verkligen ska resa i tredje klass. Men de själva har ju också skaffat sig fina reskläder, och reser ändå i tredje klass. Gunnar har sin arbetskostym som han använt på arbetet på tinget. Den är flott nog som resekostym.

”Goddag, jag heter Johan”, säger nykomlingen och räcker fram handen och hälsar. De andra säger sina namn, och visar var han kan sova.

Halmen är redan på plats.

”Johan Andersson är namnet”, säger han. ”Jag kommer från Värmland. Från Munkfors, närmare bestämt. Jag är postiljon och har cyklat runt i Klarälvdalens bygder med post.”

”Jag är kanslist vid tinget i Fagersta”, säger Gunnar. ”Om staden är bekant”.

”Staden är inte mera bekant för mig än detta, att jag sett poststämplar.”

”Viktor och jag är också därifrån”, säger Arvid.

Johan breder ut sina saker i kojen. Gunnar makar åt sig, så han ska få plats.

Arvid får en känsla av, att det är något som inte stämmer med Johan. Som om hans artiga leende är påklistrat. Det är ju i vilket fall ingen tvekan om, att han kommer från Värmland. Dialekten är bred och vänlig, och orden är liksom avhuggna ibland och med annorlunda betoningar. Men det går ju att förstå honom.

”Reser herrn ensam?”, frågar Gunnar.

”Ja, jag gör det”, svarar Johan. ”Kom plötsligt på att jag ville komma mig iväg, och då var det inget att vänta på. Amerika har mycket att erbjuda.”

”Vi har planerat i åratal att resa till Amerika, men du kan bara ge dig iväg, sådär plötsligt?”, säger Arvid.

”Och hur det kommer sig är min egen angelägenhet, och inget jag samtalar om med kreti och pleti”, säger Johan och rättar till sina sängkläder igen, tar med sin lilla portfölj och går upp på däck.

Arvid ser på Gunnar och Viktor och rycker på axlarna.

”Undrar om den där har rent mjöl i påsen”, säger Arvid.

”Ja, vad vet man”, säger Gunnar. ”Men man kan ju inte hålla på och misstänka folk för konstigheter, bara för att man får en känsla av att något inte stämmer.”

Kapitel 16

Arvid, Viktor och Gunnar går upp på övre däck och hittar en plats att stå. De känner lukterna från båten och hamnen. Ljudet från motorerna dånar. Den tjocka röken från skorstenen stiger mot den blå himlen. Båten lägger ut. Kajen är fylld av människor som vinkar. Likadant är det på båten. Folk ropar och gråter. Näsdukar viftar i luften, och en ung kvinna, som står i närheten, gråter alldeles hjärtskärande. En äldre kvinna kramar om henne och tröstar.

"Han kanske kan komma efter så småningom", hör de den äldre kvinnan säga.

"Nu får du berätta vad som hände, Gunnar", säger Arvid.

En besättningsman kommer just då fram till dem och frågar om de är förstaklassresenärer. De svarar att de inte reser i första klass, och då upplyser han dem ganska bryskt om, att de inte har rätt att vistas på förstaklassdäcket, utan får gå ner till nedre däck. De går ner utan att protestera och hittar en plats att fortsätta sitt samtal.

"Surt att man inte får vara där uppe, bara för man inte har råd med förstaklassbiljetter", säger Arvid. "Men nu, Gunnar, måste du berätta vad som hände."

"Ja, såklart jag ska berätta", svarar Gunnar. "Det var ju det här med Ingrid. Och att det plötsligt var en liten på väg. Jag backade ju ur då, för jag ville inte att hon skulle behöva vara ensam med den lilla medan jag var i Amerika. Men så en kväll när vi hade setts hemma hos mig, i min våning, så säger hon: ´Gunnar, vi måste prata. Det är nånting jag måste berätta´. Ja, så kläckte hon då ur sig det hon ville säga. Och då fick jag veta, att det kanske inte var jag som var far till ungen. Och så skulle jag då stanna hemma från mitt livs äventyr, för att ta hand om henne, som jag trodde skulle vara trogen, men som hade haft nån annan. ´Det är inte som du tror´, sa hon, och började gråta. `Hur är det då?', frågade jag. ´Jag kan bara inte berätta mer´, sa hon. Jag sa, att jag ju måste få veta sanningen, men hon bara grät. Jag sa, att vi skulle ses dagen efter när hon lugnat ner sig litet. Det gjorde vi också, men jag fick inte veta mer då heller. Hon sa bara, att hon inte kunde berätta. Då sa jag, att det blir slutet för oss. Jag gick hem och tänkte efter ordentligt och bestämde mig för att med kort varsel säga upp mig på tinget, och packa ihop det jag behövde för resan. Biljetten köpte jag i Göteborg, för det fanns ju ingen tid att ordna det innan. Jag hade ju bara tre dagar på mig. Och nu är jag här. Och ni vet vad som hänt."

"Ja", säger Arvid, "vi vet vad som hänt, men vi vet inte mer än du, vad som hänt med Ingrid."

"Alltså, kvinnor är inte att lita på. Det har jag alltid sagt", säger Viktor.

"Tala för dig själv du", fräser Gunnar till.

Skeppsklockan ringer. Det är dags för kvällsmat. De går ner till däcket där tredjepassagerarnas mat serveras. De får en gryta med kött och potatis, och vatten att dricka. Det ser inte så aptitretande ut, men smakar bra. Kvinnor klädda i vita förkläden serverar vid borden. Maten är upplagd i karotter som var och en får servera sig själv ur. Vattnet serveras i tillbringare, som är utplacerade på långborden. Borden saknar dukar, men Arvid tycker att det är ganska fint ändå. Han har inte betalat för vita dukar, utan för maten.

Kapitel 17

Arvid har svårt att sova den första natten ombord. Viktor stör Arvid med att sno runt i slafen. Dessutom är det ett öronbedövande ljud, när båten stävar fram. Blåsten gör att vågorna är ganska stora. Plåtskrovet ger resonans mot vågorna, och det vibrerar på ett sätt, som är mycket störande. Det låter ännu värre än när man lastar kol på bruket. Arvid stiger därför upp redan klockan fem. Han får kravla sig fram till fotändan av kojen, för att komma ner på durken. Sedan tar han sig upp på den ena lejdaren efter den andra, tills han kommer till övre däck, där han går ut i friska luften. Väl ute känner han, hur kvav luften måste ha varit på sovdäck, för här är det så friskt och svalt, och det känns som om han äntligen får syre i lungorna. Han tar några djupa andetag och ställer sig vid relingen. Land syns inte längre. Det är bara den vida horisonten runtom. Hav och himmel. Solen håller just på att gå upp. Himlen är röd i det som måste vara öster. Snart har solen stigit till hälften över horisonten och skenet kastar en gata av guld över vattnet fram till båten. Vinden har mojnat. Det blåser en aning, men inte mer än att det är skönt att stå uppe på däck. Arvid tänker på, att han nu äntligen är på väg. Han tänker på Far. Det hade varit svårt att lämna honom. 'Jag lever inte när du kommer tillbaka', hade Far sagt. Hur det nu varit med Far, så har han ändå varit den enda Far jag haft, tänker Arvid. Men de hade ju aldrig kunnat umgås på något bra sätt. Kanske hade han velat väl på något sätt, men det hade ju ofta blivit så fel. När han kommit hem från arbetet hade han varit sur och bråkig och trött, och när han varit ledig hade han supit. Ibland också på kvällarna under veckan. Arvid känner efter i bröstfickan på västen. Där ligger rovan som Far skickat med Andrietta till avsked. Klockan i sin kedja. Det som skulle varit konfirmationsklocka.

Arvid avbryts i sina tankar, av att någon säger "Godmorgon." Det är den unga kvinnan, som gråtit så tröstlöst, när de lagt ut från kajen. Arvid svarar med ett godmorgon, och frågar om hon kunnat sova.

"Dåligt", svarar hon. "Jag delar hytt med mina föräldrar, och de sover ju inte ljudlöst, precis."

"Var har ni er hytt?"

"Vi reser första klass, så vår hytt ligger på det här däcket."

Arvid tänker att han inte gärna vill berätta att han själv reser i tredje klass, men så tänker han i nästa ögonblick, att han väl inte behöver skämmas för det. Det måste vara slut nu med att skämmas. Så länge han kan minnas har han skämts för fars drickande och att han själv varit fattig och barn till en som dricker. Men nu när han är på väg till det nya livet, ska han inte skämmas för något, som han inte rår för, så han säger:

”Jag och mina två vänner reser i tredje klass, så man kan säga att jag färdas mycket nära vattnet. Kanske kan man rentav kalla det en resa under vattenytan.”

”Det låter spännande. Tänk att få resa så nära själva havet! Själv har jag aldrig rest annat än i första klass. Jag visste inte ens att man fick vistas på förstaklassdäcket när man reste i tredje klass.”

”Det blir en fin dag”, säger Arvid och ser ut över havet.

”Ja, men jag bara önskar att min fästman fick se det här”, säger hon med grötig röst och sväljer. ”Han fick inte följa med.”

”Fick? För vem fick han inte följa med till Amerika?”

”För sina gamla föräldrar. De skulle inte klara sig utan honom, sa de.”

”Och dina föräldrar, ville de absolut att du skulle åka med?”

”Ja, de ska flytta till Amerika för gott. Och jag har hört så mycket bra om Amerika, så jag vill inte stanna kvar i Sverige, när de flyttar så långt bort.”

”Så du följer inte bara med, utan vill också själv emigrera?”

”Ja, så är det faktiskt. Men jag önskar ju att min fästman kunnat följa med. Ska jag fortsätta vara förlovad med någon, som befinner sig på andra sidan oceanen? Ska jag gå här med en ring på handen, men ingen fästman?” Hon börjar gråta. Arvid vet inte vad han ska göra, så han tar fram en skrynklig näsduk ur byxfickan och räcker henne. Hon vinkar avvärjande med handen, och tar upp sin egen ur kappfickan. Arvid ser att den är broderad med ett monogram i ena hörnet.

Kapitel 18

På eftermiddagen den tredje dagen är Arvid och de andra vännerna uppe på övre däck. Att de har blivit bortkörda från däcket dagen innan, har inte alls hindrat dem från att komma dit igen. Nu är det så mycket folk där, att ingen lägger märke till dem.

Det ropas och folk spanar ut över vattnet med handen ovanför ögonen. Land i sikte. England. Staden de ser är Grimsby.

En timme senare lägger båten till i Grimsby hamn. Det är lika livligt som det var i Göteborg. Men de hör att arbetarna som sköter avlastningen av bagaget pratar engelska. Det polletterade bagaget ska levereras av rederiet direkt till tåget, som ska avgå dagen efter.

Arvid förstår ingenting av det främmande språk han hör. Han bara hör att det låter annorlunda än svenska. Han bär sin egen väska precis som kamraterna, så de behöver inte prata med någon. När de kommer ner på kajen blir de mötta av agenten för rederiet. De prickas av, och förstår att de ska följa efter honom. Tåget de ska åka med till Liverpool går inte förrän imorgon, så de ska gå till ett ställe och övernatta.

”Det gungar under fötterna”, säger Viktor. ”Det kanske är hela England som gungar”, fortsätter han.

”Det är så när man har åkt båt länge”, svarar Arvid. ”Min bror som är sjöman har berättat det. Ibland kan det gunga en vecka på land, om man varit ute länge på sjön.”

”Då kan vi räkna med, att det här är en mild västanfläkt av hur det kommer att gunga, när vi går i land i Amerika”, säger Viktor och låtsas vingla till.

Agenten lotsar dem tillsammans med många andra till ett litet hotell, som tycks ligga ganska nära järnvägsstationen. De hänvisas till ett rum på bottenvåningen. I rummet finns tio sängar. Tre av dem blir deras. På kvällen går de ut och hittar ett matställe. Överallt är det folk. De flesta resenärer verkar lika osäkra som de själva. De har fått veta, att de senast halv åtta nästa morgon måste vara på plats vid tåget. Precis som alla andra i rummet.

Järnvägsstationen ligger inte långt bort från hamnen. Ett tåg står inne på spåret, och en järnvägstjänsteman går runt på perrongen. Mycket folk är i rörelse.

”Liverpool?”, säger Arvid och pekar på tåget.

De får en bekräftande nick tillbaka.

”Tickets!”, säger han med myndig röst.

Det förstår de och visar upp sina biljetter. Han visar med en gest att de kan stiga ombord med sin packning. Han säger också väldigt mycket mer, men av det förstår de ingenting.

De sätter sig i en kupé. Det mesta är inrett med brunt trä. Bänkarna är i trä liksom bord och väggar. Hyllorna över bänkarna är breda nog för att deras resväskor ska få plats. Täckena har de rullat ihop så de tar inte alltför mycket plats utan kan förvaras under sätena. Vid det här laget har de tröttnat på att släpa runt sina madrasser, så de har lämnat kvar dem på hotellet.

Kupén rymmer sex personer.

Fler och fler stiger på. Det börjar bli trångt och varmt. Solen skiner från en klarblå himmel och tittar fram mellan husen. Det finns inga gardiner. Tre unga kvinnor klädda i hatt och resdräkt frågar på svenska, om det finns plats för dem i kupén.

”Givetvis”, svarar Viktor, och reser sig för att hjälpa dem med väskorna.

”Tack”, säger den längsta av dem.

De hälsar på varandra och presenterar sig. Det är Signe, Anna och Elsa som blivit deras nya reskamrater på den sex timmar långa tågresan.

”Varifrån kommer ni?”, frågar Viktor.

”Från Emmaboda i Småland”, säger Anna. ”Elsa och jag är systrar och Signe är en skolkamrat. Vi ska till Liverpool och sen ska vi vidare till Amerika med en ännu större båt än den vi kom hit med.”

”Vi är västmanlänningar från Fagersta”, säger Arvid.

”Vi hör ju att ni pratar dialekt”, fortsätter Anna. ”Så vi fattar ju att ni inte är smålänningar.”

Arvid och Viktor kastar en blick på varann och kan knappt låta bli att dra på munnen, när de hör kvinnorna påstå på sin bredaste, nästan obegripliga småländska, att det skulle vara Arvid och Viktor och Gunnar, som skulle skyllas för att ha dialekt.

"Vi kommer nog alla att beskyllas för att ha en dialekt som heter svenska, när vi kommer till Amerika", säger Gunnar sävligt, i ett försök att hindra Viktor från att kläcka ur sig något sårande om dialekter till dessa trevliga unga kvinnor från mörkaste Småland.

"Vår syster bor i Boston", säger så Elsa. "Hon bor och arbetar i en familj och har ordnat så att vi kan få arbete som hembiträden där. Det är så mycket bättre betalt än hemma i Sverige. Hemma kan man bara få så man klarar sig, och man får arbeta från morgon till kväll, och nästan aldrig ledigt som piga. Men i Amerika, där får man eget rum och till och med en ledig dag i veckan. Och kommer man till en bra familj, kan man till och med få följa med familjen på semesterresa. Det har vår storasyster berättat." Elsa blir alldeles röd i ansiktet av förtjusning när hon berättar om allt de har att se fram mot.

"Vi har också biljett till Boston", säger Viktor. "Så vi kanske kan ses där, vem vet?"

"Vad ska ni göra i Amerika?" frågar Anna.

"Vet inte riktigt än. Kanske arbeta på gård, kanske i gruva eller i industrin. Det finns mycket möjligheter", säger Arvid.

Ångloket frustar sig fram genom landskapet. Våren har kommit längre här än i Sverige. De ser nyutslagna träd och fält som börjar grönska.

Kvinnorna har med sig körsbärssaft, som de bjuder på. Arvid bjuder på en hålkaka som han själv har bakat.

"Det var gott bröd", säger Signe. "Nästan som om jag bakat det själv. Vem har gjort detta?"

"Det har jag gjort", svarar Arvid.

"Va?", säger Signe och gapar, så brödbiten nästan ramlar ut. "Så du kan baka, du", säger hon. "Vem har lärt dig det?"

"Det kan du gissa!", svarar han. "Min kära moder förstås."

"Blev hon inte ledsen när du åkte till Amerika? Det blev min. Väldigt ledsen."

”Jag tror inte hon blev ledsen. Hon ligger nämligen i graven sedan många år.”

Det blir tyst i kupén.

”I Småland är det bara kvinnor som bakar”, säger Anna plötsligt. ”Inga riktiga karlar bakar i Småland.”

”Vilka karlar är det som bakar i Småland då?” säger Arvid.

En knackning på dörren till kupén avbryter det befriande skrattet. Det är konduktören som går en runda och kontrollerar allas biljetter. Arvid tar fram sin klocka och pekar på urtavlan med en outtalad fråga hur långt det är kvar av resan.

Konduktören visar att det är en halvtimma kvar tills de är framme i Liverpool.

Kapitel 19

När de stiger av tåget i Liverpool kan de se hamnen. Många stora båtar ligger vid kajen och det vimlar av människor. Eftersom inte alla resenärer ska resa vidare med samma båt till Amerika, får alla gå till bagagevagnen och identifiera sina koffertar. Vad gäller Gunnar, så har han inte någon koffert. Han hade inte tid att ordna någon sådan. Gunnars två resväskor är större än deras och i svart läder, men i övrigt har de samma modell. Inhandlade i Fagersta.

Viktor och Arvid däremot, måste gå för att få sina koffertar. En agent finns på plats och visar dem fram till bagageutrymmet. De tre unga kvinnorna får nästan genast sitt bagage och får hjälp att ta godset ner till hamnen.

”Vi ses”, ropar Viktor.

”Jag, vi ses väl på båten, men den är ju så stor, så vi kanske inte hittar varandra. Så ta den här, för säkerhets skull”, säger Elsa. Hon stannar till, öppnar sin handväska, drar ur ett blad ur en skrivbok och skriver snabbt ner sin systers adress i Boston. Viktor får lappen och tackar glatt.

”Du är ju bara helt otrolig på att genast få kontakt med vackra damer, du”, säger Gunnar.

”Ja, alla har sina liv”, svarar Viktor glatt, och ser efter smålandskvinnorna som försvinner i folkmassan.

De står kvar vid bagagevagnen tills det bara är de tre kvar. Bagagerummet är tomt.

”Var är våra koffertar?”, säger Arvid irriterat.

Agenten slår ut med händerna och säger något obegripligt. Han ger dem tecken att vänta kvar medan han går till de andra agenterna och frågar efter koffertarna. De skakar på huvudet.

De får följa med till kontoret som ligger nere i hamnen. Inne i kontoret finns en man som talar svenska, och han berättar för dem vad de redan förstått, nämligen att deras bagage måste ha kommit på avvägar. Han försäkrar dem att bagage inte kommer bort, men att det ibland blir så att det hamnar på fel tåg. Så det ska säkert finnas i Liverpool inom några dagar. Under tiden står givetvis rederiet för att de får någonstans att bo, även om de behöver stanna längre än en natt. Han försäkrar, att rederiet alltid tar sitt fulla ansvar för bagaget, och när olyckligtvis något sånt här händer, kommer de att hållas skadeslösa.

De får bo i ett rum på andra våningen på ett hotell nere i hamnen. De har utsikt ut mot havet, och ser aktiviteten på kajen och på båtarna som ligger inne. Rummet är litet med murriga tapeter, fyra enkla sängar och ett slitet bord med fyra stolar.

”Då får man se Liverpool på närmare håll än vi tänkt”, säger Arvid.

”Undrar om vi någonsin får se våra koffertar igen”, säger Viktor.

”Tur ändå att du fick adressen till de vackra småländskorna i Boston då”, flinar Gunnar.

Dagarna går. De måste köpa sin egen mat, men tycker att boendet är acceptabelt. Varje gång det kommit ett tåg från Grimsby till Liverpool hoppas de, att deras bagage ska ha kommit. Men varje gång blir de besvikna. Agenten säger att det kan ta sin tid, men förr eller senare kommer bagaget. Det kan de räkna med, säger han.

Arvid börjar gå sina egna promenader längs havet. Han tycker om att se livet i hamnen. En dag sitter han på en bänk nära kajen, ett stycke från den plats där de stora amerikaångarna lägger till. Det är redan maj, och solen börjar bli varm. Det är skönt att sitta och se ut över vattnet och båtarna. Han blundar i solen. Så känner han plötsligt en skugga framför ansiktet. Han tittar upp, och där står en ung flicka och tittar på honom. Hon ler. Undrar om han tycker om solen. När hon uppfattar att han inte kan engelska, pekar hon på solen och honom.

”Sann”, säger hon och pekar på solen.

”Sann?”, säger han och pekar på solen. ”Sol.”

”Suul”, säger hon. ”Sann, suul.”

Hon nickar. Pekar på ansiktet.

”Fejs”, säger hon.

”Fejs”, säger han. ”Ansikte.”

Hon skrattar. De gör sig förstådda med varandra med hjälp av tecken.

Han lyckas förklara att han kommer från Sverige. Sweden.

"Soiiden", säger hon. Han upprepar.

Hon visar, att hon vill att han ska följa med på en promenad litet längre bort längs havet. Han ser på henne. Hon är klädd i en mörkgrön kappa, och har en yvig gul halsduk kring halsen. På huvudet har hon en liten hatt, som går ton i ton med kappan. Hennes kängor är svarta, och ser litet slitna ut. Handväskan är i svart skinn, och ser också den ut att vara väl använd.

Han undrar vad hon vill, när hon vill att han ska följa med honom. Men tristessen i väntan på bagaget de senaste veckorna gör, att han blir glad över, att något händer. Hon pekar på allt möjligt de ser tillsammans. För varje sak de ser, säger hon det engelska ordet, och han upprepar. När de gått flera kilometer längs havet stannar hon. De tittar upp mot ett litet skogsparti med lövträd som just håller på att slå ut. Björkarna har ljusgröna musöron. De mörka popplarna, som står här och var, är en vacker kontrast. Koltrastarna ger konsert. Han tittar på marken efter blåsippor eller vitsippor, men inget sånt tycks växa här. Jo, några tussilago hittar han i en slänt. Han plockar en liten bukett och ger den till henne. Hon skrattar. Han tänker, att hon har ett härligt klingande skratt, som påminner honom om glasklockor. Skaften på de små vårblommorna är så korta, så hon kan inte hålla dem som en bukett, utan stoppar ner dem i sin handväska.

De går samma väg tillbaka, och nu pekar hon igen på samma saker som hon pekat på tidigare, och vill att han ska komma ihåg, vad de olika sakerna heter på engelska. När de har kommit tillbaka till bänken, där hon hittade honom, sätter de sig båda två i solen. Hon öppnar kappan, och Arvid knäpper upp sin jacka. Det är riktigt vårvarmt, även om det drar från havet.

"My name is Arvid", säger han till henne och ler.

"My name is Mary", säger hon.

Efter en stund tar Arvid fram sin klocka ur fickan.

"Jag måste gå nu", säger han. Hon verkar förstå. "Ska vi ses här samma tid i morgon?", frågar han och pekar på bänken och sedan på klockan.

Hon ler och nickar.

När han kommer till rummet är det sen eftermiddag, och Viktor och Gunnar vill går ut och äta.

"Var har du varit?", undrar Viktor.

"En promenad längs stranden bara", svarar Arvid.

Nästa dag går Arvid ut vid samma tid igen. Han sätter sig på bänken och väntar. Och mycket riktigt ser han Mary komma gående. Det är kraftig vind idag. Mary öppnar sin handväska och tar fram en röd sjal för att knyta om håret. Arvid ser att gårdagens tussilago ligger kvar i väskan. Han pekar på dem och ser frågande ut. Mary blir först generad, men tar så upp en av blommorna och ger till honom med ett skratt.

"Får jo", säger hon.

"Tänk jo", svarar han.

Just då kommer en stark vindstöt och rycker den röda sjalen ur hennes hand, så den far iväg ett långt stycke längs kajen. Arvid får fart och springer efter den. Just när den sånär har blåst ner i vattnet får han tag på den och ger den till henne.

"Får jo", säger han med en skojfull chevaleresk bugning.

"Tänk jo", svarar hon glatt och knyter sjalen kring håret.

De tar en promenad åt andra hållet idag. Arvid ser på henne och tycker hon har ett vackert leende. De glada ögonen har ungefär samma färg som hans egna.

Så småningom stannar de till vid en liten servering. Hon säger att det är dags för te, så de går in. Arvid är litet orolig att det ska vara dyrt, om han måste bjuda henne, men det visar sig att han klarar att betala för dem båda. Det verkar vara litet längre priser i Liverpool än i Göteborg.

Arvid försvinner ut igen vid ungefär samma tid också nästa och nästnästa dag. Han tycker att Mary är rolig att ta promenader med, men när hon vill gå arm i arm med honom, känner han sig obekväm. Han ska ju ut på andra äventyr.

En dag när han skilts från Mary går han till en liten butik som säljer lädervaror. Där finns allt från stora resväskor i läder till mindre axelväskor. Det är en liten axelväska han vill se på. Där skulle han kunna förvara de kontanter han vill ha tillgängliga. Hittills har han haft småpengarna i fickan på jackan. Amerikabältet öppnar han bara när han är på hotellrummet. I butiken, som är ganska liten, är hyllorna fyllda med väskor. Det luktar läder. En liten man med tjocka, runda glasögon står bakom disken. Arvid ber att få se på en mindre axelväska. Expediten upplyser om att han kan stå till tjänst med att pränta in ägarens namn, om så skulle önskas. Det gör han gärna utan extra kostnad. Arvid ser och känner på tre väskor som är i den storlek han tänkt sig. Han väljer den minsta. Innanför locket har den två fack, ett stort och ett mindre. Locket har en slejf att stänga väskan med. Expediten demonstrerar nymodigheten som gör att båda facken kan stängas samtidigt med något som kallas dragkedja. Den består av små häktor som med hjälp av en liten dragsko kan förslutas på ett enkelt sätt, förklarar expediten. Det kallas för "spännet utan hakar." Arvid har aldrig hört talas om detta, men expeditens demonstration av hur det fungerar, övertygar honom. Han bestämmer sig för att köpa väskan och önskar få sina initialer inpräntade på locket. Carl Arvid Bergman. C A B. Expediten frågar om han komma tillbaka dagen efter och hämta den. Då ska allt vara klart. Det passar Arvid bra. Då kan han ta fram pengarna som krävs ur amerikabältet när han kommer till rummet.

När han dagen efter kommer hem med väskan blir rumskamraterna mycket förtjusta. De går också till väskbutiken, men bestämmer sig båda för att de tycker det blir för dyrt. Men Arvid är mycket nöjd med sin väska. Han bär den på sig när han möter Mary nästa gång, och hon är full av beundran över att den inte bara ser snygg ut, utan också är försedd med en dragkedja. En nymodighet hon inte ens vetat om att det fanns.

Kapitel 20

En dag efter promenaden när Arvid är tillbaka på rummet ser Viktor länge på honom.

"Jaha du", säger Viktor.

"Vadå?", säger Arvid.

"Vad heter hon?", frågar Viktor.

"Vem?", säger Arvid.

"Den vackra damen du gick promenad med?"

"Jaså, hon. Hon heter Mary."

"Hur har ni träffats?"

"I hamnen. Hon lär mig engelska."

"På det viset, men du tycker inte det skulle vara på sin plats att presentera henne för dina allra närmaste vänner här i den här gudsförgätna hålan?"

"Det kanske kan bli någon gång."

"När då?"

"Men tjata inte, Viktor!", säger Gunnar. "Arvid måste väl få träffa en vacker dam, utan att vi lägger oss i."

Dagarna och veckorna går. Inget bagage levereras. Varje dag går de till kontoret och frågar. Men sorry, sorry, får de till svar.

Med tiden ilsknar de till och frågar om agenten verkligen tror att de ska få sina koffertar. De ser hur han flackar med blicken, och hans försäkran, att det bara är att vänta, känns inte längre trovärdig.

"Vi kräver att få ersättning av rederiet för vårt bortslarvade bagage!", slår Arvid fast. "Vi kom hit i mitten av april, och nu är det redan mitten av juli!"

"Och vi kräver, att ni bokar in oss på nästa båt som går till Boston!", säger Viktor.

Gunnar instämmer i vad hans vänner redan sagt.

Agenten ser efter i turlistan, och meddelar dem, att nästa båt till Boston heter Ivernia och avgår om fyra dagar från Liverpool. Han öppnar sedan en låda och bläddrar i en pappersbunt.

"Hur stort värde betingar era koffertar?", säger han och vänder sig till Arvid och Viktor.

De tänker efter. Själva koffertarna var ju av det gedigna slaget. Och innehållet var ju värt en hel del eftersom det fanns kläder och verktyg och mycket annat de ansett sig behöva. De tänker efter och räknar och summerar och säger en summa till agenten. Han tycker det låter som ett rimligt belopp.

"Jag är ju medveten om att ni har fått vänta ovanligt länge här i Liverpool", säger han, "så ni får välja, om ni vill fortsätta stanna här en tid till och hoppas att bagaget kommer, eller så kan rederiet betala ut ekonomisk ersättning till er motsvarande värdet av det försvunna. I så fall kan jag boka in er på Ivernia som avgår den 18 juli. Då ska ni vara framme i Boston ungefär tio dagar senare."

"Då tycker jag vi väljer att få ersättningen, och blir inbokade på Ivernia" säger Viktor. "Men du kanske vill stanna här hos ditt damsällskap och hoppas att bagaget aldrig kommer?", säger han och blinkar retsamt till Arvid.

"Vi vill alla åka så snart som möjligt", säger Gunnar. Arvid nickar.

"Då är vi överens om detta?", frågar agenten. "Titta in här imorgon bitti, så ska jag boka in er, och ordna fram ersättningen."

Arvid har träffat Mary ganska ofta. De har promenerat tillsammans och han har lärt sig många engelska ord och fraser vid det här laget. Hon har berättat att hon arbetar som hotellstäderska. Hon börjar mycket tidigt på morgonen och slutar mitt på eftermiddagen. När de ses den här dagen, då han fått sin resa inbokad, berättar han så gott han kan på sin knaggliga engelska, att hans båt till Boston ska avgå fyra dagar senare. Hon skulle vilja följa med honom till Amerika, säger hon. Han tänker, att det väl inte vore så dumt att ha en tolk med sig, så han säger att han inte skulle ha något emot, att hon kommer med. De går till rederiets kontor, och frågar vad det skulle kosta för henne att komma med.

Agenten säger, att hon i så fall måste ha en släkting med sig, eller så måste hon vara gift. Annars är det inte säkert, att hon kommer in i Amerika. När Arvid hör, att han i så fall skulle vara tvungen att gifta sig med henne, blir han orolig. Det känns alldeles för tidigt. Och kanske är hon inte heller drömkvinnan i hans liv, egentligen. När han så förstår, att Mary inte har råd att resa, känner han sig lättad.

De går ut på gatan. Han vet inte riktigt hur detta ska avslutas. Han tycker mycket om henne, men allting har sin tid.

”Du är min bästa lärarinna i engelska”, säger han på sin finaste engelska. ”Jag har tyckt om att träffa dig.”

”Du är den vackraste man jag haft som elev”, ler hon, drar honom till sig och ger honom en kyss. Arvid blir förvånad, men svarar med att ge sin lärarinna en kyss på munnen. Han ser att hon försöker låta bli att gråta.

Viktor och Gunnar kommer längs gatan på väg mot dem.

Arvid presenterar dem för varandra.

”Äntligen”, säger Viktor. ”Det var på tiden.”

”Vi ska gå och äta nu”, säger Gunnar. ”Vill damen följa med?”

Hon skakar på huvudet och ser på Arvid med en lång blick, tar farväl och går i motsatt riktning mot stan.

”Baai!”, ropar han och vinkar. Men hon vänder sig inte om.

Kapitel 21

De stiger ombord på Ivernia på eftermiddagen den 18 juli. Det blåser ganska kraftigt, men det känns ändå inte kallt. SS Ivernia avgår i planerad tid. De står en stund ute på däck och ser kajen komma allt längre bort. Arvid spanar efter Mary, men han kan inte se henne. När han stoppar ner handen i fickan känner han något han inte vet vad det är. Han tar upp det, och ser att det är tussilagon han fått av Mary. Den är vissnad sedan länge. Han kastar den i havet. Vad ska han med en gammal vissnad tussilago.

SS Ivernia är en betydligt större båt än Rollo som de rest med från Göteborg. Den är en atlantångare, och av mycket nyare modell än Rollo.

En purser visar dem till deras hytt. De har fått en fyrabäddshytt. Den saknar fönster, men är trevligt inredd.

”Kommer det någon mera?”, frågar Arvid. Pursern tar fram sina papper och ser efter. ”Ja, det ska stiga på en passagerare till när vi lägger till på Irland.”

”Nu har vi verkligen bytt upp oss”, säger Gunnar belåtet och sträcker ut sig på sin slaf. Arvid sträcker ut sig i sin koj och är mycket nöjd med att ha sitt duntäcke. Det är två bäddar på vardera sidan i hytten, och överslafar högre upp. På ena sidan mellan sängarna står ett tvättfat och vatten. Vid sidan av tvättfatet hänger handdukar.

”Så enkelt att vi slipper våra koffertar!”, säger Viktor. ”Släpa med sig dom hade väl inte precis varit något att stå efter.”

”Ja, nu har vi ju rätt mycket pengar i gengäld”, svarar Arvid.

”Du har väl gömt dom i bältet?”

”Självklart. Man får ju inte vara naiv. Då kanske man inte kommer till Amerika”, fortsätter Arvid. ”Undrar hur familjen Eriksson har det i Göteborg, apropå det.”

”De sitter väl på ett hotellrum och grälar. Eller så går de till Frälsningsarmén och ber om hjälp”, säger Viktor.

”Inte något roligt öde, precis. Jag tyckte synd om dem. Men det var ju inget vi hade kunna göra åt saken”, säger Arvid.

”Vem vet, de kanske hade kofferten full med guld och ädla varor? Fast Margit inte visste om det och Sven inte kom ihåg det!”, säger Viktor

”Vet ni vad vi kallar sånt prat i personalrummet på tinget i Fagersta?”, säger Gunnar.

”Vadå?”, frågar Viktor.

”Lyteskomik. Och det är inte så fint att hålla på med, eller vad tycker ni?”

Det blir tyst.

”Alltså Gunnar, du är inte mycket för skämt du!”, säger Viktor surt. ”Och förresten är det här inte lyteskomik. Möjligen skulle man kunna kalla det för lyteskomik, om jag började skratta åt att inte du begriper skämt.”

Gunnar reser sig hastigt ur kojen och går ut ur hytten. Det finns ett gemenskapsutrymme med stolar och bord utan för hytterna, och längre bort finns matsalen som hör till deras avdelning.

När de så småningom lägger till i Queenstown på Irland, går ytterligare ett stort antal passagerare ombord. Däribland ska deras nye hyttkamrat finnas med.

Det visar sig att deras irländske medresenär är en kraftig man med rödbrusigt ansikte och väl tilltagen mage. Han har ett gemytligt sätt, men verkar inte särskilt förtjust över att behöva ta sig upp i den övre kojen. Arvid erbjuder sig att byta koj. Hellre än att han ska ramla ner på mig, tänker han, så tar jag mig upp. När Arvid väl är på plats, tycker han att det känns bra att ha ett helt avskilt område för sig själv. Som ett eget litet rum. Nästan som förr i trädkojan därhemma på gården.

Kapitel 22

Gunnar kommer in i hytten och hälsar på John, som irländaren heter.

”Vet ni”, säger Gunnar, ”att den här båten vi åker med är ganska ny. Den byggdes för bara fem år sedan. År 1900 gjorde hon sin jungfruresa. Det är en stålbåt, med fyra master, och hon väger 17000 ton. Hon är 275 fot lång och har tre däck. Det finns plats för 164 passagerare i första klass, 200 i andra klass och här i tredje klass är vi 1600 passagerare.”

”Hur vet du det?”, frågar Viktor.

”Jag har läst på en informationsskylt som sitter i salongen härutanför. Det känns verkligen lyxigt att resa med ett så fint skepp. Även så här i tredje klass, tycker jag”, fortsätter Gunnar förnöjt.

John tar fram en whiskyflaska ur sin väska och bjuder den som vill ha. Själv tar han en stor klunk och harklar sig ljudligt, innan han trycker i korken och lägger ner flaskan i väskan igen.

Den första morgonen vill Viktor och Gunnar ligga och sova länge i slafen.

Arvid är som vanligt uppe tidigt och går tillsammans med John till frukost i matsalen. Det serveras havregrynsgröt, kaffe, mjukt bröd och smör. Det visar sig, att det här blir den enda morgonen när någon sover länge. När Viktor och Gunnar kommer till matsalen finns det nämligen bara rester kvar. Viktor är förstås upprörd och protesterar, medan Gunnar på sitt lugna vis säger, att de väl får äta av det som finns.

I salongen och på det öppna däcket i tredje klass händer det hela tiden saker. Några har med sig fioler och dragspel och spelar så folk börjar dansa. Någon är duktig på att berätta historier och många samlas och lyssnar. Det pratas många olika språk, men eftersom det är en hel del skandinaver, kan Arvid och hans vänner umgås med några och prata om bakgrund och framtidsplaner. Till sin förvåning ser de en dag att värmlänningen Johan Andersson finns med på båten. Han har satt sig i hörnan där historieberättarna brukar sitta. Arvid går fram och hälsar på honom och frågar, hur det kommer sig, att de befinner sig på samma båt. Han berättar då, att han råkat ut för det som i Liverpool kallas ”runners.” Han hade knappt stigit av tåget, förrän hans ena resväska var borta. Han hade klagat förstås hos rederiet, men hade fått svaret att det säkert var runners som varit i farten. Han hade fått veta, att de skulle komma att erbjuda honom väskan tillbaka, mot att han betalade dem en avgift. Mycket riktigt hade det också blivit så, och nu har han med sig allt sitt bagage.

Arvid skulle just fråga honom vad han haft för sig i Liverpool för övrigt under flera månader, då Johan utbrister med hög röst:

"Vill ni förresten höra en värmlandslåt? Det är av Olle i Skratthult som jag lärt mig Nikolina."

Han börjar sjunga högt och ljudligt och folk samlas för att lyssna. När han slutar klappar alla i händerna.

"Vill ni höra en låt till, som är populär i Amerika?"

Alla klappar i händerna och ropar att det vill de. Han sjunger ytterligare en låt som han säger att Olle i Skratthult brukar sjunga.

Skandinaverna som samlats omkring honom skrattar och vill höra mera.

"Är det nån som vet vart vi är på väg?"

"Amerika!", ropar folk. Allt fler samlas kring Johan.

"Då ska ni få höra, hur jag hade det, innan jag drog iväg och kom på den här båten", säger han. "Jag hade ju en fru som inte gillade brännvin. I skåpet hade jag 12 flaskor whisky. Hon ville att jag skulle hälla ut alltihop. Eftersom jag inte vågade annat, påbörjade jag detta tragiska verk. Jag drog korken ur den första flaskan och hällde innehållet i vasken, med undantag för ett glas, som jag drack ur. Så drog jag korken ur den andra flaskan och hällde innehållet i vasken, med undantag för ett glas som jag drack ur. Jag drog sedan korken ur den tredje flaskan, hällde ut ett glas, med undantag av det innehåll som jag drack ur. Så drog jag korken ur den fjärde vasken, hällde flaskan i glaset, som jag sedan drack ur. Sedan drog jag upp korken ur det nästa glaset, hällde korken i flaskan och drog ut glaset. Därefter tog jag korken ur flaskan, hällde vasken i flaskan och satte korken i flaskan med glaset och hällde whiskyn på flaskan. Då alla flaskorna var tomma, stödde jag huset med ena handen medan jag räknade alla flaskor, korkar och glas. Det blev 29 precis. För att vara säker på min sak räknade jag en gång till. Det blev 74 igen. Då huset passerade förbi, räknade jag det hela igen och till sist alla husen, flaskorna samt vaskarna med undantag av en kork, som jag hällde i huset och drack ur."

Alla skandinaver tjuter av skratt.

"Nu ska jag räkna er", säger Johan och börjar räkna samtidigt som han pekar utåt åhörarna. "En, två, tre....just det , 29 precis!" Folk fortsätter skratta ohejdat. "Jag får kontrollräkna", säger han och börjar räkna på samma sätt. "Just det, det blev 74 igen, och då är också alla norrmän inräknade", säger han. Folk skrattar så de viker sig dubbla.

"Vi norrmän vill inte vara inräknade bland er svenskar. Unionen är så gott som upplöst!", ropar en norrman i mönsterstickad tröja.

Folk börjar skratta igen, men kommer av sig. Johan blir irriterad av norrmannens kommentar.

"Ni norrmän har ju ingen humor", säger han.

"Det är inget att skämta om, att ni svenskar tror att ni äger mitt land. Men nu är det snart över med det", säger norrmannen. "Snart ska ni få se att den svenska kungen inte längre än Norges kung!", fortsätter han och banar sig väg ut ur mängden av åhörare.

"Fler historier, Johan", ropar någon.

"Jaa!", instämmer andra.

Men Johan känner att det är dags för kojen en stund. Irländaren John som inte förstått andra ord än "whisky", vinkar på Johan och tar fram en plunta ur innerfickan på jackan och bjuder honom. Johan tar sig ett par rejäla klunkar, tackar och går till sin hytt.

Under resans nio dygn är vissa dagar ett långtråkigt väntande, andra dramatiska med hård vind och stora vågor, gungande båt och sjösjuka resenärer. Arvid blir mycket sjösjuk och håller inte så sällan till inne i toalettrummet. När det mojnat och dyningen inte är besvärande blir det kojen som gäller. Han vill bara vara ifred. Viktor kommer till honom med te då och då, och efterhand som Arvid kvicknat till, kan han gå ut i matsalen och äta med kamraterna.

Maten ombord är i stil med frukosten. Ryktet de hört, att maten skulle vara under all kritik på amerikabåtarna, kan inte längre gälla på de här nya båtarna, resonerar Gunnar och Arvid.

”Vi får ju både kött och fisk och potatis och fint bröd, så vad skulle man klaga på egentligen?”, säger Arvid.

”Det skulle väl i så fall vara vakterna som har i uppgift att förpassa kvinnorna till en annan avdelning på båten, när klockan är nio slagen”, säger Viktor.

”Viktor, Viktor”, säger Gunnar och skakar leende på huvudet.

Kapitel 23

Tidigt på morgonen den 27 juli kommer de fram till Boston. Det är en enormt stor hamn. Många större och mindre båtar ligger vid olika kajplatser. Fastän klockan bara är fem, är det många som står uppe på däck och upplever när Ivernia lägger till vid kaj. Det tar tid att komma av båten. Alla leds in i en stor hall, där pass och andra papper kontrolleras. Arvid, Viktor och Gunnar har alla sina papper klara, inklusive friskintyg, så för dem tar det bara några timmar innan de kommer vidare ut på Bostons gator. De förstår, att för andra kan det dröja mycket länge, om de ens får komma in i landet. Arvid tänker på Mary, som antagligen skulle ha fått återvända till Liverpool med vändande båt. Han känner sig lättad att han är fri. Livet ligger framför honom och känns som ett stort, väntande äventyr.

”Nu ska vi leta upp smålandsflickornas adress!”, säger Viktor. ”Den här stan verkar så stor så jag tycker vi tar en hästdroska dit.” Nere i hamnen väntar många droskor, så det ska inte vara svårt att få skjuts därifrån. Kusken frågar efter adressen. Viktor visar honom lappen med adressen, men han skakar på huvudet. ”Säj”, säger han.

”Läs du Arvid, som har lärt dig av en inföding”, säger Viktor och ger lappen till Arvid. Han läser på sin bästa engelska, men kusken skakar ändå på huvudet. Han stiger av kuskbocken och vinkar Arvid med sig till några andra droskor. Kuskarna pratar en stund med varandra, och så småningom tycks de ha fått fram ett rimligt förslag på vart de ska. De stiger upp i vagnen igen och det bär iväg.

Staden är mycket stor. Många är redan ute på gatorna. Det sopas och skramlas med hinkar och mjölkkärror, människor har bråttom iväg till något bestyr, hästdroskor far fram i väldig fart så folk får kasta sig undan. Höga, vackra hus ramar in gatorna. Efterhand förändras områdena de far igenom. Husen här är bara ett par våningar höga, och vart och ett ligger i en trädgård. Arvid tänker, att det måste bo rika människor här. Efter en stund stannar kusken framför ett stort gult hus. Han pekar på huset och vill att Arvid ska bekräfta att de kommit rätt. Arvid och Viktor hoppar båda ur vagnen och går in genom grinden och på grusgången upp mot huset. De knackar på. Dörren öppnas, och där står Elsa och ser förvånad ut.

”Hej”, säger Viktor. ”Nu är vi här. Kan vi få komma in?”

”Vänta!”, säger Elsa. ”Jag måste fråga frun. Jag kommer strax.” Medan de står kvar på trappan och väntar, ser de ut över trädgården som är stor, med fruktträd och trädgårdsodlingar. Strax öppnas dörren igen. Där står hon som måste vara frun i huset, och strax bakom henne står Elsa. Frun presenterar sig som Mrs Nelson, och tar Arvid och Viktor i hand.

”Welcome!”, säger hon, och det förstår ju varenda människa vad det betyder.

Mrs Nelson väntar i den öppna dörren, medan Elsa följer med Arvid och Viktor till droskan. Gunnar stiger ur. Han går fram till Elsa och hälsar. Så tar de sina väskor och betalar kusken, går grusgången upp till huset och stiger in genom dörren. Mrs Nelson hälsar i hand på dem, och Elsa frågar om de vill ha frukost. Det vill de gärna. Frun säger något till Elsa, och hon säger till dem att de efter frukosten gärna får ta ett bad och byta till rena kläder. Arvid ser på sina skor, och tänker, att han skulle ta dem av sig, men samtidigt är han litet rädd att han ska lukta fotsvett, så han behåller dem på trots allt.

Det finns ett badrum en trappa ner, och Elsa visar dem hur de värmer vatten i kitteln bredvid badkaret. De kastar lott om turordningen. Arvid har tur och får bada först. Sedan är det Gunnars tur, och så Viktors. Det finns tvål och handdukar som Elsa har lagt fram.

En timme senare kommer de upp till köket. Elsa ler litet åt de egendomliga frisyrerna, och kläderna som inte har kommit ur resväskorna förrän nu. Alla tre har mycket skrynkliga kläder.

På eftermiddagen kommer Mr. Nelson hem. Han arbetar som hamnkapten, och är elegant klädd. Han välkomnar dem till landet och deras hus, och bjuder dem att stanna några dagar, så de kan se Boston.

De stannar en vecka i Boston. Det finns ett gästrum på övre våningen som de får sova i. Hela huset är vackert inrett med stoppade möbler, mjuka mattor och vackert draperade gardiner. Nelsons har bott i huset i tjugo år, berättar de. De två barnen är utflugna, så nu har paret huset för sig själva. Och så bor förstås Elsa och hennes två systrar, Anna och Jenny där. Jenny har arbetat hos familjen i två år, och trivs mycket bra. Elsa fick också arbete där, när hon och Anna kom för några månader sedan. Anna fick arbete hos en familj längre ner på gatan. Väninnan Signe som reste tillsammans med dem har fått arbete som hembiträde i en vänfamilj till Nelsons. Hon bor i huset där hon arbetar.

Boston är gigantiskt. Det är mycket att se på. Fantastiskt stora hus inne i centrum och intressanta butiker, där man kan köpa det mesta. Mr. Nelson guidar dem i hamnen och de inser nu hur enorm denna hamn är, med pirar och båtar på alla håll.

Viktor vankar omkring i trädgården och ser på det som odlas. En dag frågar han Mr. Nelson, vem som sköter trädgården.

"Det gör Mr. Dennis", svarar han. "Men tyvärr är han inte riktigt stark efter det att han drabbades av sjukdom i våras, så det är därför det inte är så välskött, som du ser. Vi skulle ju egentligen anställa någon som kunde gå in och hjälpa till, men det är inte så lätt att få tag på folk man kan lita på."

"Jag kunde tänka mig att stanna en tid här och sköta trädgården", säger Viktor. "Om ni kunde tänka er att lita på mig. Jag är ju uppvuxen på en gård, och vet hur man rensar ogräs, och sköter om det som växer. Fundera gärna på det." Nästa kväll vid middagen får Viktor frågan, om han skulle vilja stanna som trädgårdsdräng, tills Mr. Dennis har blivit frisk. Han tackar omedelbart ja.

Kapitel 24

När veckan har gått, har Arvid och Gunnar köpt biljetter på tåget västerut. De har hört så mycket om Kalifornien, så det är dit de är på väg nu. Viktor följer dem till järnvägsstationen. Ett väldigt ånglok står längst fram i tåget och efter det följer sju passagerarvagnar. Det finns också en postvagn. På biljetterna står det skrivet var de ska sitta, och de hittar så småningom sina platser. Det här är ett finare tåg än det de åkte med till Liverpool. Sätena är klädda med dynor, och vid varje plats finns en liten lampa. De har fått fönsterplatserna i kupén. Gunnar är mycket belåten.

”Har ni nu ordning på lappen med adressen?”, frågar Viktor genom det öppna fönstret. I detsamma börjar tåget starta med ett frustande ljud, som gör, att de inte längre kan höra varandra. De vinkar, när tåget rulllar iväg.

”Så då var vi bara två”, säger Gunnar när de sitter i kupén och ser Boston glida förbi. Länge åker de i stadsmiljö.

Så småningom kommer de ut ur staden och ängar och åkrar breder ut sig. Det är bördig odlingsmark de ser. Kilometer efter kilometer, mil efter mil reser de över odlade slätter. De reser genom stat efter stat. Vecka efter vecka reser de med detta tåg som korsar kontinenten. På nätterna slumrar de och vaknar sömndruckna till bara när tåget stannar på någon station.

När de kommer fram till Sierra Nevada går järnvägen genom långa tunnlar, som får dem att resonera om hur man hade kunnat borra sig så lång väg genom ren granit. Gunnar säger att han läst, att det varit mest kineser som gjort insatsen med tunnelsprängningen.

”Var får du allt ifrån?”, säger Arvid. ”Det finns väl inga kineser här.”

”Jo, jag läste nånstans att det fattades folk när de skulle bygga järnvägen. Då försökte de med fångar från fängelset, men det fungerade inte för de rymde. Men det fanns en massa kineser som var här och ville hitta guld. De inte lyckades så väl med guldletandet, så när järnvägen skulle byggas för fyrtio år sedan var de arbetslösa och blev rallare. Och vet du mer, då. Man byggde både från öster och väster och så möttes de i Promontory Summit, Utah. Och när man möttes slog man i en guldspik i en syll på delen från väster och en i den del som kom från öster."

"Guldspik?", säger Arvid. "Kan det vara hållbart nog för att fungera i järnvägsräls?"

"Antagligen. Eftersom det var så de gjorde."

"Då får vi särskilt titta ut när vi är i Promontory Summit!"

"Jag undrar om vi faktiskt inte har passerat det för längesedan.", säger Gunnar. "Jag tror att vi kommer att vara framme i San Fransisco redan imorgon."

"Är det ledigt i den här kupén?", frågar en man som just stigit på tåget. Det är morgon, men fortfarande mörkt ute.

"Självklart", säger Arvid och försöker vakna till. Han makar åt sig väskorna så nykomlingen får plats. Gunnar slumrar med huvudet innanför sin jacka, och Arvid somnar också om.

När alla tre är vakna och har piggnat till, presenterar sig mannen. Han heter John Makins och kommer ursprungligen från Kanada. Men numera bor han i San Pedro. Han är pastor i en kyrka, Sailor´s Rest Mission. När Arvid och Gunnar presenterar sig och berättar att de kommer från Sverige, berättar pastor Makins, att det finns en svensk man som brukar komma till hans kyrka ibland. Mannen är en duktig musiker som då och då hjälper till att spela på gudstjänster.

"Och ni, vart är ni på väg?"

"Vi vill uppleva Amerika. Vi har nyligen kommit hit, och nu vill vi se Kalifornien. Det sägs ju vara ett underbart klimat här. Nu tänkte vi oss först till San Fransisco."

"Vad sitter ni och funderar på när ni åker tåg över denna stora kontinent?"

"Varifrån vi kommer och vart vi är på väg, förstås", ler Arvid.

"Jag tänker nog på dem vi lämnade, och om Amerika kan vara så bra som alla påstår", säger Gunnar.

”När jag kom från Kanada, tänkte jag nog mest på att det skulle bli så spännande att se något nytt. Uppleva att träffa främmande människor och höra hur de tänker. Och dela min tro, förstås. Och det får jag göra nu i min kyrka i San Pedro. Jag har låtit sätta upp en skylt över ingången till kyrkan. Där står det: `No Law but Love, No Creed but Christ´. Dit kommer folk och känner sig välkomna som de är. Man måste inte vara på ett bestämt sätt för att passa in i min kyrka.”

”Det låter bra”, mumlar Arvid. ”Själv har jag nog Abraham som jag tänker på, om jag ska tänka religiöst. Han som fick orden om att lämna sitt land.”

”Ja, man måste släppa taget om det som varit, för att kunna ta emot något nytt. Och man behöver ta reda på, vad man själv behöver och vad som är ens egen uppgift”, säger pastorn.

De fortsätter att samtala medan landskapet glider förbi utanför fönstret. Här är det annorlunda växtlighet än vad de sett tidigare under resan. De ser vinodlingar och till och med palmer. Det har de bara sett på bild förut.

På eftermiddagen anländer tåget till San Fransisco. De säger farväl till Pastor Makins och stiger av. Folklivet är nog så livligt som i Boston.

Kapitel 25

De anländer till San Fransisco en torsdag. Mycket varm luft som slår emot dem när de stiger av tåget. På gatorna som omges av höga, vackra hus, är det ett intensivt folkliv. Massor av människor står och väntar på spårvagnar. Hästskjutsar trängs med folk och bilar. På trottoarerna rör sig folk på väg någonstans. Längs med en stor gata finns en lång rad gatlyktor på höga, vackert dekorerade stolpar.

”Det måste vara vackert när de där gatlyktorna är tända på kvällen ”, säger Arvid.

”Vi kan väl gå hit någon kväll och uppleva det”, svarar Gunnar. ”Dessutom, finns det lyktor på en gata, kanske det finns det på många andra också.”

”Här gäller det nog att hålla i väskorna”, säger Arvid. De följer strömmen av folk från stationen. Hungern efter varm mat leder dem in i en restaurang. De serveras fisk och ris. Det är mycket folk därinne. Mätta ger de sig ut för att hitta någonstans att bo under natten. De frågar en polis om han vet var de kan övernatta. Han tipsar om ett litet billigt hotell som de hittar om de går uppför backen. Inte vilken backe som helst, inser de. Och de får se upp för spårvagnarna som kommer farande då och då. Hotellet skulle vara målat i ljust blågrått, hade polisen sagt. De hittar hotellet och får ett rum högst upp. Det är mycket litet. Men de får plats, och det bästa är, att det finns ett runt fönster som vetter ut mot havet. De ser hamnen och massor av olika höga och låga master på båtarna som ligger inne. Utsikten är strålande, även om fönstret inte precis är nytvättat. Vindsrummet är kvavt men de lyckas öppna fönstret och släppa in litet luft. De är trötta efter resan och somnar ganska snart.

”Vad tycker du vi ska göra idag?”, frågar Gunnar när de vaknar nästa morgon.

”Först ska vi ha frukost, och sedan får vi väl se oss om i stan.”

Hamnen intresserar dem. Många fina båtar i olika storlekar, segelfartyg och mera moderna ångfartyg. Det finns så mycket spännande att se. Inte minst butikerna som lockar dem att se på nyheter de inte hört talas om. På söndagen går de förbi Salvation Army. En frälsningssoldat står utanför kyrkan och bjuder dem att komma in. De serverar gratis soppa efter gudstjänsten, säger han. Så de går in och är med om en gudstjänst med mycket sång och musik. De flesta sångerna sjungs till gitarr. Arvid känner igen en del av melodierna. De är medryckande och lockar till att sjunga med i. Han har några gånger besökt Frälsningsarmen i Fagersta, och märker att melodierna här är desamma som där hemma. Fast med engelska ord. Efteråt bjuds de på en härlig fisksoppa och bröd.

De bestämmer sig för att stanna som längst två veckor i San Fransisco. Det är dyrt att leva i staden, och det är många som söker arbete, så det är inte värt att hoppas på en anställning. Det är intressant att se så mycket som möjligt, så de söker sig till nya områden varje dag.

Tisdag kväll den andra veckan kommer de in på en liten gatstump som är ny för dem. De ser en skylt utanför en källarlokal, och när de kommer närmare ser förstår de att man kan lyssna på musik därinne. Redan innan de går in, hör de välkända melodier. Är det här också en lokal som tillhör Frälsningsarmén? I alla fall är musiken lätt att känna igen. På skylten utanför står det att det är en svensk som heter Joseph Hillstrom som sjunger. De går ner några trappsteg och kommer in i källarlokalen. Den är ganska mörk. Ett tjugotal människor, mest män, sitter och lyssnar till mannen som sitter med sin gitarr på podiet nära bardisken. Lyssnarna sitter vid små bord där de har sina ölglas. De är klädda i vanliga arbetarkläder, och har kanske kommit direkt från jobbet. Artisten sjunger och spelar. Men även om Arvid och Gunnar inte är särskilt bra på engelska än, så hör de att det är andra ord till melodierna än vad de hörde i Frälsningsarméns gudstjänst. Arvid känner igen melodin som artisten sjunger, och i refrängen stämmer folk in med skrålande röster:

You will eat, bye and bye
In that glorious land above the sky
Work and pray, live on hay
You'll get pie in the sky when you die (that's a lie)

Folk applåderar och skålar. Arvid och Gunnar har köpt varsin öl och skålar med. Stämningen är helt annorlunda än hos Frälsningsarmén. Joseph Hillstrom sjunger om arbetarnas liv, om hur de utnyttjas av arbetsgivarna, och han uppmanar folk att sluta upp i solidaritet med dem som har det riktigt illa. Framme vid scenen finns en affisch där det står: ´Don´t mourn, organize!´

”Vad tror du mourn betyder?”, säger Arvid.

”Jag tror det betyder sörja”, svarar Gunnar.

”All right, så då är det en uppmaning att inte sörja utan organisera sig istället. Kanske nåt politiskt vi har hamnat på. Han sjunger i alla fall bra.”

Sångaren tar paus och kommer ner och pratar med folk vid borden. När han kommer till Arvid och Gunnar blir han glad över att få prata svenska. Han berättar att han kommer från Gävle och kom till Amerika för tre snart fyra år sedan. Han var född Hägglund, men här i Amerika tog han ett nytt namn, Joseph Hillstrom.

”För det mesta brukar folk tycka, att det också är för långt, så jag kallas mest Joe Hill. Det är inte så lätt att ta sig fram i Amerika som folk därhemma tror”, fortsätter han. ”Jag sjunger sånger som arbetarna här gillar, för ni anar inte hur svårt folk har det här. De blir utnyttjade av arbetsgivarna, och jag skriver mina sånger för att uppmuntra folk att inte stå ut med att bli förtryckta. Man kan inte jobba under vilka villkor som helst. Eller vad säger ni?”

”Nej självklart inte”, säger Arvid.

”Men vad gör ni här?”, frågar Joe.

”Upplever Amerika. Söker arbete. Just nu har vi överhuvudtaget inte något arbete. Har du något förslag på vart vi kan ta vägen för att hitta ett? Pengarna räcker inte mycket längre”, svarar Arvid.

Joe skakar på huvudet och tackar för pratstunden. Så sjunger han en stund till och det blir dags att gå vidare. Just när de ska gå ut, kommer han fram till dem och säger, att det möjligen kan finnas jobb på något av sågverken i Amador, som ligger ett stycke norrut från San Fransisco. Han önskar dem lycka till. De önskar honom detsamma.

Kapitel 26

De följer Joe Hills råd, att ta sig österut med järnväg till Amador och stiger av tåget i Sacramento. Sedan får de lifta med olika hästskjutsar till Amador City. Staden är inte stor. Mindre än Fagersta, gissar de. Men de hittar i alla fall mat och tak över huvudet för ett par nätter på ett litet värdshus. Ägarna till värdshuset, Mr. och Mrs. Sutter, är ett par i sjuttioårsåldern. Mrs. Sutter rör sig långsamt och haltar en aning, när hon serverar dem, men hon är glad och trevlig och pratsam. Arvid tänker, att hon kanske har ont i en höft. Mannen är pratsam och skrattar mycket. Han har skrattrynkor i ansiktet och har mist ett par tänder, men det hindrar honom inte från att le mot sina gäster. Han följer med dem till andra våningen och visar dem rummet. Det är ett litet rum, men ändå större än det de haft i San Fransisco. Rummet är till belåtenhet, säger de. På kvällen sitter Arvid och Gunnar i det lilla sällskapsrummet bredvid matsalen. Det är inrett med en stor mjuk mörkgrön matta och lika mjuka fåtöljer som hos familjen Nelson i Boston. Mr. Sutter kommer och sitter ner hos dem.

”Ni skulle ha varit med, när det var guldrusch här i Kalifornien i mitten av 1800-talet. På många platser i Amador fanns det guld i bäckarna. Folk var som tokiga. De högg ner skog och byggde rännor och kanaler och grävde upp hela dalar. Allt för att hitta guld. Det var tider det! I Sutter Creek, litet söderut härifrån räknat, har jag fortfarande inmutningar och ägor. Men guldet försvann.” Han suckar lätt. ”Ja, ja, det är i alla fall roligt att ha upplevt en sån rusch och så mycket människor från alla jordens hörn. Var det från Sverige ni kom, sa ni?”

”Ja, vi kommer från Sverige”, säger Arvid. ”Från en liten stad som heter Fagersta. Nu ville vi söka oss fram i Amerika. Så vi letar efter arbete. Vi träffade någon i San Fransisco, som tipsade oss om att det kunde finnas arbete på sågverk här i området.”

”Då har ni kommit rätt!”, utbrister Mr. Sutter med ett brett leende. ”Guldet i Sutter Creek är borta, men mitt sågverk står kvar. Det är ångdrivet och sysselsätter ett tjugotal arbetare.”

”Vad gör man av det som sågas?”, frågar Gunnar.

”Vi gör bräder till hus, mindre bräder till fruktlådor, och stockar till timmerhus. Skogen i området har vuxit upp igen, och det finns massor av virke på rot. Vi fraktar fram virket på vagnar, som går på räls. Där det inte finns räls kör vi med hästar."

"Kan det finnas arbete för oss vid sågverket?", frågar Arvid.

"Faktiskt är det så, att jag behöver mer folk. Vi hade ett par tillbud förra veckan med folk som blev skadade, så vi är två man kort. Så ni får lova att hålla er undan för sågklingor och rullande stockar", säger Mr. Sutter.

De kommer överens om arbetsvillkoren. Tre dollar per dag och boende i en stuga. Mr. Sutter beskriver för dem hur de ska hitta dit. Det är någon mil att ta sig, men han lånar ut en kärra att dra väskorna på.

Sågverket är ganska litet. Det saknar väggar. När Arvid och Gunnar kommer fram är sågen igång. Man arbetar med ett enormt stort träd. Ljudet är öronbedövande. De står en stund och ser på arbetet. Det dammar av sågspån och luktar starkt av färskt trä. Arvid drar in doften. Det doftar skog. En man står och kastar in spillvirke i ugnen då och då. Drivremmar snurrar på hjul. Vevstakar här och var driver sågklingorna. Två klingor är igång samtidigt. En sågar uppifrån och den andra nerifrån. Arvid funderar över hur de kan vara så fullkomligt anpassade till varandra, att det faktiskt blir släta bräder som resultat. Överallt finns det kranar och kedjor och stora griptänger och handtag. Vi första anblicken är det svårt att förstå hur allt detta fungerar. Det ser alldeles livsfarligt ut, när en arbetare går framför stocken och kontrollerar att klingorna sågar i perfekt vinkel, samtidigt som hela stocken förflyttas åt det håll där han själv står.

Äntligen är stocken färdigsågad och man stannar maskineriet. En man kommer fram till dem och presenterar sig som Mr. Smith. De förklarar för honom varför de är där och han hälsar dem välkomna.

"Kom får ni hälsa på arbetslaget", säger han. Mr. Smith berättar för de andra, att svenskarna är deras nya arbetskamrater. Arbetarna har slagit sig ner på bänkar och plockat fram sina matlådor och vattenflaskor. Törsten får dem att dricka glupskt, och de är mycket svettiga och torkar sig i pannan med näsdukar då och då. Arvid och Gunnar tar alla i hand och säger namnet. Flera av arbetarna saknar ett eller flera fingrar. Arvid ryser vid tanken på vad som kan ha hänt. Men det verkar ändå vara ett trevligt sammanhang de kommit till.

Först ska nykomlingarna lära sig, hur ångmaskinen fungerar. Medan allt fortfarande står stilla, får de instruktioner. De får veta, vad de ska tänka på, när de öppnar luckan och ska fylla på med ved, och vilken kran de ska vrida på, när ångtrycket ska höjas. Efter pausen ska man börja såga en ny stock. Ångmaskinen går igång. Från ett upplag av stockar rullar man ner den översta i dammen nedanför. En enorm klo fästs runt stocken, och med ångmaskinens hjälp släpas den in i sågen och läggs på ett band. Den sätts fast med andra klor, och så börjar sågandet. En man sköter farten på sågklingorna. Först tar sågen bort det yttersta barklagret och veden innanför, så det blir en mycket tunn bräda, som läggs åt sidan. När man väl fått stocken plan på en sida, vänder man den, lägger den på bandet och börjar såga på andra sidan. Allting tar tid, även om det fungerar som det är tänkt. Varje färdigsågad bräda läggs på ett rullband och förs in i klyven. Stockens läge justeras på nytt och proceduren upprepas.

”Det verkar vara ett väldigt farligt arbete”, säger Gunnar, när det är paus igen. ”Tänk om man kommer i vägen för sågen eller stocken, eller far med en bräda in i klyvmaskinen.”

”Ångrar du dig?”, frågar Arvid. ”Det är ju bra betalt. Men det är klart vi måste vara försiktiga. Man kan ju förstås undra om Joe Hill visste hur det fungerar vid ett sågverk. Då kanske han inte hade rekommenderat oss att komma hit. Men vi kan nog lära oss det här, tror du inte det?”

”Antagligen. Men jag vill gärna ha alla fingrar i behåll, när jag kommer hem till tinget i Fagersta igen”, svarar Gunnar.

De bor i en liten timrad stuga, som de delar med två kineser. Det är nästan omöjligt att förstå varandra, men det fungerar rätt bra ändå. Arvid och Gunnar har köpt med sig konserver med mat. Bröd bakar de, och frukt och grönsaker köper de av en odlare i närheten.

Arvid sätter sig ofta en stund på trappsteget till stugan om kvällarna och tänker. I början kan han inte låta bli att tänka på männen, som mist sina fingrar. Han ryser, när han tänker på hur förfärligt det måste vara, att hamna i en såg och bli av med ett finger eller två. Så ont det måste göra, och vad det måste blöda. Vad som hänt med dem, som han och Gunnar ersatt, för att det varit ”tillbud”, som Mr. Sutter sagt, vet han inte. Han har frågat, men ingen har velat berätta. Ganska ofta tänker han också på familjen därhemma i Sverige. Skulle någon fråga honom, hur han tycker livet är, så skulle han svara, att det är bra. Mycket arbete och långa dagar, skulle han säga. Bra arbetskamrater. Underbara dofter av trä, som får honom att tänka på skogarna i Bergslagen, skulle han säga. Och ibland när han läst något i sin bibel, tänker han, att de dofterna måste Jesus som snickarson ha varit bekant med.

När han en kväll försjunker i tankar om doften av nysågat trä, minns han vandringarna därhemma när han var liten. Hur han fick gå där långa vägar genom skogen och hämta brännvin, fast han bara var tio år. Och hur Far sedan så ofta varit full och retlig. Då tänker Arvid att det är skönt att han har lämnat honom bakom sig. Om han nu *har* lämnat honom bakom sig, när han så ofta tänker på honom. Inte sällan med irritation och nästan avsmak. Men så tänker han också på, att han fick sitt fickur av Far. Och då kan han fyllas av en känsla av ömhet för fadern. Att han trots allt hade ett gott hjärta, fastän brännvinet förstörde allt. Han tar fram rovan ur fickan och drar upp den. Det är helg, och arbetet har slutat tidigare eftersom det är lördag.

”Ska du sitta här länge?”, hör han Gunnar plötsligt säga. ”Jag har värmt litet mat.”

Arvid reser sig och går in. Gunnar serverar en uppvärmd konserv med kycklingröra på blecktallrikarna. Sallad och tomater från odlaren har han också lagt fram i en karott. Vatten från bäcken står på bordet i en kanna. Gunnar häller upp i Arvids mugg. Det smakar mycket gott.

”Du satt och tänkte”, säger Gunnar.

”Ja, gör inte du det ibland? Man måste ju ta reda på, vad som finns för tankar i en, för att veta vem man är och vart man ska.”

”Det är klart jag också tänker, men det kanske är så, att det bara blir en kortare stund i taget. Jag tänker nog en del på det som hände med Ingrid, och hur det kan vara nu.”

Det visar sig efter en tid, när Arvid och Gunnar lärt sig alla moment i sågverksarbetet, att de trivs bra med både arbetskamrater och uppgifterna. Vintern kommer, men det är ingen kall vinter här, även om det kan bli svalt på nätterna. Det är som svensk sommar.

Arbetet pågår hela vintern. Uppgifterna är ganska omväxlande, så det blir inte långtråkigt. Och Arvid tänker, att han alltid kommer att minnas doften av nysågat trä. De har ledigt på juldagen, och på söndagarna, slutar ibland något tidigare på lördagar, men i övrigt är det vanligen tolv timmars arbetsdag.

”Tycker du vi ska stanna här ett år till?”, frågar Gunnar en kväll. ”Vi tjänar ju ganska bra och klimatet är behagligt."

"Ja, jag håller med dig om vad du säger om lönen och klimatet, men det händer ju inte särskilt mycket nytt här, och jag skulle gärna vilja se mera av det stora nya landet nu när vi är här. Vi kan åtminstone stanna över sommaren, tycker jag."

Kapitel 27

1906

En morgon i mitten av april, närmare bestämt den 18 april 1906, vaknar Arvid tidigare än vanligt. Han tittar på sitt fickur, och ser att klockan bara är fem. Han stiger upp och går utanför knuten som han brukar. När han kommer in igen, lägger han sig en stund till på sängen, men kan inte somna om. Plötslig känner han att sängen skakar. Det skramlar i skåpen och en kastrull som stått nära kanten på spisen far i golvet. Alla vaknar till. En av kineserna far upp och springer mot dörren. Han ropar att de måste ut! Genast!

”Earthquake, earthquake!”, ropar han. Arvid och Gunnar far upp ur sängarna och tar snabbt på sig kläderna och rusar ut genom dörren. Det skakar i marken. Arbetare kommer utspringande ur alla de små timmerstugorna. Mr. Smith tar sig ut ur sin stuga i full fart, medan han drar en tröja över huvudet. Alla ropar ”earthquake” och ser förskrämda ut.

”Är det jordbävning?”, ropar Gunnar.

”Vad ska det annars vara, som skakar ner kastruller från spisen?!”, svarar Arvid.

Det kommer några skakningar till. Sedan blir det tyst som i graven. En lång stund.

Mr. Smith säger plötsligt, att de måste gå ner till sågen och se, om den har blivit skadad. De andra följer med. Det visar sig att en vattenledning till ångmaskinen sprungit läck. Timmerstockarna, som legat upplagda på slänten ovanför dammen, har rullat ner och ligger i en bråte. Banden på drivhjulen har halkat snett och måste justeras. Sågklingorna har kommit på sned och banden som för bräderna in i klyven verkar ha rubbats.

”Idag blir det inget sågarbete gjort”, säger Mr. Smith. ”Det tar säkert minst en vecka att få ordning på allt, som kan ha hamnat i olag. Vi behöver få hit nya ledningsrör och kalibrera sågklingorna, och allt måste kontrolleras noggrant. Så räkna med, att ni inte har något jobb den närmaste veckan. Ni kan ta er in till Sacramento och roa er i barerna så länge!”

”Nu lämnar vi det här stället!”, säger Arvid.

”Men det kanske blir lagat snart, och vi vet ju vad vi har, men inte vad vi får”, svarar Gunnar.

”Jag tänker inte vara på ett ställe där allting plötsligt kan ramla ihop för det blir jordbävning. Eller man plötsligt kan bli av med både två och fler fingrar. Vill du stanna, får det bli utan mig.”

”Jag kommer med, vart vi nu ska ta vägen. Det enda jag känner närmare till är ju Montana, för där hade jag en farbror som bodde. Han brukade skriva brev hem till min far, att det var så vackert där.”

”Bra. Då tar vi oss dit. Det blir via Sacramento, antar jag, för det är väl järnväg som gäller.”

De går till sin stuga och plockar ihop sakerna.

I Amador City söker de upp Mr. Sutter. De vill ha ut sin lön från förra veckan. Vanligtvis skulle Mr. Smith ha betalat ut veckolönen, men nu har han annat att göra, uppenbarligen. Mr. Sutter är inne i kontoret på värdshuset. I matsalen är det en enda röra av glas på golvet. Glasen i baren måste ha fallit ner under jordbävningen. Mr. Sutter verkar chockad, där han sitter bakom sitt skrivbord.

”Jag har fått telegram”, säger han. ”Läs själva.”

Arvid får det grå papperet med telegramtexten. ”San Fransisco in epicentre of earthquake. The whole city on fire. Many buildings totally collapsed.”

”Min dotter bor där med sin familj”, säger han. Mrs. Sutter kommer in i rummet. Hon verkar lika chockad. Hon har fortfarande nattkläder på sig. På huvudet har hon en rosa nattmössa med spetsar. Grå hårtestar sticker fram.

”So sorry”, säger Arvid. Gunnar hummar instämmande.

Arvid säger, att de kommit för att säga farväl och få ut sin slutlön. Mr. Sutter frågar hur det har gått med sågen, och de berättar. Så undrar han, för hur lång tid han ska betala dem lön, och tar fram en bunt sedlar ur skrivbordslådan, när de sagt, att det gäller den senaste veckan. Han räcker en sedelbunt till dem var.

”Det här är för mycket”, säger Gunnar. ”Det gäller bara en vecka.”

”Ta det bara! Allt är ändå förstört”, säger Mr. Sutter.

Arvid och Gunnar ser på varandra och vet inte hur de ska göra. De har fått lön i handen för en hel månad. Arvid delar på sin bunt och vill ge tillbaka en del av den. Men då blir Mr. Sutter arg och ryter åt dem att försvinna. Han vill inte ha mer besvär idag. När de ändå inte går, tar han käppen och höjer den mot dem och de skyndar sig ut.

”Nu måste han väl ha blivit spritt språngande galen”, säger Arvid när de kommer ut. ”Bara ge bort så här mycket pengar.”

”Inte mig emot”, säger Gunnar. ”Pengar kommer alltid till nytta, och han har nog blivit rik på både guld och sågverk i sina dar.”

”Inte mig emot heller. Nog kan vi ha användning för pengarna. Undrar vad Joe Hill skulle gjort?”

”Han skulle ha tyckt, att det inte är mer än rätt och riktigt, att arbetarna får sin rättmätiga lön.”

Kapitel 28

De tar sig till Sacramento till fots. Ibland får de lift med en hästkärra. De har insett, att de inte kan ha så mycket mer med sig än resväskorna. Men de räknar med att vara i bebodda trakter, så då behöver de inte släpa på något större matförråd. Från Sacramento tar de tåget till Portland och byter sedan till Montana. Eftersom de inte vet vart de ska ta vägen, tittar de på Gunnars karta. Arvid blundar och sätter ner fingret på kartan.

”Här går vi av!”, säger han och skrattar.

Gunnar tittar noggrant på var han har pekat.

”Butte”, säger han. ”Den lilla staden Butte ligger där du pekade.”

”Då stiger vi av där!.”

Sagt och gjort. De kommer till Butte sent på söndagseftermiddagen och tar in på ett värdshus. Det drivs av Mrs. Sadie Turman. De äter en mycket god middag bestående av köttfärslimpa, potatismos och färska bönor tillredda med bacon och lök. Som efterrätt serveras en chokladkaka. Det var mycket länge sedan de åt en så delikat måltid. I matsalen finns många män. Arvid och Gunnar pratar med en ung man, som berättar att han arbetar i koppargruvan. Det gör många av dem, som bor här på värdshuset. Här kan man hyra bra, välskötta rum och maten är den bästa i Butte. Fast givetvis får man inte söndagsmat om vardagarna.

”Om ni ska arbeta i gruvan, kan jag rekommendera det här stället”, säger den unge mannen. ”Det kostar tio dollar i veckan för mat och logi. Man tjänar bra i gruvan, så för mig är detta det bästa alternativet. De flesta andra ställen kostar runt åtta dollar i veckan, men det sägs, att lakanen sällan byts, att städningen är undermålig, och att maten inte alls är så bra som här.”

Gunnar tycker att det låter alldeles förträffligt, om de kan bo hos Mrs. Turman och få arbete i gruvan. Arvid håller med, och de bestämmer sig för att boka rum för tre nätter till att börja med. På måndagen går de till koppargruvan och hör sig för. De får veta på kontoret, att det finns arbete, men de måste prova på det ett par dagar, innan de kan anställas definitivt. En förman visar hur arbetet nere i gruvan går till.

Kapitel 29

Arvid och Gunnar arbetar nu sedan ett halvår i koppargruvan i Butte, Montana. Arbetet i gruvan är tungt. Tungt och mörkt. Man använder handborr. Det är ett drygt arbete att slå med släggan på borret, samtidigt som det ska vridas för varje slag, så hålet i berget blir rätt riktat och djupt nog för dynamiten. Inte är Arvid expert på detta precis, men han förstår hur det ska gå till. Nu har han blivit tillräckligt duktig, så han kan hålla jämn takt med laget. Jobbet är bra betalt, så han tycker det är värt det. Han har också lärt sig tillräckligt mycket av språket, så han för det mesta kan förstå och bli förstådd. Gruvan är säkrad med kompakta trästag, men en viss oro har han för ras. Inga svenskar arbetar här i gruvan förutom Arvid och Gunnar. Det finns några norrmän, som de trivs tillsammans med. En dag i lunchpausen presenterar förmannen fyra nya arbetare som ska ingå i laget. Alla tar i hand och hälsar på varandra.

”My name is Rickard”, säger den förste.

”I am Arvid, Carl Arvid from Sweden”, säger Arvid.

”Jag heter Anton, från Avesta, Sweden”, säger nästa på svenska. ”Rickard är min bror.”

”Från Avesta??”, utbrister Arvid. ”Jag är från Fagersta! Bara tio miles mellan våra hem där borta i Sweden. Och min kompis Gunnar här, är också därifrån.”

De två andra presenterar sig som Nathan och Stan. Nathan och Stan kommer från Ohio, men från de fyra svenskarnas sida får de mycket liten uppmärksamhet.

”Vi har jobbat i gruvan i Kärrgruvan. Men när laget i skiftet före oss hamnade i olyckan i Norbergsgruvan, där lastvagnen lossade och föll, och flera dog, slutade vi och drog västerut.”

”Här är inga andra svenskar, så ni skulle vara välkomna om ni så kom från Skåne! Att vi sedan nästan varit grannar är ju bara fantastiskt!”

Norrmännen skrattar och tycker det är dejeligt och pent med folk som går att prata med på skandinaviska.

”Hur är det här då?”, frågar Anton.

”Skapligt bra betalt”, svarar Arvid. ”Tungt jobb förstås, att få fram kopparmalmen, men inte värre än att det går.”

”Är det ungefär som i järngruvorna hemma?”, frågar Anton.

”Det kanske man kan säga. Jag kan känna mig orolig för om trästöttorna ska hålla, men hittills har det ju gått bra. Borrandet går till på samma sätt som hemma, skjutningarna också. Och det är inte borrlaget som tar reda på sprängmassan, utan det gör brytarna och lastarna. Så det blir ju en del pauser.”

”Fungerar pumparna som de ska?”, frågar Rickard.

”Jag har inte sett exempel på motsatsen”, säger Arvid.

”Det är det stora gruvbolaget som driver businessen. Det går väldigt bra för dem, efter vad vi hörde”, säger Anton. ”Hemma i Sverige var jag aktiv i fackföreningen. Det är ju inte alltid som arbetarna lönas, även om bolaget går bra och ägarna blir rika.”

”De betalar bra,” svarar Arvid. ”Man hör ibland att folk klagar på att röken luktar illa, och att arbetarna borde få bättre betalt, men jämfört med hemma är ju detta guld värt.”

”Jag har inte jobbat i gruva förr”, säger Gunnar, ”men jag tycker nog att det är helt acceptabelt vad gäller både lönen och jobbet.”

Samtalet avbryts av att förmannen visar de nytillkomna platsen för arbetet. De klättrar neråt på många stegar för att nå nivån nere i gruvan. Arbetet är tröttsamt, och när de borrat klart och det är dags för sprängaren att komma och göra sitt, tar de sig upp till markplanet igen.

Anton och Rickard är ganska olika. Anton är smal och lång. I det tunna ansiktet plirar två blågröna ögon under en lång, mörk lugg. Rickard är kraftigare byggd med breda axlar. Han har det ljusa håret bakåtstruket så pannan syns under hatten. Ögonen är ljusblå och skrattrynkorna runt ögonen gör, att Arvid tycker han ser ut att ha ett godmodigt och trivsamt sätt.

Arvid, Gunnar och de båda bröderna sätter sig på en bänk och pratar. De har mycket att ackordera om vad gäller hemtrakten i Sverige. Har de hört om det hänt något särskilt på sistone? Anton berättar att han läst i Västmanlands Läns Tidning, att fackföreningarna varit mycket aktiva i gruvbranschen och att det nyligen varit konfliktvarsel.

”Hur är det med fackföreningar här?”, undrar Anton.

”Det verkar inte vara så värst mycket med den saken här”, svarar Arvid. ”Inte alls som hemma, där så många arbetare är organiserade.”

”Nog är det här en hel del bråk om arbetarnas arbetsvillkor”, säger Gunnar, ”men de verkar som sagt vara sämre organiserade än hemma.”

”De har väl inga ledare här som Palm och Branting, som begriper arbetarnas sak”, säger Anton.

”Men det är ju i alla fall rätt så bra villkor här”, säger Arvid.

”Visar gruvbolaget generositet om arbetare skadas?”

”Det vet jag inte”, säger Arvid. ”Hittills har allting fungerat bra.”

”Man tänker kanske inte på sånt förrän olyckan är framme”, säger Gunnar.

”Men vet ni inte vilka arbetsvillkor som gäller för gruvarbetare?”, säger Anton som har blivit alldeles röd i det smala ansiktet.

”Lugna ner dig nu Anton”, säger Rickard. ”Du kan ju inte hålla på här och tjata om arbetarnas rättigheter, som du gjorde hemma. Allting handlar väl inte om det. Nu ska vi jobba och spara pengar, så vi kan ta oss vidare.”

”Vart ska ni vidare?”, frågar Arvid, glad över att komma in på ett annat spår i samtalet.

”Vi siktar på Klondyke och guldet i Alaska”, svarar Rickard. ”Vi har inte pengar så det räcker att ta oss dit. Det är därför vi ska jobba här i gruvan ett tag. Har du inte själv tänkt på att det finns guld att bli rik på?”

”Klart jag har tänkt”, säger Arvid, ”och Gunnar och jag har pratat om den möjligheten, förstås, men det är något visst med en fast lön också. Fast det är klart att det vore spännande att pröva på.”

”Det är väl inte ett alldeles enkelt liv att vara guldgrävare”, säger Gunnar.

För en stund sedan hördes explosionen i gruvan, och de vet att det börjar bli dags att gå ner igen och borra nytt.

Kapitel 30

Det är folk från många nationaliteter som arbetar i gruvan. De flesta bor i arbetarbostäderna, där var och en har en säng och ett utrymme för personliga saker. I avdelningen där Arvid och Gunnar bor tillsammans med norrmännen och två holländare, får nu också bröderna Persson husrum liksom de två nyanlända från Ohio. Det är billigare att bo här än på Mrs Turmans värdshus. Allt är enkelt ordnat. Frukost lagar de själva. Ägg och mjölk och bröd levereras vid dörren måndag och torsdag kväll från stadens närmaste speceriaffär. Lunch och middag serveras i den gemensamma matsalen, där alla de nittio arbetarna äter i skift. Maten är inte dålig, men inte heller särskilt god. Man får ibland fisk, men lika ofta fläsk och bönor. Och potatis och majs ingår också. Det finns en järnspis i ett hörn av deras avdelning. Den eldas med ved, som finns i vedskjulet intill. Spisen används mest till att koka kaffe och te. Så mycket matlagning i övrigt blir det inte.

När Arvid och Gunnar varit i gruvan drygt ett år, har de lyckats spara ganska mycket av sin lön, även om en del gått till mat och kläder. Bröderna Persson från Fagersta har varit på plats drygt ett halvår. De pratar hela tiden om att de ska vidare och leta guld. En torsdag i mitten av mars tar Rickard Arvid avsides och berättar, att han och Anton snart tänker sluta i gruvan och ta sig vidare till Klondyke.

”Både Anton och jag tycker det skulle vara roligt, om du och Gunnar ville.”

”När tänker ni resa, och hur?”

”Inom en månad ska vi ta oss med järnvägen till Seattle och därifrån med båt till Skagway. Sedan tar man sig över passet och vidare och därefter båt på Yukonfloden ner mot Dawson.”

”Jag har hört en del om den vägen”, säger Arvid. ”Det är väl inte den allra enklaste precis, att ta sig till Klondyke. Förresten har jag läst att man har hittat guld i Nome som ligger längre västerut i Alaska. Det kanske skulle vara en bättre variant i så fall.”

”Vi har hört oss för en del, Anton och jag, och det sägs ändå att det finns en hel del guld kvar uppe i Klondyke, så det är dit vi tänker oss. Tänk på saken, och prata med Gunnar om det”, säger Rickard.

På kvällen samma dag sätter sig Arvid och Gunnar på träbänken utanför huset där de bor. Det är en fin kväll. Visserligen är det fortfarande svalt om kvällarna, men västersolen värmer.

”Gunnar, skulle du ha lust att följa med upp till Klondyke och bli guldgrävare?”, frågar Arvid. ”Rickard och Anton ska ge sig av dit om några veckor, och vi kunde göra sällskap med dem.”

Gunnar är tyst. Arvid vet att han inte svarar utan att tänka efter. Och det är ju en stor fråga.

”Vi har ju varit inne på tanken”, säger han slutligen. ”Redan när vi var på sågverket i Amador funderade vi ju över om detta vore något för oss. Då var ju guldruschen i Californien redan över, men det verkar ju finnas guld norrut, efter vad man hör. Men tror du inte det är väldigt arbetsamt att ta sig till Klondyke?”

”Jo, det tror jag verkligen, och det är väl det som gör mig tveksam till att ge mig av norrut, men samtidigt är det ju också spännande. Tänk om vi skulle komma på en claim som ger oss riktigt mycket. Då skulle vi inte behöva jobba resten av livet”, säger Arvid.

”När ska de åka?”

”Om senast en månad.”

”Vad behöver man ha med sig? Vad jag har hört kan det vara fruktansvärt kallt om vintrarna. Och varg och björn och allt möjligt farligt”, säger Gunnar.

”Varma kläder får vi skaffa oss i Seattle eller Skagway. Du får fundera på om du vill komma med. För min del börjar jag tänka mer och mer, att jag kanske inte vill tillbringa resten av mitt liv i underjorden.”

En vecka senare har Arvid bestämt sig för att resa med bröderna Persson. Gunnar är i valet och kvalet hur han ska göra. Han tycker, att jobbet och fast lön är bra, så man vet vad man har att rätta sig efter. Men tre dagar före avfärd bestämmer han sig trots allt för att komma med.

Kapitel 31

Så har dagen kommit då de fyra svenskarna har hämtat ut sina löner på kontoret. De tar farväl av sina arbetskamrater och tänker ta sig till fots till tåget. Men till all lycka stannar en hästskjuts med stor vagn på vägen, och de får åka med på flaket till stationen. De har ju bara så mycket packning, som de kan bära, men det är ändå tungt. Tåget till Seattle avgår vid fyratiden på eftermiddagen. Eftersom de fått skjuts, har de god tid på sig att köpa biljett. Till slut blir det tredje klass som vanligt, sedan de varit oense om, vilken klass de skulle resa i. Gunnar hade tyckt att de gott kunde ha råd nu att resa i andra klass, men de andra tre ville inte slösa pengar i onödan. Så nu sitter de i den obekväma kupén på träbänkar. Det är trångt, och bagaget tar mycket utrymme, men de är på gott humör.

"Tänk att vi är på väg till guldet i norr!", säger Rickard glatt.

"Så spännande att se den delen av landet", säger Arvid. "Undrar om det ser ut som här i Montana."

"Mycket kallare", säger Gunnar. "Åtminstone kommer det snart att bli mycket kallare."

"Men vi kommer att få värma oss med hårt arbete", säger Anton. "Efter vad jag hört, håller man sig varm med att gräva och spetta loss det glimmande guldet."

"När vi åker därifrån ska vi åka första klass och ha mycket plats och sitta på mjuka säten", säger Gunnar.

Sedan är alla tysta och ser ut genom tågfönstret. Tåget stannar på många stationer. De ser landskapet flyta förbi. Uppåt bergssluttningarna ser de björkarna skifta i lila. Knopparna väntar på att få slå ut i grönt. Det är vår.

Efter sju timmars resa kommer de fram till slutstationen Seattle. Det är mörkt ute. Bara några gaslyktor är tända vid stationen. De bestämmer sig för att sova inne vänthallen. Det finns litet bröd kvar efter resan, och vatten har de i sina flaskor, så de klarar sig under natten.

Arvid vaknar tidigt som vanligt. Han sträcker på sig. Känner sig litet stel efter att ha sovit på golvet. Ute kommer solen snart att stiga upp.

Morgonrodnaden får ett allt varmare ljus. Han går ut och runt kvarteret. Seattle är en stor stad med banker och affärer och allt man kan behöva. Han söker sig vidare och finner vägen ner mot hamnen. Många skepp i olika storlekar ligger vid kajen. Några arbetare är redan på jobbet. De flyttar en vagn med gummihjul. På vagnen ligger stora koffertar. De är på väg mot en av de större båtarna. Arvid ropar till dem. De stannar upp. Han frågar vilken båt som går till Skagway. De pekar på en hjulångare som bär namnet Aurora. Den har fyra däck, men är betydligt mindre än en atlantångare. Han frågar om de vet när den ska avgå, men de vet inte exakt. Någon gång mitt på dagen, tror Arvid att de säger.

Arvid går tillbaka till järnvägsstationen. Hans tre vänner har vaknat.

”Vi förstod att du inte rymt”, säger Gunnar och småler. ”Ditt bagage är ju kvar.”

”Nu måste vi få något i oss”, säger Anton. ”Det går ju inte att gå omkring med magen skramlande som en tom tunna.”

De tar sina väskor och går in till stan. Arvid vill guida dem och visa varåt hamnen ligger, men de andra är mest intresserade av var de kan få frukost. De hittar ett kafé som är öppet, och får sig en rejäl frukost till livs. Ägg och fläsk och gröt och mjölk. Och en öl därtill. De får också fylla på sina vattenflaskor innan de går vidare.

Kapitel 32

De går tillsammans ner till hamnen. Nu är det liv och rörelse där. Inte alls som när Arvid var där för någon timme sedan. Solen är uppe, och det är många hamnarbetare som kör bagage på kärror nu. Aurora avgår klockan halv ett. De går in på biljettkontoret och köper biljett. Den här gången köper de andraklassbiljetter, så de får platser med utsikt. Det skulle vara en vacker sjöresa, hade mannen i luckan på biljettkontoret sagt, och rekommenderat dem andra klass, om de aldrig gjort den resan tidigare.

”När är vi nu framme i Skagway?”, säger Anton och ser på sin biljett. ”Stämmer det tror ni att det tar nästan fyra dagar dit?”

”Det gör det”, svarar Gunnar. ”Tre nätter ombord på den här båten ska vi tillbringa. Maten ingår, och plats i en hytt. Det är som det ska vara, tycker jag. Man kan ju inte hålla på och resa i tredje klass hela tiden.”

”Jag tycker inte det är något fel på tredje klass resor”, säger Arvid, som börjar tröttna på att inget verkar vara fint nog för Gunnar.

”Det här blir bra för oss”, säger Rickard. ”Nu när det handlar om nästan fyra dygn, är det fint att kunna ha det gott ett tag. Vi har slitit tillräckligt i gruvan i Butte, för att unna oss det, tycker ni inte det?”

De har en fin hytt på mellandäck, där de ser ut över vattnet. På avstånd ser de stranden. Det är höga, vackra berg inåt land. Mycket höga. Där ska de röra sig så småningom.

I restaurangen serveras en ganska väl tilltagen middag med mycket majs, potatis och fisk. Alla fyra slår sig ner vid ett av långborden. Servitriserna bär svarta klänningar med vita förkläden. Här är det vita dukar.

Arvid råkar sitta bredvid en man som ser välbeställd ut.

Han är ganska korpulent med blossande kinder och kraftig näsa, och dubbelhakorna tyder på att han inte lever nära svältgränsen precis. Håret har han bakåtstruket. Han pratar vänligt med alla i närheten, och Arvid lyssnar med intresse till vad han säger. Mannen berättar för alla som vill höra på, att han är bosatt i Skagway, och just nu på resa i affärer. Han har bott i Skagway under många år, och sett hur väl saker och ting kan utvecklas, bara någon tar initiativ och ansvar.

”Hoppas det inte blir någon som Soapy Smith som ska skapa ordning, bara”, säger en man som har avlyssnat mannens utläggning om ordning och reda i Skagway. ”Under Soapy Smiths herravälde för ett antal år sedan, var ju allting korrupt”, fortsätter han. ”Soapys gäng hotade folk så de betalade avgifter för sånt som egentligen var gratis. De skapade vad som såg ut som telegramkontor, och folk gick in där och i god tro skrev sina telegram och betalade, men några telegram skickades inte. Rent kriminellt, om ni frågar mig.”

”Givetvis syftar jag inte på de tider då Soapy Smith förmörkade livet i Skagway”, svarar mannen från Skagway surt. ”Jag talar förstås om det välfungerande samhälle som Skagway är nuförtiden. Som sagt har jag bott där länge och känner till det mesta som händer och sker.”

”Det där låter väl som en intressant kontakt för oss”, viskar Arvid till sina tre vänner. ”Vi behöver ju någon som kan visa oss Skagway.”

”Vi funderar litet innan vi pratar närmare med honom”, viskar Gunnar tillbaka.

När de ätit färdigt går de ut på däck. De fantastiska vyerna gör dem hänförda.

”Tänk att vi ska upp i de där höga bergen”, säger Anton. ”Vilken utsikt det måste vara där uppifrån.”

”Får jag störa”, säger Skagway-mannen. Han har kommit fram till dem utan att de märkt det. ”Jag har inte presenterat mig. Jag heter Andrew Swanson, och jag är hemma i Skagway. Tänker ni er att jobba där eller ska ni vidare?”

”Vi tänker oss vidare upp mot Klondyke”, svarar Arvid.

”Så vi ska inte stanna särskilt länge i Skagway”, säger Gunnar.

”Om ni ska till Klondyke och guldet hägrar, så vet ni säkert, att ni behöver ha med er en hel del skaffning”, säger Swanson. ”Ni ska väl ha vaskpannor och guldvaggor och vettiga kläder, bra stövlar, varma jackor och hackor och slädar, för att inte tala om torkad mat. Det är alltid en stor glädje för mig att hjälpa dem, som har ärende norrut till guldbäckarna och claimsen där. Min bror och jag var där för fem, sex år sedan och ni kan inte ana vilka skatter som ligger där och bara väntar. Sedan dess har jag varit bosatt här i Skagway och driver bland annat handel med olika varor som man behöver ute i vildmarken. Jag har dessutom goda kontakter med hotell och enklare ställen för övernattning, om det kan vara intressant."

"Tack", säger Rickard. "Det låter väldigt intressant för oss. Vi kan väl höras när vi kommer litet närmare Skagway. Det är ju trots allt ett par dygn kvar innan vi är framme."

"Givetvis", säger Swanson. "Jag hoppas ni ursäktar att jag trängde mig på. Jag ska inte störa er mera, för jag förstår att ni givetvis klarar er på egen hand."

Den kvällen pågår ett ivrigt samtal mellan de fyra.

"Det är väl självklart att vi ska passa på att ta hjälp av någon som vet hur det är i Skagway", säger Arvid.

"Jag tycker det verkar misstänkt att han kommer fram till oss och erbjuder sina tjänster, utan att vi har frågat", säger Gunnar. "Och du hörde invändningarna som den andre mannen hade."

"Det var nu faktiskt bara så att vi händelsevis kom att sitta vid samma bord som han", säger Arvid. "Och vad jag förstår så pratade den andre om tider för längesedan."

Rickard tycker som Gunnar. "Det är litet misstänkt. Han vill litet väl gärna hjälpa till. Man har hört om folk som blivit utsatta för rån och allt möjligt."

Anton säger inte så mycket.

"Vad tänker du då Anton?", säger Arvid.

"Jag vet inte riktigt. Antingen är han så välvillig som han verkar, eller så kommer han att lura oss in på bara skinnet. Men jag tycker att jag litar väldigt mycket på Arvid, så om du Arvid tror att detta är all right, så satsar vi på att ta hjälp av Swanson. Det är nog vad jag tycker", säger Anton.

"Vi behöver hjälp med boende någonstans i Skagway, och vi måste införskaffa verktyg och kläder och skor. Andrew Swanson kan allt det där, och vi har inte så många andra att välja på, precis", fortsätter Arvid. "Jag ska prata litet mer med honom, och höra om han vet ett ställe, där vi kan övernatta första natten."

Alla tycker det är ett bra förslag. Gunnar erbjuder sig att också vara med i samtalet, för säkerhets skull.

Dagen innan de når Skagway tar Arvid och Gunnar kontakt med Andrew Swanson. Han ger dem sitt visitkort, och erbjuder, att han kan vänta på dem på kajen, om de så önskar. De kommer överens om detta, och Gunnar känner sig litet mer positiv efter samtalet än han var innan.

Kapitel 33

Andrew Swanson väntar på kajen. En vän har mött honom med häst och vagn, och Swanson bjuder de fyra svenskarna att åka med till ett enkelt hotell, där de kan sova första natten. Det är trångt på kärran med all packning, men de ska inte så långt.

Hotellet visar sig vara ett elegant träpalats. Swanson ser att de verkar tveksamma, men försäkrar, att han genom sin kontakt med ägaren kan ordna ett bra pris åt dem. Hotellet ligger dessutom i ett tryggt område i Skagway, säger han, men han råder dem ändå till en viss försiktighet när de vistas ute efter mörkrets inbrott.

De stiger ur vagnen. Arvid är den siste, som lyfter av sin väska. Just när han lyfter den över kanten på vagnen, fastnar den ena remmen i en stor spik, som sticker upp. Väskan blir hängande över spiken, och han får ta i ordentligt för att lyfta upp den, så han får den med sig. Han stannar upp och tar en titt på remmen. Den visar sig ha blivit skadad, så den är halvt genomskuren. Han står kvar och känner på remmen. Swanson har gått före och står och väntar med hotelldörren öppen. När han vänder sig om och ser, att Arvid har blivit stående med sin väska, går han genast tillbaka till honom.

"Remmen är trasig", säger Arvid surt.

De andra vännerna börjar också granska sina väskor.

"Det där ska jag hjälpa dig ordna", säger Andrew Swanson. "Jag känner som sagt många här i Skagway. Imorgon går vi till läderexperten. Där ska ni kanske ändå handla en del till ert vildmarksäventyr."

De går in i hotellet och blir visade till ett rum på andra våningen. Rummet är stort och har fyra sängar. På väggarna hänger bilder av slädhundar och snöklädda berg. I ena hörnet finns en blåmålad kommod med handfat och en stor vit kanna i porslin. Under handfatet finns ett pottskåp. Handdukar i linne hänger bredvid kommoden. På golvet ligger en stor mjuk matta i varma färger.

"Detta var ju flott", säger Gunnar belåtet och sträcker ut sig på en säng.

"Vet vi vad det kostar?", säger Rickard.

”Vi skulle ju få ett bra pris”, säger Arvid.

”Men det är klart, att vi måste veta vad det kostar, innan vi slår oss ner här för natten”, säger Gunnar. ”Jag går ner och pratar med portieren.”

”Då följer jag med”, säger Arvid.

Swanson står fortfarande kvar i foajén och pratar med portieren.

”Min vän här ger er ett bra pris för rummet”, säger Swanson glatt. ”Första natten får ni bo här alla fyra för vad det skulle kosta en person.”

”Och om vi vill bo här några nätter till?”, säger Gunnar.

”Jag har kommit överens med chefen här om första natten. Man får förhandla för en natt i taget”, säger Andrew Swanson och visar med bestämd min, att han nu gjort tillräckligt idag för de fyra svenskarna. Han tar sin portfölj och går mot dörren.

”Jag kommer tillbaka imorgon bitti vid niotiden och möter er här, så kan jag visa er, var ni kan köpa det ni behöver.”

Gunnar och Arvid tackar honom och går uppför den långa trappan till andra våningen.

Anton sitter uppkrupen på sin säng och skriver i en anteckningsbok. Han tycks inte märka att de kommer in i rummet. Rickard däremot intresserar sig för vad Gunnar och Arvid fått veta om priset.

”Vad skriver du?”, frågar Arvid.

”Inget särskilt”, svarar Anton.

”Han skriver dikt”, säger Rickard.

”Men bara för eget bruk”, säger Anton och tittar äntligen upp.

”Nån gång kan vi väl få höra något du diktat”, säger Arvid.

”Kanske”, svarar Anton och fortsätter skriva.

Kapitel 34

På kvällen går de fyra vännerna ut på stan för att hitta något ätbart. De går in på en restaurang. Där serveras pannkakor och fläsk. Det vattnas i munnen på dem, när de beställer.

”Vi ska väl ha en snaps också”, säger Rickard.

”Inte för mig”, säger Arvid. ”Jag är nykterist. Men drick ni vad ni vill ha.”

De tre andra dricker både snaps och öl och Anton blir plötsligt talför. Han reser sig litet vinglande och deklamerar högt:

”Här njuter jag i fjärran land
med glas med öl och snaps i hand.
Jag anar guld i vatten klart,
dit ska vi resa mycket snart! Skål!”

Folk vid de närmaste borden skålar glatt med svenskarna efter Antons lilla föreställning. Vännerna blir allt mer berusade, och Arvid tröttnar med tiden på att sitta alldeles nykter medan alla andra blir fulla och har roligt. Arvid har inte roligt alls.

”Jag går hem i förväg”, säger Arvid till Gunnar. ”Jag är trött. Vi ses på hotellet.”

I dörren stöter han ihop med två män som raglar in. Väl ute känns det skönt med den svala nattluften. Det doftar av något som blommar. Det liknar jasmin, men finns det här, tänker han. Han går långsamt gatan fram. Den är tom på folk. Arvid håller sin axelväska tätt intill sig. Han minns Swansons varningsord om att vara försiktig när det är mörkt ute. Nu har han inte långt kvar till hotellet. Han kan se ljusen från hotellverandan längre bort på gatan. Plötsligt kommer två män fram från en sidogata. Någon sätter krokben för honom, och han knuffas framåt och faller handlöst. Han landar på ansiktet, och det känns som om hela ansiktet blir skinnflått. Han känner att någon drar av honom hans väska. När han skriker så högt han kan, får han en kraftig spark på låret, och någon stampar på hans hand. Ilskna röster ryter åt honom. Sedan hör han steg som springande försvinner bort, och det blir tyst. Det blir alldeles tyst. Han ligger på mage med ansiktet fortfarande mot marken. Försöker resa sig. Det gör ont överallt. Till slut sitter han upp.

Han känner försiktigt med högra handen över ansiktet. Han blir våt om fingrarna, och förstår att han blöder kraftigt. Känner doften av blod. Det smakar järn när han slickar sig om munnen. Högra handen smärtar och känns tung. Han kan inte röra fingrarna. Efter en stund lyckas han resa sig upp. Men han känner sig yr och allt är bara smärta. Han sätter sig ner igen.

Så hör han steg. Han försöker ställa sig upp, men det snurrar för honom så han sätter sig igen. En kvinna kommer ut på gatan från en port. Hon har en lykta i handen och kommer åt hans håll. Först när hon är alldeles nära, upptäcker hon honom. Hon tvärstannar och slår handen för munnen. Hon ser rädd ut och ser sig omkring, men hon ser ingen annan i närheten. Då går hon fram till Arvid.

"Vad har hänt?" frågar hon.

"Jag blev överfallen och rånad", svarar han. "Två män anföll mig och tog min väska."

"Men som du ser ut! Du blöder ju i ansiktet!", säger hon

"Det är inte mycket med mig. Jag har ont överallt och kan inte stå på benen."

"Vart är du på väg?"

"Jag ska hem till hotellet därborta." Han pekar med vänster hand.

"Kom med mig in här i köket", säger hon och räcker honom handen. Han reser sig med hennes hjälp och lutar sig mot henne, medan de långsamt går in genom hennes port.

"Jag är piga hos herrskapet här i huset, men de sover nu, så om vi är tysta kan jag hjälpa dig att tvätta av dig och plåstra om dig."

"Är du norsk?", frågar Arvid.

"Ja, jag kommer från Norge."

"Jag."

"Sch!", säger hon bestämt. "Jag hör att du är svensk och nu ska jag tvätta av dig."

Hon tänder ett ljus och ställer på bordet. Så tar hon fram ett gult emaljerat handfat med ljusgrön kant, och en ren servett och en tvål. Med en skopa öser hon upp vatten i handfatet, blöter servetten och börjar tvätta honom i ansiktet.

”Du har skrapsår som blöder, men de kommer nog att läka, om du sköter om dem ordentligt.”

Hon häller upp nytt vatten och tvättar honom med tvål och sköljer av. Det gör ont, men inte värre än att Arvid klarar av det. Det känns skönt samtidigt.

Han har ett stort sår som blöder ovanför ögat och skrapsår på vänstra kinden och näsan. Hon tar fram gasbinda och lägger på det värsta såret. Gasbindan lägger hon runt hela huvudet för att få det att sitta kvar.

”Hur är det med din hand?” frågar hon.

Han tittar ner på sin högra hand. Den är alldeles blå och uppsvullen.

”Det ser inte så bra ut”, säger han. ”Jag känner inte så mycket, den är liksom stel.”

”Jag ska försöka lägga ett bra bandage på den”, säger hon, och tar fram några pinnar från vedlåren. ”Den behöver nog ha ett stabilt bandage, för du kan ha brutit dig på något sätt, när det är så svullet.”

Hon fixerar pinnarna och säger åt honom att hålla dem stilla medan hon lindar om ett förband. Till slut har han handen i paket.

”Nu kan jag slå tillbaka om de kommer igen”, säger han med ett snett leende och ser på henne.

”Du ska nog bara gå hem och lägga dig och ta det med ro”, säger hon och ler tillbaka.

”Vad heter du?”, frågar hon.

”Arvid. Och du?”

”Olice.”

”Ok, Olice, du ska ha stort tack för hjälpen.”

”Jag följer dig till hotellet. Du trillar säkert omkull annars.”

Väl hemma på rummet lägger sig Arvid ovanpå sängen och somnar genast. Han vaknar när de andra tre vännerna kommer hem några timmar senare. De gör stora ögon när de får syn på honom.

”Men vad i all världen”, utbrister Gunnar, och sätter sig på sängkanten. Arvid stönar till svar.

”Jag blev överfallen och rånad när jag gick hem”, sluddrar han fram med sin såriga mun. Bara ett par kvarter från hotellet kom det två män och slog ner mig så jag slog i gatan. De tog min väska och misshandlade mig, så jag blev liggande. Hur dum får man vara. Gå ensam hem i natten.”

”Tråkigt att du är nykterist, annars hade du ju varit kvar med oss på krogen”, säger Gunnar.

”Tack, du”, svarar Arvid och vrider stönande huvudet in mot väggen.

”Men varifrån har du fått bandage?”, frågar Rickard.

”En tös från Norge tog hand om mig”, stönar Arvid och somnar om.

Det dröjer inte länge förrän det snarkas högt i alla sängarna, men det stör inte Arvid. I drömmen blir han anfallen av gatan, som hoppar upp och slår till honom i ansiktet.

Kapitel 35

När Arvid vaknar morgonen därpå har han svårt att röra sig. Han lyckas med ansträngning sätta sig upp på sängkanten. Ansiktet är stelt och han känner sig mörbultad. Skjortan är blodig, och byxorna är trasiga på knäna. Tur jag har ombyte med mig, tänker han.

De andra vill veta precis vad som hänt och han berättar. Men han minns faktiskt inte riktigt precis hur det gick till. Plötsligt låg han där på gatan och hade tagit emot sig med ansiktet och högra handen.

”Jag tror de var två som anföll mig”, säger han. ”Plötsligt var de bara där överallt, och pucklade på mig. Och de stal min axelväska. Inte så mycket pengar där, men i alla fall. Amerikabältet är kvar, som tur är.”

”Och du har ju livet i behåll i alla fall”, säger Anton.

”Och en flicka träffade du plötsligt”, säger Gunnar.

”Snarare var det väl hon som träffade mig”, svarar Arvid. ”Hon var väldigt rar som hjälpte mig och plåstrade om mig.”

”Flickor får man vara rädd om”, fortsätter Gunnar. ”Det är inte ofta man möter dem. Jag har ju en känsla av att det går en kvinna på dussinet män här i trakten.”

Swanson kommer som överenskommet vid niotiden till hotellet.

”Kommer du direkt från kriget?!”, säger han när han ser Arvid. ”Hur har det här gått till då?”

Arvid berättar igen.

”Jag sa ju att ni skulle vara försiktiga med att vara ute när det är mörkt”, suckar Swanson och skakar på huvudet.

Han tar dem till en affär med massor av saker som de kan behöva på sin resa vidare upp till ”guldmarkerna”, som han säger. Arvid rör sig långsamt, men han kan ändå gå med viss stöttning av Gunnar.

Det är mycket de behöver inhandla, mat och stövlar och varma kläder inför vintern, för Swanson säger att det inte finns något att köpa dit de kommer. Affärsägaren ler och smilar och tycks känna Swanson väl.

Arvid börjar med att köpa en ny rem till sin väska.

”Vad säger du, Scotty, du vet ju också att det har hänt mer än en gång, att folk har fått vända tillbaka hit till Skagway när vintern kommer, för att köpa på sig ytterligare proviant.”

”Absolut!”, intygar Scotty bakom disken. ”Har ni snöskor, till exempel? Det är en absolut nödvändighet när det blir vinter i Dawson, tro mig. Flera olika par behöver man, beroende på snöns kvalitet.”

”Nu är det ju ett bra tag till vintern”, invänder Rickard.

”Vintern här norrut kommer snabbt, tro mig! Förra vintern hade vi sju meter snö i Bennett redan i oktober”, säger Swanson. ”Har ni släde?”

”Nej, vi har ingen släde”, säger Arvid. ”Tror ni man måste ha det?”

”Jag vet att ni behöver slädar. Minst två”, säger Swanson.

”Här bakom i lagret har jag två slädar av mycket god kvalitet”, säger Scotty, och pekar in mot dörren bakom disken. Kom med ska jag visa er.”

De går med in på lagret. Det är stort och de häpnar när de ser allt som finns där. Där finns slädar och skaklar till både hund och häst, där är tältduk, tältpinnar, bärbara spisar, läderremmar av alla längder och bredder, askar med parafinerade tändstickor, termosar, läderboots, ullstrumpor, vadmalsbyxor och jackor av alla de slag, och stora koffertar, varav några som är särskilt anpassade för att passa på slädarna. För att inte tala om massor av olika slags spadar, hinkar och vaskpannor. Och burkar och små skinnpåsar att ha guldet i.

”Så här mycket kan vi ju bara inte ta med oss”, säger Gunnar.

”Jag tror faktiskt att vi behöver ha med oss väldigt mycket av sånt som finns här”, säger Arvid långsamt. ”Och jag behöver hjul till min släde, för jag kan inte bära på ett tag.”

”Precis det är årets nymodighet!”, säger Scotty glatt och visar på ett underrede med hjul. Det är avpassat för att slädens medar ska fästas och stå stadigt.

”Jag tror vi måste ha en överläggning om vad vi behöver köpa”, säger Gunnar. ”Om herrarna ursäktar, så går vi nog en runda för oss själva och gör en gemensam bedömning.”

Remmen som Arvid vill ha till sin väska betalar han och tar med sig.

”Vi går en annan väg tillbaka”, föreslår Anton. ”Det är roligt att se hur det ser ut i andra delar av stan.”

De kommer till några mindre gator med många små affärer, och verkstäder av olika slag. Smedjor, läderverkstäder, snickerier och olika matbutiker. I en av butikerna hittar Rickard en karta och en guidebok.

”Vi tittar vad de har och vad det kostar!”, säger Arvid.

”Det var ju faktiskt väldigt höga priser i den där fina butiken som Swanson tog oss till”, säger Gunnar.

”Men fantastiskt sortering”, säger Arvid.

De går in ett antal småbutiker, och det visar sig att de här försäljarna ligger lägre i pris generellt. Men alla de pratar med menar, att det är klokt att köpa på sig vad man behöver här i Skagway, för man vet inte, när man får någon inköpsmöjlighet härnäst. Och särskilt om man ska norrut mot guldtrakterna. Där kan vintern vara mycket bister, och man klarar sig inte utan vargpäls och renskinn.

”För två år sedan var det tjugo meter snö uppe i bergen”, säger pälshandlaren. ”Då behövs det både spadar, snöskor, spis och pälsar. Och tält.”

De bestämmer sig för att gå tillbaka till Scottys affär och köpa ett par slädar med hjultillsats. När de kommer dit är Swanson inte kvar i butiken, men Scotty blir glad att se dem. De handlar en del hos honom, och det visar sig att han kan ge dem bättre pris nu, än när Swanson var med. Men det blir ändå ett antal av de mindre ställena de besöker och handlar i.

Slädarna och tillhörande koffertar visar sig vara bra köp. De packar in det övriga de köpt. På väg till hotellet följer de gatan som Arvid blivit nedslagen på. Han ser att det finns blodfläckar kvar på kullerstenarna i gatan.

”Här var det”, säger Arvid

”Vad var det som var här?”, säger Rickard.

”Som jag blev överfallen igår kväll.”

”Och den norska flickan?”, frågar Gunnar. ”Var bor hon?”

”Jag tror det var i den porten”, svarar Arvid och pekar.

Kapitel 36

De är snart framme vid hotellet. Hotellägaren ville inte ge dem någon mera natt till rabatterat pris, så de har inte råd att stanna kvar där.

”Någon får stå utanför och passa packningen, medan vi betalar på hotellet och packar ihop”, säger Gunnar. ”Det kan väl du göra Arvid, som ändå inte kan bära något.”

Så blir det. Han sätter sig på kanten av den ena kärran, och ser ut över de mäktiga bergen norröver. Redan snö på topparna. Det känns så spännande, att de snart ska vara på väg uppåt höjderna, och kanske rentav hitta guld. Handen värker, men det här är hans livs äventyr.

Ett oväntat ljud för honom att lystra. Det låter som någon som gråter. Han ser sig omkring, och på trappan till hotellets flygelbyggnad trettio meter bort, ser han ung kvinna klädd i sjalett, lång kjol och förkläde, precis som Olice var klädd igår kväll.

Han går mot henne och ser att det faktiskt är hon. ”Olice”, säger han, och hon tittar förvånat upp.

”Å hej, är det du?”, säger hon. ”Du ser väldigt väl omplåstrad ut. Hur mår du?”

”Det kunde vara bättre, men man är ju i livet. Varför sitter du här och gråter. Skulle inte du arbeta hela dagen som pigor gör?”

”Jo, men min husfru hörde oss igår kväll i köket, och såg att det hade kommit blod på golvet, och hon tvingade mig att erkänna att det varit en man i huset. Så då blev jag avskedad. Hon ville inte ha en piga man inte kan lita på, sa hon.”

Olice börjar gråta igen, och torkar ansiktet med förklädesfållen.

”Vad ska du göra nu då?”

”Jag får väl gå runt och fråga om anställning någon annanstans i stan. Men det är nog inte så lätt att få nu. De fina damerna känner varandra, och jag får nog dåligt rykte när de hört vad som hänt.”

”Det är ju inte klokt att du ska behöva sluta för att du hjälpte mig. Sa du inte hur det var?”

”Jo, men hon trodde mig inte. Så jag fick gå. Hon sa också, att hon nog hade märkt, att hennes man hade visat mig för mycket intresse den senaste tiden, så det var det också.”

”Var det så då? Att han varit närgången?”

Innan Olice hinner svara, kommer Gunnar, Rickard och Anton med alla väskorna.

När de kommer fram till kärrorna ser de att Arvid pratar med Olice.

”Och vem är det här?”, frågar Gunnar artigt. ”Jag heter Gunnar.”

”Jag heter Olice”, svarar hon och räcker fram handen.

”Det här är Olice som hjälpte mig igår kväll”, säger Arvid. ”Hon har blivit avskedad för att hon haft herrbesök.”

”Du kan väl följa med oss norrut”, säger Gunnar, och ser frågande på de andra.

”Varför inte”, säger Rickard. ”Är vi fyra kan vi väl lika gärna vara fem. Vi kan behöva någon som lagar mat åt oss.”

”Laga mat kan jag, men ska ni leta guld så ska jag det också, i så fall”, svarar hon.

”Litet kvinnlig fägring är väl inte fel”, säger Anton. ”Rosor på kind och guld i blick förgyller livet.”

Olice kastar en blick på Anton. Hon harklar sig som för att säga något. Men säger inget.

”Vi ska åka redan imorgon, så du måste skaffa dig det du behöver, om du ska med, och det är ganska mycket”, säger Arvid.

”Jag kommer med”, säger Olice. ”Kan jag få lägga upp min packning på en kärra?” Hon lyfter upp en läderväska. ”Den här måste man vara försiktig med. I den har jag några fina kaffekoppar som jag fått i present en gång av min husfru. Jag har lagt in dem i tidningspapper, så det ska väl inte vara någon fara, men bara så ni vet.”

Gunnar tar väskan och lyfter den överdrivet försiktigt upp på kärran och lägger den till rätta.

”Så vad ska du med kaffekoppar ute i vildmarken?”, frågar Gunnar.

”Vänta du, så får du se vad man använder kaffekoppar till, ifall du inte vet det”, svarar hon.

Anton och Gunnar kör kärrorna till järnvägsstationen medan Gunnar och Arvid följer med Olice till butikerna de just kom från. Olice visar sig ha sparat en del pengar under det år hon varit i Skagway, och har inga problem med att införskaffa det hon behöver.

Väl framme på stationen köper de biljetter till tåget upp till Whitehorse. Det kostar extra att pollettera packningen, men de kan ju inte gärna ha allt inne i kupén.

Följande natt tillbringar de på järnvägsstationen. De turas om att vakta kärrorna som står utanför. Imorgon ska de ut på nya äventyr.

Kapitel 37

Tåget avgår vid åttatiden nästa morgon. Alla är överens om, att kostnaderna för utrustning blivit högre än de tänkt sig, så det får bli tredjeklassbiljetter.

De åker med ett tåg som är nytt sedan sju år tillbaka, som konduktören säger. Efter ett stort Baldwinlokomotiv, finns en vagn som är kombinerad post- och bagagevagn. På den har deras bagage packats in efter konstens alla regler. Efter bagagevagnen finns tre sittvagnar och sedan en öppen vagn där man kan stå och uppleva utsikten.

De har aldrig förr rest i ett så fint tåg. Kupén har plats för sex personer och är snyggt inredd med träpanel. Fönstren är stora, och när de kommit ett stycke upp från Skagway visar sig en utsikt som gör dem förundrade. På vänster hand ser de resterna av en gård, som nog haft sina glansdagar samtidigt som guldruschen hade sina. På höger sida finns ett vattenfall. Djupen är svindlande. Utsikten vidgar sig. De ser glaciären, som breder ut sig och aldrig smälter. Silvervita vattendrag flyter fram. En plötslig kurva får tåget att kränga. De ser nu hela Dyea och Skagway, och längre ut hela hamnen med alla båtarna. Floden flyter genom Skagway med sin huvudfåra. Sexton miles vidare och den når Oceanen. Arvid tycker att det är det vackraste han sett. Bara det här ögonblicket är värt pengarna. När de en stund senare stannar till, har de plötsligt floden alldeles jämsides med tåget. De hör ljudet från forsarna längre ner, som de nyss passerat.

Rickard följer med på sin karta, som han inhandlat i Skagway. Han har också köpt en guidebok som han studerat under natten på järnvägsstationen.

”Titta där”, säger han. ”Det där måste vara den vägen som kallas 'de döda hästarnas pass´. Jag har läst om detta. Den kallas så för att det var tusentals hästar som fick sätta livet till när guldgrävarna skulle ta sig över passet genom snön.”

”Det kan väl inte ha varit bara hästar som dog?”, säger Olice.

”Nej, det var förstås många människor också som var dåligt utrustade och inte klarade kyla och strapatser. Hästarna var i dåligt skick redan innan de började den här otroligt påfrestande vandringen, och när det kom snö klarade de inte av att gå. De var många gånger alldeles för tungt lastade, för folk var ju tvungna att släpa med sig så mycket proviant. Ännu mer än vad vi har med oss. Alla skulle ha med sig ett helt ton proviant för att komma in i Kanada."

Järnvägen löper i många kurvor. Ett antal broar för dem framåt, och vid Rocky Point har de kommit högt upp.

"Det måste ha varit ett hårt arbete att anlägga den här järnvägen", säger Arvid. Se på den där klippan. Man kan se, hur de har jobbat med att spränga sten."

De ser floden därnere. Högre och högre kommer de. De står nu ute på den öppna vagnen. Luftdraget från tåget blåser i håret, de hör forsarnas dån. Det doftar skog och vatten, en stark blomdoft sveper ett ögonblick förbi.

"Strax måste vi vara på högsta punkten där Yukonfloden rinner upp. Det är 450 miles ner till Norra Ishavet härifrån."

Så är de uppe på toppen, och ett ögonblick senare på andra sidan.. I en liten timmerbyggnad finns tull och polis. De är vid den kanadensiska gränsen. Här har myndigheterna funnits länge.

Rickard som har läst om guldgrävarnas strapatser lever sig in i vad som kan ha utspelat sig här för kanske tio, femton år sedan. Han citerar ordagrant ur boken:

"Här har de erfarna tjänstemännen mött de sårade, utslitna guldjägarna, många gånger med hästar så utmärglade, att de knappt kunnat stå på benen. Här har de mött hat från dem som inte fått komma vidare, för att de inte kunnat visa upp tillräckligt mycket förnödenheter för det kommande året. Härifrån har ett antal fått återvända för att skaffa mera nödvändigheter eller aldrig mera återkomma."

Här möter nu Arvid och hans sällskap tulltjänstemännen, som kontrollerar pass och packning också nu. Alla har både papper och information om packningen i ordning. Det tycks gälla de andra passagerarna på tåget också, för tåget rullar vidare och en lång vissling tillkännager en stund senare, att de nu kommit fram till Bennett, och till Lake Bennetts vindpinade strand. På mindre än fyra timmar har de nått den destination, som så många före dem fått fotvandra under oändliga mödor genom dagar och veckor i sträck för att nå. Tåget glider neråt, passerar en sjö och följer floden som nu rör sig norrut.

”Tänk att vi har åkt tåg hela vägen upp genom White Pass”, säger Rickard, som fortsatt läsa i sin bok.”Vet ni att här övervintrade folk, som hade tagit sig hit till fots. De högg ner träd och byggde båtar mitt i vintern, och när isen gick i Bennet Lake, så var det sextusen båtar som gav sig iväg neråt mot Yukonfloden och vidare till Dawson. Sextusen!”

”Helt obegripligt. Det kan ju inte ha funnits någon skog kvar”, säger Arvid.

Från Bennet ska de ta sig till White Horse och därifrån vidare till Dawson. De stiger ut en stund i Bennet när tåget gör ett kortare uppehåll. Det blåser över sjön så det går vita gäss över det blågröna vattnet.

Konduktören visslar i sin pipa och folk stiger på tåget igen. Nu ska de bara ta sig vidare en kortare sträcka fram till Whitehorse. Arvid vill se på utsikten, så han tar sig till den öppna vagnen igen. När han passerar den andra vagnen, räknat från hans vagn, får han syn på en stor, tjock man som sitter och sover närmast korridoren i en kupé. Tröjan har åkt upp så hans mage sväller ut över byxlinningen. Han snarkar. Runt hans säte ligger mycket packning inne i kupén. På golvet närmast dörren ser Arvid en väska, som liknar hans egen axelväska. Underligt, tänker han. Arvid går vidare ut på den öppna vagnen. Det är svalt fast det är sommar. Fartvinden drar genom håret, men inte värre än att skärmmössan sitter kvar. Han ser ett par älgar stå på en myr och beta, men fäster sig inte särskilt vid synen. Han är upptagen av tankarna på axelväskan han sett. Undrar om det är min väska jag har hittat, tänker han. Han hade fått sina initialer inpräntade på locket, så den är lätt att identifiera. Fastän utsikten är storslagen, kan han inte tänka på annat än väskan. Den låg faktiskt nästan utanför kupén, alldeles på tröskeln. Tänk om han kanske skulle kunna försiktigt dra till sig väskan och se om det är hans. Fast tänk om mannen vaknar. Väskan är som en magnet. Arvid går in igen, och ser att den ligger kvar. Precis som förut. Lugnt och sakta går han fram och tar upp den, som om det vore det mest naturliga i världen. Den sitter inte fast någonstans, utan axelremmen glider lätt med. Så går han iväg med den. Hjärtat bultar hårt. Ingen tycks ha lagt märke till vad han gjort. Han går in på toaletten och stänger dörren om sig. Fumligt öppnar han locket. Det är svårt att öppna med vänsterhanden. Högerhanden smärtar så snart han rör den. Men det är helt klart, att väskan är hans egen. Där står hans initialer: CAB. Han undrar om det är tjuven som sitter där borta och sover. Arvid ska försöka öppna facket som är stängt med dragkedjan, när någon dunkar hårt och ihärdigt på toalettdörren. Han stänger väskan, tar den innanför västen och går ut.

Där står två män i kö.

Arvid återvänder till sin kupé. Onödigt att det blir bråk, tänker han. Och väskan är ju hans. Väl i kupén tar han fram den.

”Titta vad jag hittade!”, säger han.

”Är det verkligen din?” frågar Olice.

”Ja, visst, titta här!.” Han pekar på sina initialer. CAB. ”Carl Arvid Bergman, det är jag det.”

”Är det några pengar kvar i den?” frågar Gunnar.

”Kanske något. Jag ska se efter sedan”, säger Arvid.

Rickard hjälper Arvid att ta ner resväskan från hyllan, dra ut remmarna ur låsspännena, och öppna locket. Axelväskan får enkelt plats i resväskan.

”Prata nu inte högt om att jag har hittat väskan,” säger han.

Strax innan de kommer fram till Whitehorse hör de ett förskräckligt liv. Någon raglar runt i korridoren och vrålar.

”Ta fast tjuven! Ta fast tjuven!”

Det blir allmän uppståndelse. Alla tittar till sin egen packning. Ingen har sett någon tjuv, och mannen som raglar och ryter är så berusad, att ingen verkar tro på att han blivit bestulen. Just då hör de konduktören vissla. De är framme i Whitehorse.

Arvid och hans sällskap stiger av på stationen. Härifrån ska de hyra in sig på en båt och åka på Yukon i riktning mot Dawson.

Kapitel 38

Arvid går iväg mot floden, tillsammans med de andra. De hoppas att de så snart som möjligt ska hitta en båt som kan föra dem vidare. Arvid ser sig försiktigt om efter mannen som blivit av med väskan. Han ser honom sitta på en bänk litet längre bort på perrongen. Mannen hänger med huvudet och har alla sina pinaler strödda omkring sig.

”Det bästa skulle vara, om vi kunde komma iväg norrut på Yukonfloden redan ikväll”, säger Rickard. Klockan är redan två på eftermiddagen, så de hoppas kanske för mycket, men när de ser en halvstor båt ligga vid kajen skyndar de sig dit. Många andra är också på väg åt samma håll, men Anton kommer först fram. En man klädd i en kraftig jacka står bredvid båten och röker pipa. De går fram och hälsar och berättar vilka de är, och frågar om han möjligtvis skulle kunna ge dem skjuts neråt floden till trakten av Dawson. Mannen heter Ed Johnson.

”Tänker ni er ända till Dawson”, frågar han med sträv röst, som om det runnit mycket whisky genom den strupen. ”Jag ska bara halva vägen till Dawson”, fortsätter han. ”Jag är på väg att hälsa på en vän, som har sin cottage ett stycke nedanför forsarna.”

”Vi följer gärna med ett stycke, även om vi inte kommer ända fram”, säger Rickard.

”Kanske vi kan övernatta på båten, eller vad tror du?”, frågar Arvid.

”Det går säkert bra, men min vän kan säkert ha sovplatser för er inomhus också, om ni hellre vill det.”

Johnson säger inget mer, men betraktar all packning som de släpar på.

”Det där ser litet tungt ut för min båt”, säger han. ”Men vi får väl försöka pressa in det nere i botten av båten. Ni får se till att stuva stadigt, så lasten inte flyttar sig när vi kommer till forsarna.”

”Hur mycket betalt vill du ha för att köra oss?”, frågar Gunnar.

”Jag tar fem dollar per person och tjugo dollar för packningen.”

”Det var ju inte så billigt”, säger Gunnar. ”Kunde man tänka sig fyra dollar per person och arton för packningen?.”

”Ni ser att här är många som vill åka med, så jag kan lätt få det pris jag begär”, säger Johnson.

”Det här blir bra”, säger Rickard.

”Allright”, säger Johnson. ”Fyra dollar per person, men tjugo för packningen.”

De hjälps åt att få ner allting under däck. Båten blir tungt lastad, men Johnson vet antagligen vad han gör, tänker Arvid.

Två unga män med mycket packning på en kärra kommer ner till kajen. De hör sig för hos Johnson om möjlighet att få komma med neråt floden. Han ser på deras packning och skakar på huvudet.

”Tyvärr klarar hon inte mera än så här”, säger han och nickar mot båten. ”Hon ligger redan ganska lågt som ni ser.”

Johnson startar båten som börjar röra sig med hjälp av hjulet längst bak. Han ställer sig vid rodret, och navigerar utåt mitten av floden. Den är redan här uppe ganska vid, men Johnson berättar, att det finns sandbankar nära stranden, så det är viktigt att snabbt komma ut från land.

Väl ute i mittfåran slår han sig till ro. Han sätter sig på en bänk nära rodret, där han har utsikt framåt. Bredvid honom sitter Anton och Rickard, medan Arvid, Gunnar och Olice sätter sig på bänken mitt emot. Johnson tar fram sin pipa och stoppar den och tänder. Han ber dem flytta på sig, så han kan öppna luckan under bänken de sitter på. Innanför luckan står en stor whiskyflaska och ett antal glas. Han tar fram alltsammans och stänger luckan, så de kan sätta sig igen.

”Får jag bjuda på en färdknäpp?”, frågar han och häller upp innan de hunnit svara. Han höjer sitt glas. ”Välkomna ombord!”

Alla utom Arvid skålar och dricker.

”Jag dricker inte så starka drycker”, förklarar Arvid, när Johnson frågande lyfter på ögonbrynet när han tackar nej.

”Jag förstår att ni ska vaska guld nere i Klondyke”, säger Johnson. ”Har ni erfarenhet av guldvaskande?”

”Kanske inte direkt guldvaskande, men vi är bra arbetskarlar som går att lita på, och orkar ta i när det behövs”, säger Rickard, som nu också kommit upp på däck tillsammans med Anton.

”Min vän Hamilton, som vi är på väg till, har blivit mycket rik på sitt vaskande. Han kom tidigt hit till Klondyke och har haft stor framgång med guldet. Han har många claims, och ett antal män som arbetar för honom på claimsen.”

”Då kanske han kan tänka sig ännu fler som kan jobba åt honom”, säger Rickard.

”Det är ju inte min sak att bestämma om ni kan få anställning åt honom, men ni får fråga honom själva om han har något jobb åt er. Och ladyn här, ska hon också vaska guld?”, säger Johnson och ler mot henne.

”Ja, det tänker hon sig allt göra”, svarar Olice och ser på honom med stadig blick. ”Varför inte?”

Kapitel 39

Båten glider fram längs Yukon. Det är lugnt och fint, och de passerar ett och annat litet hus byggt i timmer. Vid sidan av husen finns oftast mindre bodar som står på fyra höga ben. Bodarna har golvet ungefär fem meter ovanför marken.

”Jag antar att riorna vi ser är byggda så där”, säger Arvid och vänder sig till Johnson och pekar, ”för att inte de vilda djuren ska komma åt maten, man förvarar där?”

”Det är inte så dumt gissat”, svarar Johnson och bolmar på sin pipa. ”Framför allt har vi problem med grizzlyn i de här områdena. De är stora och starka och smarta. Det finns inte mycket som kan stoppa en björn, när han har fått för sig att ta sig in i ett hus och leta mat. Jag hade en stuga en gång litet längre ner härifrån räknat. Jag hade timrat den noggrant med mina egna händer. För att skydda mig mot björn hade jag lagt på ett stadigt tak av plåt och jag hade lagt ett golv av stora stockar, som skulle hindra den från att ta sig in underifrån. Men när jag kom tillbaka dit förra våren, fann jag, att ena väggen i stort sett var riven uppifrån och ner. Björnaset hade tagit sig in, genom att ta tag om fönsterkarmen just i en glipa som fanns under en av fönsterluckorna. På så vis hade den fått tag med ramarna, och rivit sig in genom väggen. Det var inget stort hus, men tillräckligt för att man skulle kunna stanna över några veckor under jaktsäsongen. Björnen hade sedan tagit sig in i trälåren. På lårens lock hade jag lagt en stor sten, och då menar jag rejält stor, och också spikat uppifrån. Men ingenting kunde stoppa den där marodören. Det var inte mycket kvar av stugans sydsida, utan jag fick i stort sett starta på nytt. Men jag begrep ju då, det jag borde lärt mig för längesen, att hur man än försöker låsa björnen ute, så är det bara rior på höga stolpar som kan stoppa honom. Så nu har jag en sån, där bredvid stugan. Han kan visserligen klättra, björnen, men han lyckas inte öppna rian, för han har inget att stå på även om han tar sig upp en bra bit.”

”Är du säker på att det inte var en björnhona som var så där duktig på att ta för sig i ditt hus?”, säger Olice leende.

”Det vet jag förstås inte, men i vilket fall var det en björn som tog för sig av honungen och det torkade köttet jag hade i låren. Den saken är klar. De känner doften av honung på långt håll, det verkar oemotståndligt för dem att bryta sig in och ta för sig."

Det dunsar till och båten vickar till åt ena sidan. Stranden tycks flytta sig allt snabbare, och de förstår att de nu närmar sig forsarna.

"Nu blir det åka av", säger Ed Johnson och reser sig upp och tar tag i rodret. "Sitt ner i båten!", ropar han. Forsarna som ligger framför dem ser vilda ut. De skummar kraftigt på alla sidor, och det är inte utan att passagerarna ser litet ängsliga ut.

"Ingen fara!", säger Johnson och styr in det som ser lugnast ut. Men båten vränger våldsamt, och Arvid som sitter närmast Olice, råkar glida rakt på henne när båten gör en kraftig gir.

"Ursäkta", säger han och kastar ett öga på henne, innan han flyttar sig åt sitt håll igen. Han ser att hon närmast är grön i ansiktet, och förstår precis hur hon känner sig.

Men Ed Johnson är långt ifrån sjösjuk. Han står vid rodret och ser koncentrerad ut. Koncentrerad och förnöjd. Detta verkar vara hans livselexir. De åker i det forstäta området av floden en bra stund. För de sjösjuka känns det som mycket länge. Forsarna har tagit över där floden har smalnat av. Skogen vid strandkanterna har kommit närmare på båda sidor. Men så vidgar sig plötsligt Yukon igen, och de glider långsamt fram, som på en lugn söndagstur.

"Nu är vi snart framme vid min vän Hamiltons cottage", säger Johnson. "Jag hoppas han är hemma. I alla fall ser det ut som att spisen är tänd, för det ryker därframme."

Alla sträcker på sig för att se var röken kommer ifrån. De ser så en liten gård med flera hus lite längre fram till vänster.

"Han byggde på norra sidan om Yukon, för han ville ha sol, sa han. Åtminstone några månader om året kan han odla sina egna grönsaker. Han är road av det", säger Johnson.

Kapitel 40

Johnson styr in båten mot en liten brygga. De ser dörren i mangårdsbyggnaden öppnas, och en storvuxen man med långt, rött skägg komma ut. Han höjer handen till hälsning. Johnson hälsar tillbaka. Han kastar ankaret och båten fortsätter glida fram mot bryggan.

”Kan någon hoppa iland och ta emot”, ropar Johnson plötsligt, och kastar över en förtöjningstamp till Olice.

Olice fångar tampen och är kvickt framme, tar ett hopp över till bryggan och gör fast runt en pållare. Snart ligger båten förankrad och de stiger alla i land.

”Och här kommer du med ett helt sällskap!”, ropar Mr. Hamilton till Johnson. ”Till och med damsällskap!”

Han går fram till dem och hälsar i hand på var och en och de presenterar sig. Johnson och Mr. Hamilton omfamnar varandra.

”Kom med in”, säger Mr. Hamilton.

”Vi vill ju inte vara till besvär”, försöker Gunnar säga, men det har han inget för.

”Hade jag vetat att ni skulle vara så många hade jag ordnat en litet bättre middag, med fler rätter, men nu delar vi det jag har. Kom in allihopa, och se hur jag bor. Den som Ed Johnson tar med sig till mitt hus är välkommen, också om han kommer från Sverige.”

”Jag kommer faktiskt från Norge”, säger Olice, och ser på Mr. Hamilton.

Hamilton ser på henne. ”Mycket välkommen”, säger han. ”Sedan renarna kom hit till Alaska, står norrmännen högt i kurs hos mig.”

De kommer in i storstugan. Elden brinner i den öppna spisen och på plattorna står en stor gryta och kokar, och en mindre står bredvid. Framme vid det lilla fönstret finns ett stort rustikt träbord. På ena sidan av bordet står en kökssoffa med lock, och fyra trebenta pallar står vid sidan av väggen vid spisen. Hamilton visar, var de kan hänga av sig ytterplaggen. En rad med krokar finns vid sidan av dörren där de kom in. Bredvid krokarna finns ytterligare en kökssoffa med lock. Allt i stugan är av trä. Golvet består av breda plankor. Arvid noterar att det här golvet är byggt enligt konstens alla regler. Plankorna är nästan alla lika breda. Men de är lagda så, att plankans något bredare del ligger åt ett håll, och nästa planka är lagd med den smalare delen åt samma håll som den förra. Upplevelsen är att golvet är rakt och med mycket breda plankor. Precis som han minns att han fick berättat för sig i skolan, hur man lägger ett fint golv av stora plankor.

Hamilton öppnar ett skåp och tar fram tallrikar av porslin, och glas att dricka ur. Han dukar fram gafflar och skedar och Olice går genast fram och hjälper till att ställa dem på plats. Arvid och de andra svenskarna sätter sig på soffan vid väggen. Johnson står framme hos Hamilton och pratar.

Hamilton tar grytorna från spisen och ställer dem på bordet.

"Här har jag en gryta på älgkött", säger han och pekar på den mindre grytan. "Och här, i den stora, finns en rätt med grönsaker från mitt grönsaksland. Det är skärbönor, potatis, morötter och grönkål. Hoppas det ska smaka mina långväga gäster!"

Han tar fram en stor kanna med vatten och ställer på bordet. De slår sig ner och låter sig väl smaka.

"Tänk att det går att odla i de här trakterna", säger Arvid. "Det hade jag inte trott."

"Nej, man tror ju att det ska vara kallt också på somrarna", säger Gunnar. "Man har ju mest hört hur kallt det är här i Klondyke."

"Jag som har bott i Skagway några år, vet ju att det kan vara fina somrar ibland. Fina men korta", säger Olice.

"Så du har bott i Skagway du?", säger Hamilton. "Vad gjorde du i Skagway?"

"Jag arbetade som hembiträde i en fin familj."

"Trivdes du inte där, eller varför kommer du hit ut?"

"Trivdes och trivdes, det är väl inte allt", säger Olice. "Jag kanske hade varit tillräckligt länge i den där familjen, för att det skulle vara dags att gå vidare."

Det blir tyst ett ögonblick.

”Olice och vi råkades i Skagway, och då bestämde vi gemensamt, att hon skulle komma med oss hit upp och ge sig in i guldgräveriets hemligheter. Vi har förresten hört att du Mr. Hamilton har claims här uppåt Klondyke. Stämmer det?”, säger Arvid.

”Det stämmer mycket bra”, svarar Hamilton. ”Jag passade på att göra många inmutningar när det begav sig. Jag var tidigt ute, jag kom redan 1898, tillsammans med många tusen andra, som ni nog hört om. Det var ju den riktigt stora ruschen jag var en del av. Vi mutade in det ena området efter det andra. Det gällde ju att passa på, och det kostade inte så mycket. Jag hade näsa för var guldet kunde finnas, så jag har haft stor glädje av mina inmutningar. Tyvärr är det ju så, att man måste finnas på plats på claimsen för att kunna kontrollera, att ingen tar för sig, av det som jag själv har mutat in. Det är många fortfarande som vill åt guldet. Därför har jag många anställda som hjälper mig att vaska. Skulle det vara av intresse, finns det alltid plats för flera.”

”Vi har ju kommit hit för att leta guld, och för oss kunde det nog vara fint att få börja med det som anställda hos er”, säger Rickard.

”Mina villkor är fasta. Ni gör arbetet och när vi hittar guld på mina claims, är ni med och delar. Ni får trettio procent av guldet. Jag behåller sjuttio. Med garanti att det faktiskt finns guld.”

”Hur kan man garantera det?”, frågar Anton som hittills varit tyst som vanligt.

”Jag vet var guldet finns”, svarar Mr. Hamilton.

”Är det långt härifrån?”, frågar Olice.

”Man tar sig ett stycke längre ner längs floden, och sedan upp i en liten biflod åt öster. Där uppe har jag ett par rika claims, som inte alls är utvaskade än. Ni får gärna ta er dit och jobba ett tag för mig.”

”Det låter ju väldigt bra, men hur tar man sig dit upp?”, frågar Arvid.

”Ni skulle ju kunna åka med mig i båten ner till Little Goldriver, och sedan ta er därifrån uppåt mot den mindre Gold creeken på egen hand”, säger Johnson. ”Jag ska ändå se till min cottage så inte grizzlyn varit där igen och ställt till.”

”Ska damen här också vara med och vaska guld?”, säger Hamilton.

”Det har hon allt tänkt sig”, svarar Olice och ler. ”Även om jag vet hur man lagar mat och städar och tvättar, så tror jag nog att jag kan bli en bra guldvaskare också.”

”Ja, ja”, svarar Hamilton. ”Tids nog tröttnar hon nog.”

”Jaså, det tror han!”, säger hon.

Arvid ser att Hamilton dröjer kvar med blicken på Olice.

”Får jag fråga en sak”, säger Arvid. ”Vi har ju ingen fast adress som man kan skicka brev till häruppe. Skulle det vara möjligt att få använda Mr. Hamiltons adress? Så vi kan ta emot post, alltså.”

”Det kan ni naturligtvis göra, så länge ni arbetar på mina claims. Då kan jag ta med breven, om det kommer några, när jag kommer upp till er. Och åt andra hållet också förstås, om ni har förtroende nog för mig.”

”Det är vi mycket tacksamma för”, säger Arvid.

”Jag tror det kan vara dags att se till att få litet sömn”, säger Johnson. ”Det har varit en lång dag, och vi ger oss väl iväg tidigt imorgon, så vi har dagen på oss. Själv är jag bestämt inbjuden att sitta en stund med min vän Hamilton och prata affärer, eller hur?”

”Självklart ska vi det”, svarar Hamilton. ”Vill ni mina skandinaviska gäster sova härinne, går det bra. Kanske soffan där inne i kammaren kan passa bäst för miss Olice, och så får herrarna sova skavfötters i kökssofforna.”

Alla tackar för vänligheten, och ordnar det för natten, medan Johnson och Hamilton går en trappa upp. Hamilton tar med en flaska whisky och två glas.

Arvid sätter sig vid köksbordet och tar fram papper och penna för att skriva brev till Andrietta.

”Kära Andrietta”, skriver han. ”Vi är nu ett stycke norr om Whitehorse, och gästar en guldgrävare som heter Mr. Hamilton. Hoppas du kan läsa min handstil. Jag har skadat högerhanden, så jag skriver med vänster. Så det blir inget långt brev. Bortsett från skadan i handen är allt väl. Vi är på väg till en plats där vi ska gräva guld. Vi ser mycket fram mot det. Jag hoppas allt är väl med dig och familjen. Här nedan får du den adress du kan skriva brev till mig på. Många kära hälsningar från Arvid.”

Arvid viker brevet och lägger in det i ett kuvert som han adresserar till Andrietta. Imorgon ska han be Mr. Hamilton posta det.

Kapitel 41

Innan de går och lägger sig går Arvid till en av pallarna i hörnet och sätter sig litet i skymundan. Han har tagit fram sin axelväska, och vill räkna igenom pengarna som finns där. Han är också nyfiken på vad som finns i facket med dragkedjan, så han lyckas öppna det, den skadade handen till trots. Till sin häpnad finner han en hel bunt sedlar. En pappersgördel håller ihop dem. Det verkar vara pengar direkt från banken. Och det är inte litet pengar det handlar om.

När han lagt sig kan han inte somna. Han ligger och tänker på att han plötsligt blivit ganska så rik. Litet plåster på såren efter rånet i Skagway, tänker han. Ersättning för sveda och värk. Fast har han rätt till pengar, som inte är hans från början? Och har mannen fått pengarna på lagligt sätt? Och varför hade han Arvids väska? Det kan nog inte ha varit den gubben som rånat honom, för han skulle säkert inte ha kunnat springa så snabbt som rånarna gjorde. Mitt i alla tankarna somnar Arvid. Han drömmer att Olice kommer till honom med ett stort paket. Hon kysser honom på kinden och säger, att han vunnit på lotteri.

Arvid är som vanligt tidigt uppe. Solen lyser nära horisonten. Klockan är fem. Det känns som en morgon hemma i Fagersta ungefär. Blåbärsriset har grönröd kart, och han förstår, att om ett antal veckor kommer det att finnas blåbär att plocka och äta. Han går den lilla stigen ner mot bryggan. Vattnet flyter snabbt på, och han hör forsarna på avstånd. Båten ligger fint där de lämnade den igår. Arvid sätter sig på bryggan i det mjuka solljuset. Han tänker på familjen därhemma. Andrietta, och hennes småbarn, och fadern som bor i stugan, men väl inte gör så många knop. Bröderna vet han inte så mycket om. De är ute i världen som han. Han tänker också på det närmaste som ligger framför. Äntligen ska de få börja med guldvaskandet. Hur de nu ska få med sig all packning upp till creeken. Men de får väl hitta på något. Johnson och Hamilton har ju varit med förr, så de kan säkert komma med idéer.

Han reser sig och går tillbaka upp mot huset. Utanför huset möter han Olice. De växlar några ord om sömnen och vädret, innan hon går vidare ut, och han in. Olice är så glad av sig. Det är lätt att ha henne med.

De äter frukost som Hamilton dukat fram. Bröd och ost och gröt, och till och med ägg.

”Hur får man tag på ägg? Har du höns undangömda nånstans?”, frågar Arvid.

”Båten kommer då och då med förnödenheter, och den här senaste omgången hade han ägg till salu. Det är annars inte så vanligt att vi lyckas få tag på det”, svarar Hamilton.

”Du som har gård så här fint, skulle väl kunna ha några höns sprättande runt”, säger Olice. ”Har du inte tänkt på det?”

”Vi gjorde faktiskt ett försök, när min salig hustru levde. Hon dog för två år sedan.” Han harklar sig litet, sträcker sig efter en brödskiva och fortsätter. ”Margret tyckte så mycket om hönsen. Hon gick ut till hönshuset flera gånger varenda dag och kuttrade och pratade med hönorna, som om de skulle förstå något. Och de värpte och värpte. Och hon bakade goda kakor med de där äggen, och gjorde fantastiska omeletter.”

”Och sedan, vad hände?”

”När Margret dog, slutade de faktiskt att värpa. Och jag kunde inte hålla på och ha höns, som ingen skötte om, när jag var borta så mycket. Några tog räven och vargen förstås. Men de flesta nackade jag och åt upp. Jag gjorde det på hösten, så kunde jag hänga dem frysta uppe i förrådshuset. Ett bra förråd att ta av då och då.”

”Hur långt är det från mynningen av Gold river till claimsen vid Gold creek?”, frågar Rickard.

”Ja, det är väl kanske fyrtio miles ungefär, till den bästa”, svarar Hamilton.

”Litet längre kanske det kan vara, beroende på vilka claims du tänker på”, säger Johnson.

”Har ni några idéer, hur vi ska få med oss packningen upp?”, fortsätter Rickard.

”Jag har ett par små stugor nere vid Yukon, nära mynningen till Gold river. Den ena är upptagen, men om ni vill, kan ni låna den andra. Där kan ni låsa in era saker, som ni inte direkt behöver uppe vid claimen. I stugan finns spis och sängar. Vatten finns det ju överallt”, säger Hamilton. Alla verkar lättade av att höra detta.

Det är dags att ge sig av. De samlar ihop sina saker och ger sig av ner till båten, kastar loss och låter strömmen föra båten norrut i riktning mot ishavet.

Hamilton står på bryggan och vinkar på samma sätt som när de kom. Alla vinkar tillbaka från båten.

Kapitel 42

”Det var verkligen en vänlig man”, säger Olice.

”Det var generöst att låta oss alla övernatta i hans stuga”, säger Gunnar. ”Vi får väl se hur det är med stugan och hur det går fortsättningsvis, med guld och allt.”

De glider nedför strömmen. Johnson har motorn igång. Han måste ha styrfart, säger han, för att kunna parera grunden och stenarna när de kommer längre ner i nya forsar.

Det går undan. De sitter i sittbrunnen och ser det vackra landskapet glida förbi. Högt uppe på bergen ligger snön kvar, fastän det är sommar. De smala, höga granarna växer överallt. Närmast vattnet står lövträd de väl känner igen. Al och asp och björk. Det kunde vara i Sverige. Men Arvid känner, hur det pirrar i kroppen av spänning, när han tänker på, att de är så långt borta hemifrån. Detta är äventyret. Nu ska han och kamraterna bli guldletare, och det är minsann något helt annat än att hålla på och harva med gården hemma, eller vistas under jord i en gruva, oavsett om det är Sverige eller Amerika.

De kommer plötsligt in i våldsamma forsar igen. De får hålla i sig och försöka parera båtens rörelser. Sjösjukan är inte långt borta nu heller. Fast litet bättre är det, än dagen innan. Innan de vet ordet av är de inne i lugnt vatten igen, och det blir behagligt att glida fram.

”Nu är det inte långt kvar till Gold river”, säger Johnson. ”Jag kommer att lägga till vid den lilla bryggan på södra sidan av Gold river. Olice, du som var så flink igår med tampen, kan ta den idag också och hoppa över till bryggan när jag säger till? Det är litet mera ström här än uppe hos Hamilton, så du måste vara kvickt upp på bryggan och slå om pållaren när jag säger till. Du, Gunnar, få ta ankaret och hålla det och kasta i det precis på ögonblicket när jag säger till. Håll stadigt om tampen när du slängt i det. Om ni bara gör precis som jag säger i rätt ögonblick, kommer det att gå fint.”

Några hundra meter till och båten närmar sig bryggan. Gunnar har ett stadigt tag om ankaret.

”Kasta ut ankaret!”, ropar Johnson.

Gunnar kastar ankaret, men råkar få tampen om ena foten. Han ramlar bakåt ner i sittbrunnen, slår huvudet i relingen och blir liggande.

"Rickard! Ta tampen och se till att ankaret hittar botten!", vrålar Johnson.

Rickard är snabb och ordnar upp det hela, och håller stadigt.

De är nära bryggan.

"Olice, hoppa NU", ropar Johnson.

Olice hoppar lika vigt som förra gången och gör fast på pållaren. Rickard ser till att bromsa med ankartampen och slår fast.

"Bra jobbat!", skrattar Ed Johnson. "Ni redde ju upp det till slut i alla fall. Hur gick det, Gunnar?"

Gunnar sitter i sittbrunnen och känner med handen på bakhuvudet. Det blöder ymnigt. Johnson tar fram en stor handduk och trycker emot. Han lyfter på handduken och ser på såret.

"Det är inget djupt sår", säger han. "Det kommer att läka fort, men du kommer nog att få ett ärr i skalpen, som ett minne från den här vikingafärden. Du kanske kommer att kalla dig Gunnar från Lidarände efter det här", skrattar Ed Johnson.

Gunnar ser förvånad ut.

"Varför skulle jag det?"

"Kan du inte din vikingahistoria, så nordisk du är? Gunnar från Lidarände var en tuff viking. Men han hade ingen vidare framgång med rep, eller kanske var det snarare bågsträng, förresten. Du kan ju ta reda på mer, om du kommer hem någon gång."

De stiger iland. Arvid kan fortfarande inte göra just något med sin högra hand. Olice har lagt om den igen, och låtit spjälorna sitta kvar. Hon säger att han måste ha dem några veckor till, ifall det är brutet. Arvid är inte glad över att vara konvalescent. Men nu är det ju som det är. Han kan i alla fall stå på bryggan och ta emot med vänsterhanden, när de andra räcker honom saker från båten. Han noterar, att det är väldigt mycket de har packat med sig.

Johnson ser roat på dem, när de bär och lyfter. Han har satt sig på en stock vid sidan av bryggan, och tänt sin pipa och tittar på när de jobbar.

”Inget är så underbart som att sitta och se på när folk jobbar”, säger han. ”Det har jag förresten gemensamt med min vän Hamilton, som ni kommer att erfara med tiden.”

Johnson reser sig och visar dem vägen till stugan. Den ligger ett par hundra meter upp från bryggan på en liten höjd alldeles nära Gold river. Han tar fram nyckeln och låser upp hänglåset. Han lossar den meterlånga järnslån som suttit tvärs över dörren, och öppnar. Stugan är ganska liten. I ena hörnet finns en Yukonspis att elda i. Bredvid ligger huggen ved. På väggen mittemot spisen finns tre väggfasta sängar på höjden. De är ganska breda. En fast stege går från golv till tak vid ena sidan av sängarna. Allt är i trä. Nära det lilla fönstret som vetter mot Gold river, står ett matbord, två bänkar och ett par pallar. Utanför stugan finns ett skjul som också det är låst med ett hänglås. De går dit och Johnson tar fram en annan nyckel, och öppnar.

”Här kan ni få in en hel del av er packning”, säger han. ”Kanske det mesta. Tror nog att ni får in era slädar här också.”

På andra sidan stugan finns ett förråd, som ska vara björnsäkrat. Det står på fyra stadiga stockar ett antal meter upp.

”Det där kan ni också använda”, säger Johnson. ”Det är inte låst, för de som disponerar den andra stugan har också sitt förråd där, så ni får märka upp den mat som är er.”

När allt är urplockat ur båten går Ed Johnson ombord och startar motorn. Olice har fått order om att lägga loss, när han säger till, och det avlöper smidigt. Han tar kvickt upp ankaret och far iväg. De står alla på bryggan och vinkar av honom. Snart är han ett bra stycke längre ner i floden.

Kapitel 43

Olice väljer att sova i bädden högst upp. Under henne sover Gunnar och Arvid, och längst ner Rickard och Anton. De har bestämt att de redan nästa morgon ska ta med sig så mycket de behöver uppåt floden. Spisen är tung att bära. Likaså vaggorna och provianten. De räknar med att ha med sig så pass mycket mat, att det räcker för två veckor. Sedan planerar de att ta en tur till stugan och hämta mera. De tillverkar en bår av två kraftiga störar och säcktyg, så de kan hjälpas åt att bära de tyngsta sakerna. När allt är packat och säkrat på båren, tar de på sig ryggsäckarna och går iväg. De fyra männen bär båren. Arvid bär längst bak på höger sida, så han inte behöver belasta högerhanden. Gunnar har inga större problem att bära, även om han har huvudvärk. Olice bär en tung ryggsäck och en stor hink.

Myggen är deras stora plåga. De kan knappt andas in utan att sätta en mygga i halsen, om de inte har mygghattarna med nät på sig. Ändå har de smort in sig med en tjärdoftande smörja, som de köpt i Skagway. Den håller halsen och armarna någorlunda fria från myggbett. Men man kan ju inte smörja in hela kroppen. Kunde man se dem på litet avstånd, skulle man se det mörka moln av insekter som omger dem. Efter ett par timmars vandring stannar de för en paus vid flodstranden. De tar fram sina plåtkosor och dricker av det klara, kalla vattnet. Litet torkat renkött får bli tilltugget.

De lägger sig i gräset och vilar en stund.

”Olice”, säger Gunnar. Han har lagt sig alldeles nära henne. ”Vad menade egentligen Hamilton när han sa det där med renarna?”

”Inte vet jag vad han menade, men jag trodde han tänkte på när svälten var nära uppe i Dawson för så där åtta, tio år sedan. Fast folk hade med sig massor av proviant, så räckte det ändå inte till för alla dessa tusentals människor som letade efter guld. Min farbror Ante var i Dawson då.”

”Har du en farbror som är guldgrävare?”, säger Gunnar.

”Ja, han var i alla fall i Dawson då och letade guld. Han kände en av representanterna för de amerikanska myndigheterna, som hade kontor där på den tiden, Mr. Stanford tror jag han hette. Mest på skoj föreslog han mister Stanford, att man borde importera renar från Norge, för att råda bot på matbristen. Stanford blev eld och lågor, och undrade om min farbror kände till någon renskötare i Norge som skulle kunna hjälpa till med importen. Farbror Ante kommer ju från renskötarfamilj, så han erbjöd sig att hjälpa till. Mr. Stanford blev mycket förtjust över att tänka sig maten komma vandrande till Dawson. Och även om det är kallt och mycket snö i Klondykeområdet, så skulle det ju ändå vara alldeles normala livsbetingelser för renarna, tänkte han."

De andra har nu dragit sig närmare och lyssnar intresserat.

"Hur gick det då?", frågar Gunnar.

"Både bra och dåligt, efter vad jag förstår. Man skeppade femhundra renar på båtar från Norge. Bara en tiondel av dem kom fram till Dawson. Och när renarna väl kom fram, hade man lyckats ordna andra mattransporter, så egentligen behövdes de inte."

"Renarna gick väl inte själva till Klondyke från ostkusten?" undrar Arvid.

"Givetvis följde ett antal renskötare med på transporten. Man hade ordnat ett specialtåg som förde dem till västkusten. Sedan drev man dem mot norr, men när renarna skulle ta sig över snön, visade den sig vara för djup, så de förmådde inte gräva sig ner till mossa och lavar som de lever på. Så många av dem svalt faktiskt ihjäl. Mina farbröder Ante och Norbert var två av renskötarna som följde med. Norbert kom hem till Norge för ett par år sedan och berättade det här. Det var via hans kontakter som jag hamnade i Skagway, för övrigt, men nu vet jag inte var någon av dem finns."

"Det verkar ju fullständigt vansinnigt att frakta ett halvt tusen renar över Atlanten", säger Arvid.

"Jo, det kan man tycka, men folk svalt ju, och då är goda råd dyra", säger Olice.

Efter pausen går de vidare längs creeken. Det går långsamt, för stigen är inte alltid så lätt att se. När kvällen kommer sätter de upp sina tält i en glänta och övernattar. Det är lugnt och tyst. Det porlande ljudet från bäcken är det enda som hörs förutom en och annan snarkning. Nästa dag vandrar de långsamt vidare, och övernattar igen ett stycke längre upp längs bäcken.

Kapitel 44

Sommarkvällen är lång och natten ljus. Sent på kvällen den tredje dagen kommer de fram till platsen, där Hamiltons inmutningar ligger.

De kan se hans märken på stakarna, som står nedslagna i jorden. Några tält står i området ner mot vattnet. Alla verkar sova. Men när de börjar sätta upp sina egna tält, öppnas snart det ena tältet efter det andra. De ser huvuden stickas ut i tältöppningarna. En ilsken röst undrar vad som står på. De ser mannen med den ilskna rösten komma utkrypande ur tältet med ett gevär. Från en liten timmerstuga ett stycke bort kommer en annan man ut. Han går sakta fram till dem, och frågar vilka de är. När de presenterar sig, säger han att de är välkomna, för det är mycket jobb med att få fram guldet ur jordhögarna från i vintras. Så all arbetskraft är välkommen. Mannen med geväret har lagt ifrån sig vapnet, och kommer fram och hälsar.

Till slut är det tio män som vaknat och kommit ut till dem. De ser trötta ut, nyväckta som de är, och när det blivit klart, vilka de nya är, går de och lägger sig igen och stänger tälten om sig.

Snart har också Arvid och hans vänner kommit till ro i sina två tält. Gunnar och Arvid och Olice delar tält. Bröderna Persson har det andra.

Mannen som basar för Hamiltons claims vid Gold creek heter Pedersen. Det var han som kom fram från stugan och hälsade dem välkomna i natt. Han är finlemmad med smalt, fräknigt ansikte och markerade kindben. Hans ljusa hår och blå ögon får dem att tänka att han kanske är svensk. Han sätter sig bredvid Arvid och de andra och äter frukost. Pedersen bjuder på kaffe. Han är dansk, berättar han, men har länge varit i tjänst hos Hamilton. Det är tio år sedan han reste från Esbjerg i Danmark för att ta sig till guldet i Klondyke. Han har varit på många platser i området, och säger att han är nöjd med att jobba för Hamilton. Hamilton är pålitlig, säger han, och arbetarna får bra lön, även om Hamilton själv tar det mesta, men det är ju hans claims, menar Pedersen.

Pedersen samlar alla, och de får presentera sig. Det är en annan sak att se sina nya arbetskamrater när solen gått upp, jämfört med när de sura kom ut ur tälten i natt. Mannen som kom med geväret i natt, är fortfarande inte direkt glad, men i alla fall inte vresig.

”Vem av er är gift med Olice, här då?” frågar Pedersen, och ler.

”Jag är inte gift”, säger Olice. ”De här pojkarna är mina vänner, och jag är guldgrävare precis som de.”

”Så länge det varar”, säger Petersen och tänder sin pipa.

Olice sväljer en kommentar och tittar bort.

”Som sagt, vi är vänner”, säger Gunnar.

Pedersen tar dem med och visar dem, var de ska börja jobba. Det ligger en enormt stor grushög framför dem. De ska gräva fram gruset från högen, hälla det i trärännan och låta vattnet i rännan forsa fram, så guldet lägger sig på botten.

Rännan löper uppifrån en liten bäck, som kommer uppifrån berget. Den är några decimeter bred, har ett par decimeter höga längsgående kanter och i botten ligger avsatser med tunna tvärslåar där guldet stannar, eftersom det är tyngst. Resten av gruset ska föras bort av vattnet.

”Vad gör vi av guldet vi får fram?”, frågar Arvid.

”Ni ropar på mig, så kommer jag med pannan och vi för över det dit. När dagen är slut placerar vi allt guldet i skinnsäckar, som jag förvarar i ett låst utrymme.”

”Var finns det ett låst utrymme här?”, säger Anton.

”Det är bara jag som vet det”, svarar Pedersen.

De arbetar hela dagen. Det är tungt att lyfta grus. Men det är en fantastisk känsla, när guldet ligger och glänser i botten av rännan.

”Tänk att vi faktiskt är guldgrävare”, säger Olice i en paus. Hon torkar sig i ansiktet med sin rutiga sjal. Solen har värmt hela dagen, och alla är myggbitna överallt.

”Undrar om man ska vänja sig vid myggen nån gång?”, svarar Arvid och pustar och jagar bort en mygga som satt sig på högra ögonlocket.

De dricker vattnet ur bäcken när de blir törstiga, och det blir de nästan hela tiden. Vattnet är friskt och kallt. Det är glaciärvatten, som känns alldeles rent och släcker törsten.

Kapitel 45

Tiden går. De har varit ett par veckor vid claimen nu. Arvid sover oroligt om nätterna. Han störs av att Gunnar snarkar. Han tycker det blivit värre och värre.

En dag frågar han Olice, om inte hon störs av Gunnars snarkningar.

"Snarkar han?", frågar hon förvånat. "Jag sover som en stock så jag hör inget."

"Jag tror jag flyttar över till Antons och Rickards tält, för det går ju inte att man inte får sova när jobbet är så krävande."

"Sov var du vill", säger hon. "Det gör mig inget att få mer plats, om du väljer att byta tält."

När lördagskvällen kommer går Arvid ner till bäcken och sätter sig och tar fram sitt fickur. Det är dags att dra upp den som vanligt. Han blir förvånad, när han ser att klockan stannat på tjugo i fyra. Den har aldrig stannat förut. Han skakar på den och lägger den till örat och lyssnar. Jo, det tickar därinne nu. Han vrider upp den som han brukar, lyssnar igen och lägger den i västfickan. Det är en bra kedja han har. Ingen risk att han tappar rovan.

Pedersen kommer ner till bäcken för att hämta vatten och kommer fram till Arvid.

"Så här sitter du och tar igen dig", säger han.

"Ja, jag tar litet kväll och tänker på veckan, och drar upp mitt fickur. Brukar göra det på lördagskvällen."

"Ja, det är bra med rutiner."

"Underligt är, att den har stannat på tjugo i fyra. Den har aldrig stannat förut. Har du rätt tid?"

Pedersen tar fram sin egen klocka ur fickan, så Arvid kan ställa sin egen efter hans.

"Underligt ändå, att den bara stannade. Det måste ha hänt nu på eftermiddagen, för när jag kastade ett öga på den vid lunchtid gick den rätt.

”Klockor lever sitt eget liv”, säger Pedersen.

”Vad menar du?”, frågar Arvid.

”Jag menar bara att en bra klocka med tiden liksom blir till ett med den som bär den. Och om bäraren inte mår riktigt bra, kan klockan stanna. Eller om någon i den nära omgivningen har dött, kan klockan stanna.”

”Sånt där skrock tror jag inte på. Hur skulle en klocka kunna stanna av att någon man känner dör?”

”Inte vet jag. Men det är sånt jag har hört hemma i Danmark.”

Det är tidig morgon när Arvid vaknar. Klockan är bara fyra. Han vrider och vänder sig i bädden, men kan inte somna om. Tankarna kommer. Tänk om det ligger något i det som Pedersen sa, om klockor som stannar. Tänk om någon i hans närhet faktiskt dött, och klockan signalerat om det. Andrietta? Eller kanske Far? Eller någon av bröderna. Tankarna mal på. Han kan inte somna om, så han stiger upp och går ut. Det småregnar och blåser, så han går tillbaka och lägger sig en stund innan det är dags för alla att stiga upp och arbeta.

Kapitel 46

Efter en tid är myggen inte längre så besvärande. De tycks ha blivit mera okänsliga för myggbetten. Kliandet är inte lika illa som förut.

Arvid sover bättre när han inte störs av Gunnars snarkningar, och Gunnar verkar inte tycka det illa vara, att få större plats i tältet och dela det med Olice. En dag när de ska äta lunch har Gunnar och Olice redan satt sig nere vid bäcken när Arvid ansluter. Han får plötsligt en känsla av att känna sig utanför. Gunnar och Olice har blivit nära vänner. Eller är det kanske något ännu mer? Olice skär upp en skiva bröd och brer på smör och ger till Gunnar. Hon brer en till, och Arvid tror att den är till honom, men den tar hon själv. Arvid får smöra sin egen.

”Det är inte det allra enklaste jobbet vi har skaffat oss”, säger Gunnar.

”I alla fall är det bättre med det fria livet, än att hålla på att städa och laga mat åt svenskt herrskapsfolk”, säger Olice.

”Var det en svensk familj du arbetade hos i Skagway?”, frågar Arvid förvånat.

”Javisst, har jag inte sagt det?”

”Det är en hel del guld vi samlat ihop nu”, säger Arvid. ”Snart kommer väl Hamilton och ska titta till sina inmutningar, och kamma hem vinsterna.”

”Vi ska ju också ha vår del av vinsten”, säger Olice. ”Och det är klart, att även om vi inte får mer än trettio procent, så är det ändå en hel del.”

”Idag hittade jag en riktigt stor klimp”, säger Arvid. ”Känner inte ni er lockade ibland att låta en sån slinka ner i ens egen ficka, istället för att Mr. Hamilton ska ha rätt till den?”

”Jag har inga problem med att han har rätt till sitt”, svarar Olice. ”Jag tycker han verkar vara en sympatisk man, och utan honom skulle vi inte ha det här jobbet.”

Rickard och Anton har anslutit.

”Det är som vanligt för oss arbetare att finna oss i dåliga villkor”, säger Anton. ”Vi bor i egna tält, vi sliter på våra egna kläder, vi äter mat som vi har burit hit själva. Och så ska han ha merparten av vinsten, bara för han var först här och gjorde sina inmutningar."

"Samtidigt är det ju så, att vi får lära oss guldvaskaryrket, som ingen av oss tidigare har kunnat. Så det är väl också att se som en fördel med det här jobbet", säger Arvid.

Pedersens visselpipa ljuder, och det är slut på lunchrasten. De fem vännerna umgås inte så mycket med de andra arbetarna. De andra håller sig för sig. Ibland får Arvid och hans vänner höra glåpord om svenskar som bara kommer hit och skor sig. Men de tycker att Pedersen är en bra förman. Han samlar in dagens skörd varje kväll. Var han har sitt gömställe, lyckas han hålla hemligt.

Kapitel 47

Ett par veckor senare står det helt klart för alla att Gunnar och Olice är förälskade.

De kysser varann efter frukosten, och när de ses igen till lunch, och de drar sig gärna undan jobbet ibland. Arvid känner sig utanför. Det var ju trots allt han som träffade Olice först. Han kan väl inte direkt påstå, att han själv varit förälskad i Olice, men hon har ändå blivit en god vän, som han kunnat prata med om allting. Nu har hon bara ögon för Gunnar. Arvid tänker att det var väldigt dumt av honom att byta tält. Visserligen sover han bättre, men om han tidigare vaknat av Gunnars snarkningar, så har han nu svårt att somna, för han tänker på Olice och Gunnar, och vad de har för sig om nätterna.

En torsdag eftermiddag några månader senare kommer Mr. Hamilton gående uppför stigen för att se till sina claims. Pedersen möter honom. De hälsar hjärtligt, och Pedersen visslar i pipan som paussignal för arbetarna. De samlas. Mr. Hamilton har med sig torkat kött, bröd, vitkål, ägg och färska äpplen. Det blir ett bra avbrott i arbetet, och arbetarna är förtjusta över tilldelningen av mat, som kommer att göra kosten litet mer varierad än kött och bröd och ris.

”Jag hör här på Pedersen att ni har arbetat flitigt, och funnit mycket guld”, säger han nöjt. ”Som ni vet är det ju så här högt upp i creeken som de litet större guldklimparna finns. Satsar man längre ner, och ner mot större vatten, har ju guldet blivit slitet och det är bara mindre korn. Och det är ju inte att förakta. Men jag har valt att ha kvar de här claimsen, just för att de tyngre klimparna finns här uppe, även om creeken är liten. Och som sagt, ni gör ett bra jobb.”

Han öppnar ryggsäcken och tar fram en bunt brev.

”Det har kommit post”, säger han.

Inte alla får brev, med både Gunnar och Arvid får varsitt. Arvid ser på handstilen, att det är Andrietta som skrivit. Han stoppar brevet i fickan, och Gunnar gör likadant.

”För er som är nya här, ska jag bara berätta, att lönen utbetalas i Pedersens stuga. Han och jag ser över vinsten, och sedan får ni ut er andel i guld som ligger förpackat i skinnpåsar.”

”Hur vet vi att vi får det som vi ska ha?”, frågar Anton.

”Ni måste lita på Pedersen och mig. Så enkelt är det”, svarar Mr. Hamilton kort och går iväg med Pedersen till hans stuga.

Kapitel 48

Gunnar och Arvid går undan, och sätter sig vid varsitt träd med ryggen mot stammen. Arvid öppnar brevet. Det är skrivet med Andriettas vanliga vackra handstil. Tätt skrivet, och på fem ark.

Tunna fina papper.

Brevet är daterat Älgsjöbo den 28 april 1907.

”Käre Arvid”, börjar det. ”Nu har det gått lång tid sedan vi sågs. Jag hoppas du har det bra och hittar mycket guld och blir rik. Jag blev glad när du skrev till mig och gav mig din nya adress. Då vet jag åtminstone ungefär var du är, även om du är långt hemifrån. Jag hoppas du har hälsan och trivs med livet i Yukon. Jag skriver nu till dig för att meddela dig en sorglig nyhet: Far gick bort i fredags natt, den 27 april i detta Herrens år 1907. Klockan tjugo i ett drog han sitt sista andetag. Jag och Anders Erik satt hos honom hela dagen och natten innan. Han hade fått lunginflammation, och febern ville inte ge med sig, utan bara steg. Vi försökte få ner febern med att ha svalt i rummet, och torka hans heta panna med handdukar som vi blött i kallt vatten. Men inget hjälpte. Inte heller hjälpte de pulver vi gav honom som skulle vara febernedsättande. Hans hosta var förfärlig att höra, Arvid. Vi hade skickat efter doktorn för tre dagar sedan. Men han hade sagt, att det bara var att ge honom febernedsättande pulver, och vänta på att det skulle vända. Men det vände aldrig. Han blev bara sämre, och som sagt, i natt dog han. Men strax innan han dog, så sa han: ’Förlåt mig, att jag inte varit så bra far till er barn. Hälsa pojkarna det.’ Så här får du den hälsningen nu. Han dog lugnt. Det blev längre mellan andetagen, och vi trodde flera gånger att det skulle vara slut. Men så kom det ett andetag till. Och så en stunds stillhet, och så ett sista andetag. Sedan var det slut. Slut på hans liv, Arvid. Jag är ledsen att behöva skriva dig detta sorgebud. Men du måste ju få veta. Och det är ju livets gång. Vi föds och vi dör. Jag ska meddela Reinhold och Axel också. Begravningen blir nästa lördag i Söderbärke kyrka. Jag har talat med prästen. Far kommer att ligga i samma grav som Mor. Du kan väl inte komma med, förstår jag. Kanske är begravningen redan över, när du får det här brevet. När bouppteckningen är klar ska du få en avskrift. Det är nog inte just något över att ärva. Men du ska ju veta i alla fall.

Det var det sorgliga. Nu till det mera roliga. Barnen växer och mår bra.

Här hemma är det ungefär som vanligt. Vi har det bra jag och Anders Erik och barnen. De två minsta har du ju inte sett ännu. Vår lille Erik Axel har hunnit bli nio år nu, och han gör det riktigt bra i skolan. Roligast tycker han det är med matematiken, och han tycker också mycket om att läsa. Däremot är han inte särskilt pigg på att passa på djuren och hjälpa till i jordbruket. På det viset tycker jag nog att han liknar Reinhold, inte så litet.

Jag hoppas att livet är gott för dig. Skriv och berätta litet mer om livet som guldgrävare. Jag vet så litet om det.

Med många kära hälsningar från din tillgivna syster, Andrietta."

Arvid känner värmen i brevet. Den kära Andrietta, som alltid brytt sig om honom och alla i familjen. Han förstår att det inte varit lätt med fadern, men det har det ju inte varit på många år. Ett litet styng av skuld smyger sig på honom. Kanske borde han ha funnits där för Far. Men han slår bort tankarna, och säger sig att det var rätt att åka. Nu kan han ju skicka hem litet pengar, och de pengar han fick extra när han hittade sin axelväska kan han ju faktiskt dela med sig av till Andrietta. Det gör det lättare att inte se dem som tjuvgods.

Arvid lyfter blicken och ser mot trädet där Gunnar sitter. Gunnar sitter alldeles stilla med brevet i högra handen. Han lutar sig över knäna och stirrar framför sig. Arvid reser sig och går fram till honom.

"Gunnar, du ser ut som om du sålt smöret och tappat pengarna. Hur är det?"

"Det är väl just så det är", svarar han. "Jag har fått brev från Ingrid. Och det nu, när jag hade slutat tänka på henne. Titta!".

Han räcker Arvid ett foto på Ingrid som sitter med en liten flicka i famnen. "Hon är två år, skriver Ingrid. Och hon tror att jag är fadern, för hon tycker att flickan liknar mig över ögonen."

"Få se!" Arvid tar kortet och granskar det noga. "Ja, det kanske ligger något i det, men å andra sidan är det ju svårt att avgöra det genom att se på ett kort. Vad skriver Ingrid i brevet?"

"Hon skriver och berättar hur det var, det där hon inte kunde berätta, innan jag for. Läs!" Han räcker brevet till Arvid.

”Käre Gunnar!”, börjar Ingrids brev. ”Jag hoppas du inte tycker illa vara, att jag skriver till dig. Men jag tyckte du har rätt att veta hur det egentligen var. Det som jag inte kunde berätta innan du åkte, för det var så hemskt. Som du ser på fotot har jag en liten dotter i knät. Vi gick till fotograf Anderssons och tog det här porträttet. Jag ville att du skulle få se henne. Hon heter Astrid Gunilla, och kallas Astrid. Jag tror faktiskt att det är du som är hennes far, för hon är så lik dig över ögonen. Men som jag sa, hände det en sak, och nu vill jag berätta. Det var så att jag hade varit hos min väninna Alma, du vet, en kväll. Vi hade haft så roligt, och när jag skulle gå hem var det ganska sent. Alma frågade om jag verkligen ville gå hem mitt i natten själv. Jag sa, att jag klarar mig. Men när jag gått Hantverkargatan fram, kanske hundra meter såg jag ett par fyllegubbar komma åt mitt håll. Jag gick in på Gruvgatan, och ställde mig där, så de skulle gå förbi. Men de svängde av in på Gruvgatan, och där fick de syn på mig. Jag försökte springa min väg förstås. Men en av dem lyckades få tag i min kappärm, och fångade in mig. Jag skrek, men det verkade inte som om någon hörde, för de drog in mig i en port, och där hände det som bara inte får hända. De drog av mig kläderna och tog mig med våld. Båda två.”

Arvid slutar läsa. Han noterar att stilen blivit darrig och bläcket utsuddat. Hon hade tydligen glömt läskpapperet. Han tittar upp på Gunnar, som sitter och stirrar ut i ingenting. Arvid ser ner i brevet igen.

”Så var det sagt. Vet inte om du förstår, att jag inte kunde berätta, för jag skämdes. Det var ju dumt att gå hem på egen hand så där sent, kanske. Men jag hade ju absolut inte kunnat tänka mig detta. I alla fall sprang jag tillbaka till Alma och bultade på. Hon kom ut i bara nattsärken, och jag gick in och berättade. Hon hjälpte mig att snygga till kläderna, och låna mig sånt jag behövde. Jag sov kvar hos henne den natten, och gick hem i gryningen. Tror inte Mor märkte något. Men sen blev det ju som det blev. Jag var med barn. Och jag tror det är du som är fadern, som sagt, men alldeles säker kan jag ju inte vara. Jag vet ju inte om du har några känslor kvar för mig, men du ska veta, att jag fortfarande älskar dig, och om du ville komma hem och leva med mig och vår dotter, är du välkommen. Vill att du ska veta det. Din tillgivna Ingrid.”

Arvid ser på Gunnar, som sitter tyst.

”Nu får jag det här brevet! Nu först tycker hon det är dags att berätta!”

De reser sig, och Gunnar sparkar till en sten.

”Hur ska du göra nu, då?”

”Hur ska jag veta det? Vad ska jag göra? Det är ju Olice och jag nu. Eller?”

”Eller?”

Pedersen blåser i visselpipan. Det är dags att gå till stugan och hämta ut löningen. Olice står sist av alla i kön. Gunnar ställer närmast bakom henne före Arvid.

”Det var värst vad ni ser muntra ut då!”, säger Olice. ”Var det dåliga nyheter i breven? Ni kanske längtar hem?”

”Är du litet avundsjuk för att du inte fick något brev?”, säger Gunnar och kramar om Olice.

Arvid är glad att han står bakom dem, så de inte kan se hur frustrerad han känner sig.

Kapitel 49

Olice har redan varit inne och fått sin lön. Hon står utanför stugan bredvid Arvid medan Gunnar är därinne.
”Är du nöjd med lönen?”, frågar Arvid.
”Här tjänar jag bättre än som hembiträde i Skagway i alla fall”, svarar hon och ler mot honom.
Leendet flyttas över till Gunnar, när han kommer ut med sin skinnpåse i handen.
”Inte illa”, säger han, och väger påsen i handen.
Det är Arvids tur att gå in i stugan. Bakom ett bord sitter Pedersen och Mr. Hamilton. Han handhälsar på Mr. Hamilton, som sedan väger upp guldsanden i ena skålen på balansvågen. I andra vågskålen har han placerat ett antal vikter. Mellan vågskålarna av mässing finns en skala och en visare som svänger fram och tillbaka när guldet vägs upp. Till slut stannar visaren i lodrätt läge. Hamilton lyfter av skålen med guldsanden, och låter sanden strömma ner i skinnpåsen som Arvid tagit med sig in.
”Ni har arbetat flitigt sedan ni kom hit”, säger Hamilton. ”Tycker ni att det fungerar bra häruppe, också tillsammans med de andra arbetarna?”
”Jag är nöjd med arbetet och det verkar ju vara vana arbetare vi jobbar med. Så jag har inget att klaga på”, svarar Arvid.
”Jag hoppas brevet innebar goda nyheter.”
”Tyvärr fick jag veta, att min Far är död. Det var från min syster.”
”Då ber jag att få beklaga”, säger Mr. Hamilton.

”Jag instämmer”, säger Pedersen och gör en ansats till bugning.

Solen står fortfarande högt på himlen fast det går mot skymning.
Litet senare på kvällen tar Olice Arvid avsides efter kvällsmaten. Det är Gunnars tur att diska, och han har gått ner till bäcken med disken.
”Det måste ha varit något med det där brevet, som oroar Gunnar”, säger hon. ”Han är sig inte lik. Det är som att han går i andra tankar. Vet du om det är något särskilt han fick veta genom brevet som kom?”

”Har han inte berättat för dig?”

”Vadå?”

”Att han hade en fästmö i Sverige innan han reste till Amerika.”

”Nej, det har han inte sagt. Var brevet från henne?”

Hon stryker irriterat en hårslinga bakom örat.

”Jo, han reste iväg, när det visade sig att hon var gravid och inte ville berätta om det var Gunnar som var far till barnet. Det var visst litet oklart.”

”Visste hon inte, om det var han som var far till barnet?”

”Nej det var visst litet problem på något sätt.”

”Och då bröt han förlovningen och reste till Amerika?”

”Ja, ungefär så.”

Arvid tittar litet oroligt ner mot bäcken. Gunnar verkar plocka ihop sakerna han diskat.

”Men vad stod det i brevet då?”

”Egentligen skulle väl Gunnar berätta det.”

”Har du sagt A kan du säga B.”

”Litet kortfattat, så skickade hon ett foto på flickan, och hon menar att Gunnar är fadern. Och hon vill att han ska komma hem igen.”

Olice reser sig ilsket upp och stampar med foten i marken.

”Så här gör man bara inte!”

När Gunnar kommer tillbaka från bäcken kommer han fram till Olice och Arvid. Han ställer ner korgen med tallrikar och pannor och bestick på marken.

Olice sparkar till den, så innehållet far ut ur korgen.

”Vad är det?” frågar Gunnar oroligt.

”Vad det är?? Det ska väl du veta. Komma här och låtsas bry dig om mig när du har fästmö och barn i Sverige! Du som sa att du ville att vi skulle gifta oss och allt, och så har du lurat mig å det grövsta! Åk hem du bara! Du ska inte tro att du har något att hämta hos mig mer!”

Olice är så arg så tårarna sprutar ur ögonen på henne. Håret står som en sky kring huvudet och hon rusar därifrån.

Gunnar sjunker ner på marken bredvid Arvid.

”Du har berättat om brevet, va?”

”Ja, du har ju inte gjort det uppenbarligen.”

”Du, det var i förtroende du fick läsa. Och så går du och berättar bara så där!”

”När hade du tänkt berätta då? När hon också hade blivit med barn, kanske?”

”Jag fattar inte att du kunde berätta det för henne. Nu är ju allting slut.”

”Hade du inte tänkt berätta för henne?”

”Jo, så klart, men kanske litet längre fram.”

”Jag tyckte hon har rätt att få veta om innehållet i brevet, eftersom du tydligen inte lyckats klämma fram det, och hon hade märkt att det var något, och frågade mig vad det var. Nu är det i alla fall sagt.”

”Och jag kan ju inte stanna kvar här, fattar du väl. Inte om hon är kvar.”

”Nej, ni kan ju inte sova i samma tält, förstås. Jag får väl byta med henne, och stoppa mossa i öronen så jag står ut med dina snarkningar.”

”Tror du att jag vill dela tält med dig, då? Nää du, aldrig i livet. Nån av dom andra får flytta över.”

”Du behöver väl inte ta så illa vid dig. Jag ville ju bara hjälpa dig att få det sagt.”

”Du är värre än Judas, vet du det!”

Kapitel 50

De har inte märkt att många av de andra har hört grälet. Nu ser de att kamraterna står och lyssnar, inte så långt borta. Mr. Hamilton och Petersen står i dörröppningen på stugan, och lyssnar de också.

När Arvid och Gunnar får syn på de andra, går de ner till tälten.

Arvid känner sig upprörd. Han ville ju bara berätta sanningen för Olice. Och han hade velat berätta, att Far är död.

De går in i varsitt tält. När Gunnar kommer in i sitt tält, går Olice ut. Hon ber Arvid att hon ska få sova i hans tält fortsättningsvis.

”Det var bra att du berättade”, säger hon. ”Annars hade jag väl känt mig ännu mer lurad om jag fått veta det längre fram.”

Hon gråter, och Arvid kramar om henne och låter henne gråta mot sin axel.

”Du ska se att det ordnar sig”, säger han tafatt, och tar fram sin rutiga näsduk som han brukar torka sig i pannan med när det blir för svettigt om dagarna. Hon tar tacksamt emot den.

”Jag är också ledsen”, säger han. ”Jag fick veta i brevet från min syster, att Far dog den 27 april. Det är ju nästan tre månader sedan. Det känns konstigt att han varit död så länge, och jag inte vetat om det förrän nu. Död och begraven.”

”Då har vi båda fått sorg idag.”

Natten kommer, och Anton blir den som flyttar över till Gunnars tält.

Nästa dag kommer Mr. Hamilton fram till Olice och säger att han vill prata med henne. De går in i stugan, och dörren stängs. Arvid undrar nyfiket vad Mr. Hamilton har att säga till henne.

När hon kommer ut igen efter en god stund, ser hon betänksam ut.

”Vad ville han?”, frågar Arvid när de ses nere vid vaskrännan.

”Han undrade om jag vill gifta mig med honom”, svarar hon.

”Gifta dig med honom?”

”Ja, just det. Han tycker att vi passar bra ihop.”

”Tycker du det också?”

”Jag sa att jag vill fortsätta vara guldgrävare, för det är så fritt och härligt liv. Då sa han, att om jag ändrar mig, så vet jag var han finns. Och det är väl bra att veta att det finns någon enda som vill ha mig.”

Hon går åt sidan en stund, och Arvid förstår att hon vill vara för sig själv.

Kapitel 51

De följande dagarna är stämningen minst sagt tung. De jobbar på som vanligt vid vaskrännan. Öser upp grus från den stora högen som fortfarande finns kvar efter vinterns arbete, häller det i rännan, och släpper på vattnet så det får skölja ut allt, som inte är guld. I botten ligger guldkornen kvar och glittrar. De öser försiktigt upp dem, och lägger dem i vaskpanna och ropar på Petersen när det börjar bli litet väl mycket i pannan. Arvid och hans vänner pratar inte särskilt mycket med varandra. Framförallt undviker Gunnar att prata med Arvid och Olice. Den ende Gunnar pratar med är Anton. Och numera fortsätter de två att dela tält.

En kväll kommer Gunnar och Anton över till de andra.

”Jag planerar att resa hem till Sverige”, säger Gunnar. ”Jag hade inte tänkt det, men nu har ju saker och ting kommit i en annan dager.”

”Och eftersom jag har blivit avskedad, bara för att jag pratar för arbetarnas självklara rättigheter, så följer jag med”, säger Anton.

”Vad säger du??”, utbrister Rickard. ”Har du blivit avskedad?”

”Du hörde väl att Hamilton blev sur, för att jag frågade, om vågen vägde rätt. Jag fick ju min lön som ni andra, men jag tyckte att min påse verkade innehålla mindre guld, när jag jämförde med Gunnars. Så jag klagade för Pedersen. Och nästa morgon kommer Mr. Hamilton och säger, att jag är avskedad. Den kapitalisten lever bara upp till vad man kan vänta sig. Här ska vi göra jobbet, och han håva in vinsten som vi jobbar fram till honom. Man kan ju bli vansinnig för mindre!”

”Lugna dig nu, Anton! Du menar väl inte att du ska resa tillbaka till Sverige för att du inte får jobba just här längre. Vi kan väl ge oss iväg tillsammans. Det är ju ändå så, att jobbet här snart är slut för säsongen. Vintern kommer, och då kan vi ge oss av mot andra ställen, där det också finns guld. Hela vägen norrut finns det ju stora möjligheter att hitta nya fyndigheter.”

”När säsongen är slut, säger du. Den är inte slut förrän om en månad, och jag har då ingen lust att gå här och dra och inte vara önskvärd!”

”Som sagt har jag också gjort mitt här, så jag ger mig av nu”, säger Gunnar.

”Trist att det skulle bli så här”, säger Arvid. ”Vi har ju ändå kamperat ihop ganska länge nu, du och jag, Gunnar.”

”Jag tycker det är bra att Gunnar ger sig av”, säger Olice. ”Annars skulle jag ha gjort det. Jag hade väl aldrig trott, att du Gunnar inte skulle gå att lita på. Så ge dig av du. Hem till din fästmö och unge.”

Arvid ser att hon darrar på underläppen och försöker blinka bort en tår. Hon reser sig och går ut ur tältet. Snubblar till på en sko som hamnat i tältöppningen, men ramlar inte.

”När ger ni er av då?”, frågar Arvid.

”I soluppgången lämnar vi er”, svarar Gunnar. Först ner till Gold river. Där tar vi våra saker i stugan, och en del mat i rian. Sen hoppas vi få skjuts på något sätt med en båt.”

”Ska du verkligen åka med hem till Sverige?”, säger Rickard och ser sorgset på Anton.

Anton ser aningen tveksam ut.

”I alla fall ska jag ge mig av härifrån, den saken är klar”, säger han.

”Vi kan väl säga att vi ses i Dawson i mitten av september”, säger Rickard. ”Vi ska ju också ta oss vidare norrut härifrån när säsongen är slut, som sagt.”

”Kanske att vi möts i Dawson”, svarar Anton. ”Jag får se litet vart vägarna bär.”

”Du kan väl skriva till Mr. Hamilton och berätta vart du tar vägen. Jag vill veta faktiskt. Det var ju faktiskt du och jag som skulle göra den här resan tillsammans.”

Kapitel 52

Nästa morgon är Gunnar och Anton klara med sin packning när de andra stiger upp i soluppgången. Myggorna dansar i morgonljuset kring dem.

”Vi ses i gamla Svedala, då”, säger Arvid och räcker Gunnar handen till farväl. Han tar den inte.

”Gunnar”, säger Arvid. ”Skulle du kunna tänka dig att göra mig en tjänst, trots att det blev som det blev?”

”Vad skulle det vara?”

”Jo, jag undrar, om jag skulle kunna få skicka med dig litet pengar till min syster Andrietta. Jag vet att hon har det ganska knapert, och det är så krångligt att få tag på någon härute, som kan ombesörja överföringen av pengar. Kan du tänka dig att hjälpa mig med det?”

Gunnar blir tyst ett ögonblick och tittar ner.

”Inte för att jag tycker du har förtjänat min hjälp, men för Andriettas skull och för gammal vänskaps skull oss emellan, ska jag göra dig till viljes.”

Arvid räcker fram ett kuvert, som innehåller sedlar.

”Det är femtio dollar i kuvertet. Jag ska skriva till Andrietta och berätta att hon ska få dem av dig när du kommer hem.”

”Så du litar ändå inte riktigt på mig”, säger Gunnar.

”Klart jag gör”, svarar Arvid. ”Jag är väldigt tacksam om du kan tänka dig att hjälpa mig. Eller snarare kanske, hjälpa henne, för hon behöver verkligen förstärkning i kassan.”

Bröderna kramar om varandra.

”Vi ses i Dawson i september”, säger Rickard.

”Dawson nästa”, svarar Anton och ger Rickard en kram till.

Olice flyttar över till det andra tältet när de gett sig av. Nu får alla mycket plats. Men det känns också tomt och konstigt, att gruppen splittrats.

De arbetar för Mr. Hamilton hela augusti ut. Då är det slut på vaskningssäsongen och alla packar ihop sina tält och saker. Vindarna från norr blir allt kallare, och den morgonen de ska ge sig av, kommer vinterns första snöväder. Stora flingor virvlar ner och runt i vinden. Nu är det inte myggen de behöver värja sig mot. Nu blir det vintern de har att bemästra. De får sin lön av Mr. Hamilton som kommit upp till Gold Creek för sista gången innan vintern. Pedersen ska också ge sig av norrut. Han har fått i uppdrag av Mr. Hamilton att besöka inmutningarna han har i Bonanza och Hunker creeks i närheten av Dawson City. Pedersen vill se litet annat än den här creeken, säger han och har frågat om han kan få göra sällskap med Arvid och Rickard och Olice. De tycker det är ett bra förslag. Han om någon är ju väl bevandrad i guldsökandets och vildmarkslivets konst.

Kapitel 53

Pedersen har tidigare färdats mot Dawson. Med hjälp av Mr. Hamiltons kontakter har han beställt en båt, som ska föra dem norrut på Yukon. Båten ska komma på torsdagen i samma vecka som de lämnat lägret i Gold Creek. Det betyder att de har ett par dagars vila i stugan vid Gold river. De har tid att packa om alla sina saker.

Uppe i rian finns mycket kvar av den skaffning de placerat där. Arvid klättrar upp för stegen och firar ner maten i en korg som han fäst i ett rep. Det torkade älgköttet, bönorna, riset, de torkade laxbitarna och mjölet packas i särskilda säckar som ska hålla genom vinterns slädfärder.

Pedersen står nedanför rian när Arvid hissar ner matkorgarna.

"Här har vi haft besök", säger han och tittar uppåt. "Titta på märkena efter björnen som sniffat sig fram till maten."

Arvid som står högst uppe på stegen tittar ner längs pålen som Pedersen pekar på.

"Javisst", säger Arvid. "Han har tagit sig upp till den plåtklädda delen av stolparna, men inte längre. Det lönade sig tydligen att vi lade ner jobb på att få upp allt innan vi gick iväg till creeken."

Det blir torsdag och mitt på dagen kommer mycket riktigt den båt som är beställd. En surmulen kapten med pipa i munnen, lägger till vid bryggan. Pedersen går ombord och hälsar hjärtligt på honom.

"Du kommer med dåligt väder", säger Pedersen.

"Det är vintern som är tidig", svarar kaptenen.

"Vi ska neråt åt Dawson till, som du väl vet", säger Pedersen.

"Det ska gå bra, men vi kommer inte ända fram till Dawson. Isen har börjat lägga sig, och jag ska ju ta mig tillbaka också."

Pedersen vänder sig till Arvid och de andra på bryggan och ropar.

"Det här är McScott", ropar han. "Nu får vi sno på och få grejerna ombord."

Snön vräker ner, och de får ta det mycket försiktigt, när de lastar ombord all sin packning. Det är halt på bryggan och det är halt på däcket och mer än en gång halkar de till, men lyckas få allt ombord.

Olice och Rickard går ner i kajutan, medan Arvid och Pedersen stannar kvar uppe på däck med McScott.

”Vi måste få tag på hundar för att ta oss vidare i snön”, säger Pedersen.

”Vet du var vi kan lägga till och gå i land och köpa bra slädhundar?”, frågar han McScott.

”En halvdags färd neråt finns en by. Där brukar man kunna hitta bra hundar. Men allt är ju en fråga om pengar.”

”Det finns pengar så det räcker”, säger Arvid.

Pedersen ser litet förvånat på Arvid.

”Då låter det väl bra, att vi stiger av båten där och sedan tar oss vidare med hund och släde, eller har du några invändningar?”, säger Pedersen sedan.

Arvid ropar ner till Olice och Rickard att komma upp. De tycker också att det är ett bra förslag.

Snön fortsätter att vräka ner. De passerar små byar längs floden, men ser inga människor ute.

McScott står vid rodret i sin sydväst. Ögonen är hopknipna till springor. Hans fårade ansikte är väderbitet. Skägget har blivit alldeles vitt av snön, liksom ögonbrynen. Han säger inte så mycket. Det kräver mycket koncentration att styra båten genom snöfallet. Snart är också Arvid och Pedersen alldeles vita av snö.

”Gå ner i kajutan ni också”, säger McScott. ”Ingen blir gladare av att ni också står här i yrsnön.”

De borstar av sig snön så gott det går och klättrar ner. Olice har värmt tevatten så det räcker till alla. Det är fuktigt och kyligt i kajutan, men i alla fall behagligare än ute i snöyran.

Plötsligt hör de McScott ropa på Pedersen, som genast klättrar upp längs lejdaren, och öppnar luckan.

Kapitel 54

”Vi är strax framme vid byn. Gör klart att lägga till!”

De andra kommer också upp och de hjälps åt att lägga fast vid bryggan.

På avstånd hör de hundskall. Det låter som många hundar.

”Längre än så här kör jag inte med båten i det här vädret!”, säger Mc-Scott.

”Ni får se till att föra resgodset iland.”

McScott lämnar båten och går vidare in i byn, som består av timrade stugor och många tält. Plötsligt kryllar det av barn och vuxna på bygatan. McScott går till ett av timmerhusen och knackar på. Dörren öppnas och Arvid ser att han hälsas välkommen av en kvinna och går in.

Själv har han tillsammans med vännerna mycket att stå i, för att lasta av. Yukonspisen är tung. Den måste lastas mitt på en av slädarna. Sedan lastar de allt under Pedersens ledning, så att mat och tält och spadar och snöskor och skjutvapen finns lätt tillgängligt. Runt hela packningen spänner de presenning som de fäster med rep. På land innanför bryggan står nu slädarna klara för hundarna som de ska köpa.

Några unga pojkar har kommit ner till dem och tittat på, när de packat.

”Kan någon här passa vår packning mot ersättning?”, frågar Pedersen.

Genast kommer tre frivilliga fram till honom.

”Ni får betalt när vi kommer med hundarna”, säger Arvid.

Pedersen tar var och en av de tre i hand, och sedan går de fyra vännerna mot byn.

”Kan man verkligen lita på de där pojkarna?”, säger Rickard och vänder sig om.

”Kan man inte lita på folk när man befinner sig i den här ödemarken, har man inget här att göra”, säger Pedersen.

De följer bygatan men inte en skymt ser de av McScott. Det är inte svårt att hitta fram till hundarna. Det är bara att följa ljudet.

I en stor inhägnad ser de ett trettiotal hundar springa omkring och skälla.

”Undrar hur man ska hitta riktigt bra slädhundar här?”, säger Olice.

”Jag tror man ska stå här ett tag och titta på dem.”, säger Arvid. ”Det viktigaste måste vara att hitta en bra ledarhund.”

Pedersen och Rickard kommer också fram till dem.

”Vi behöver två ledarhundar”, säger Pedersen. ”Och jag tänker att till varje släde behöver vi dessutom sex hundar. Jag hoppas att ni har de nya seldonen, så vi inte behöver kupera svansen på dem.”

”Varför är det viktigt?” frågar Olice, som inte varit med dem vid inköpen i Skagway.

”Om de springer för nära varandra, som de gjorde med de gamla seldonen, flåsar den ena hunden den andra i svansen, och då blir svansen helt nedtyngd av is. Förr fick man kupera svansarna för att det skulle fungera, men då blev ju de stackars hundarna av med sin bästa värmefilt”, säger Pedersen.”Den långa tjocka svansen lägger de runt kroppen ända fram till nosen när det är kallt och de sover utomhus.”

Ett par män har kommit fram till dem. De är klädda i vargskinnspäls och stora mössor. På fötterna har de sedvanliga boots som kallas mukluks, och stora pälsklädda vantar på händerna.

”Vi är på väg norrut, och behöver ett antal bra hundar”, säger Arvid.

”Som ni ser finns det mycket att välja på”, säger den storvuxna mannen och ser på dem med sina mörkbruna ögon. ”Bong, som ni ser där borta, ytterst till höger, är en fin ledarhund. Och ska ni ha ytterligare ett spann, så har jag Lizzie där borta närmast er, som också är en bra ledarhund.”

”Hur mycket har ni kört med dem?”, undrar Pedersen.

”Båda gick förra vintern mycket långa sträckor utan att få skador, och båda respekteras som ledarhundar av de andra.”

”Klarar de att vara i samma läger tillsammans?”

”Det har inte varit några problem med det. Bong är den som står högst i rang, och det finner sig Lizzie i.”

De två hundhandlarna ropar fram Bong, som genast kommer. De kopplar honom och tar honom utanför hägnet. De andra blir exalterade och väsnas.

”De tror att de ska ut och springa”, säger en av ägarna.

Han håller Bong, och låter Arvid och Pedersen se närmare på honom. Bong har varma bärnstensfärgade ögon, är stor och kraftig och ser välmående ut i pälsen. Inga problem med ögonkontakten. Han sitter stilla och lugnt när han får order om det.

”Detta får bli den första ledarhunden”, säger Pedersen. Alla håller med.

”Nu vill vi gärna se på Lizzie!”, säger Olice, och kastar en blick på Arvid som nickar.

Lizzie tas fram till beskådande och ger också hon ett starkt och välmående intryck. Varm och stadig blick i de ljusblå ögonen. Hon sitter stilla på kommando.

”Båda två är mycket fina hundar”, säger Pedersen.

”Jag vill gärna köra med det spannet som har Lizzie som ledarhund”, säger Olice. ”Jag tycker mycket om blicken i de ljusblå ögonen.”

”Då börjar vi med att Olice och jag kör med Lizzie som ledare, och ni två kör med Bong”, säger Arvid.

Det blir som han säger.

Hundägarna väljer ut tolv hundar, som tillsammans med ledarhundarna ska dra slädarna. Det är ett liv utan like på alla hundarna.

De har avtalat om priset. Det kostar mycket att satsa på hundspann.

Arvid tar ur sin sedelbunt och betalar vad ett av spannen kostar. Det innebär att han bara har hälften kvar. Men vad gör det, tänker Arvid.

Olice vill betala hälften av spannet, men Arvid hävdar att han vill stå för ledarhunden och tre av de andra hundarna. Hon kan stå för kostnaden för tre hundar. De kommer överens om det.

Pedersen och Rickard delar på kostnaden för det andra spannet

Kapitel 55

De tar hundarna med sig ner till båten och selar dem för slädarna. Lizzie för Arvids och Olice släde, Bong för Rickards och Pedersens. Hittills har de inte sett skymten av kaptenen, men när de är klara att ge sig av, kommer han släntrande på bygatan. Han önskar dem lycka till på färden norrut.

Det har börjat snöa igen, och när de lämnar byn försvinner den snart i ett vitt snökaos. Båda spannen går bra. Det är lätt att ta sig fram för de befinner sig i myrmarkerna, som redan har frusit, och när snön har fyllt ut ojämnheterna är det slät mark. Bergen är långt borta åt alla håll. Tidvis kan de turas om att åka uppe på släden. Det gäller bara att hålla kopplet lagom stramt för att hundarna ska vilja dra framåt. Lizzie är en underbar ledarhund. Det dröjer inte många dagar förrän både Arvid och Olice har full kontroll och fin kontakt med henne. Övriga hundar i spannet drar bra, och de tycks ha hittat fina hundar rakt igenom.

Det andra spannet med Bong i ledningen går lika bra. Bong verkar mera bångstyrig än Lizzie, och vill inte gärna foga sig under hundförarnas ledning, men så småningom lyckas Pedersen och Rickard klara av att komma framåt med ungefär samma hastighet som de andra.

"Det ska ligga en liten stuga här framme, om någon mile, om jag minns rätt", säger Pedersen när de stannar till och dricker litet av kaffet ur termosen. Det har hållit sig skapligt varmt.

"Ska vi verkligen stanna redan?", säger Rickard. "Vi har ju inte kommit så värst långt idag, precis".

"Om vi inte stannar vid den här stugan är det kanske tjugofem miles till, innan vi kommer till nästa. Och vi vill väl ändå inte tälta redan första natten. Det börjar bli kallt."

Olice och Arvid vill inte åka vidare utan följa Pedersens förslag. Eftermiddagen börjar bli sen, och färden till den närmaste stugan visar sig inte vara så enkel. Det ymniga snöfallet har gjort att snön är ett par alnar djup nu. Hundarna orkar inte dra så snabbt som förut. Slädarna fastnar i snön, och ett antal gånger får Arvid och Pedersen gå före med sina snöskor och trampa upp väg för hundar och slädar. Det är ett mycket tröttande arbete, och när de flera timmar senare kommer fram till stugan Pedersen nämnt, är det inte någon i sällskapet som har den minsta tanke på att fortsätta.

Slädarna är täckta av ett tjockt lager snö. Arvid och Rickard får börja med att borsta rent, så de kommer ner till presenningarna och kan ta

fram maten för kvällen. Framför stugan måste det skottas innan det går att öppna dörren. Olice har tagit fram den lilla snöspaden och tar bort så mycket snö som behövs för att kunna komma in. Hundarna har också jobbat hårt under dagen. och nu ylar de efter mat. Bredvid stugan finns ett skjul, som ska ge skydd åt hundarna. De släpper in alla hundarna där. I skjulet finns också huggen ved. I byn har de försett sig med tillräckligt mycket torkad lax för att kunna utfordra hundarna någon vecka. Arvid tar fram den torkade fisken och bär runt en hink som han fördelar maten ur till var och en. Det är en ljudvolym som går utöver det mesta. Lizzie och Bong får sina portioner först. Som det anstår ledarhundar. Arvid klappar om dem och när han kommer med laxportionerna också till de andra, är han alla hundars favorit för dagen. Han stannar kvar en stund för att se hur det fungerar mellan ledarhundarna. De verkar ha valt varsitt hörn av skjulet som revir, så Arvid känner sig lugnad.
Olice har gått in stugan och tänt eld i spisen. Det finns ved inne. Rickard kommer in med ett fång vedpinnar från skjulet dessutom. Det är kutym att man ser till att det finns ved i stugan när man åker vidare, och de föregående gästerna har lämnat ett generöst upplag.
Stugan är kall. Men renskinnen är sköna att sitta på, och pälsarna de är klädda i värmer gott också i kylan. Vatten får de genom att smälta snö. Grytan på spisen fylls med renkött och potatis och så småningom uppstår en delikat måltid, och snart har de druckit och ätit sig mätta och otörstiga. I en gryta kokas ris och lax till hundarnas morgonranson.

Kapitel 56

När Arvid vaknar nästa dag är det alldeles tyst. Inte ens något gny från hundarna. Han drar ifrån luckan som täcker fönstergluggen. Det han ser är helt vitt. Vitt, vitt. Det snöar fortfarande ymnigt. Han skjuter för luckan och går till dörren och öppnar. Ett ögonblick tänker han, att det finns en dörr till, som är vitmålad, tills han inser, att hela ingången till stugan är fylld av snö.

Han stänger dörren, tar fram sitt fickur ur västfickan och konstaterar, att de sovit i nästan tio timmar. Det är ljust ute, och verkligen dags för alla att stiga upp. Och hundarna, tänker han, hur har det gått för dem i allt det här snöandet.

”Vakna, hör ni, klockan är redan tio”, säger han och de andra sätter sig upp i slafarna.

Bara Olice ligger kvar en stund och sträcker på sig.

”Vi är helt insnöade”, säger Arvid och öppnar dörren igen. Snöväggen är kompakt.

”Tur att vi tog in spaden igår kväll”, säger Rickard.

”Annars hade vi fått bo här, tills våren kommer”, skämtar Pedersen.

Pedersen är snabbt påklädd och börjar skotta bort snön. Snödjupet är lika stort som han är lång, så han ställer sig på en pall till en början, för att kunna skotta bort det översta lagret och sedan arbeta sig ner så de kan komma ut. Olice stiger upp och tänder i spisen och sätter på vatten. Det finns en del kvar sedan igår. Och påfyllnaden är inte långt borta i detta snökaos.

Hon ställer fram muggar och fat på bordet. De har med sig brödet de fick från kaptenen i byn igår. Det smakar bra med frukost.
Sedan fortsätter de turas om att skotta snö. Det har blivit väldigt vått på golvet innanför dörren. Rickard tar en trasa och torkar upp det blöta.

Snödjupet är inte lika stort som de först trott när de såg snön som var i dörrhöjd. Det visar sig, att det är en stor driva som lagt sig utanför dörren.

Det går så småningom att komma fram till slädarna. Arvid är först framme vid sin, och lyckas borsta bort det mesta av snön, så han kan komma åt att lyfta på presenningen. Hundarna har vaknat och är hungriga. De blir högljudda när de förstår att det är favoritmaten som serveras. Det går åt en hel del till dem. Men det finns ett betryggande lager på slädarna, och de kan skaffa mera när de kommer fram till nästa by.

”Pedersen, tror du vi kan fortsätta idag, när det ser ut så här?”, frågar Rickard.

”Jag tror nog att vi ska stanna kvar här tills snöandet har gett sig”, svarar han. ”Allting blir så tungt när man ska ta sig fram genom så djup snö, och hundarna behöver litet vila efter gårdagens strapatser. Vi vet ju inte hur vältränade de är, faktiskt, så vi får väl ta det litet lugnt.”

”Vi har ju mat så det räcker för en vecka, om det skulle vara så”, säger Olice.

Kapitel 57

Det fortsätter snöa större delen av dagen. Arvid och Rickard går ut för att hugga ved. Snön är lätt och mjuk, men utan snöskor skulle de inte ta sig fram. Snödjupet är nästan en meter. Hela träden är snötyngda, men eftersom snön är lätt, faller den av när man fäller dem. De bankar först med baksidan av yxan på trädet. Massor av snö faller rakt på dem. Arvid stönar och hoppar runt och försöker få bort snön han fått innanför jackan i nacken. De hugger ner två granar. Det är höga, smala granar. Inte som granarna de är vana vid från Sverige. Grenarna är bara en halvmeter långa vid foten. De arbetar halva dagen med att såga av grenar och dela stammen i lagom längder så de ska kunna få dem med sig till skjulet vid stugan. Det är hårt arbete, och när Pedersen ansluter, är han välkommen. Han har tagit fram de små dragdonen som de ska dra veden på. De två små kälkarna är sammanbundna med en kedja. Det går bra att lasta och lasta av, men de får gå ett antal gånger för att få med allt. Innan de äter kvällsmat hjälps de åt att hugga upp en hel del vedträn i lagom storlek att elda med. Torkat älgkött, ärter och potatis står på grytan i spisen när de kommer in. De använda kläderna hängs upp på tvättlinor under taket för att torka. Maten smakar gudomligt. Innan de går till sängs spelar de ett parti kort om vem som ska utfordra hundarna innan de ger sig iväg nästa morgon. Pedersen förlorar.

Pedersen öppnar dörren och tittar ut. Det har slutat snöa helt. En ljusblå rand av klar himmel syns vid horisonten.

”Nu kommer det att bli kallt”, säger han. ”Det där ser ut som riktig vinterkyla. I alla fall blir det ingen blåst och inget snöande, så vi kan ta oss fram till nästa stuga imorgon.”

”Hur kan du veta det?”, frågar Arvid.

”Det brukar inte bli särskilt mycket vind när temperaturen sjunker.”

”Vi kanske kan starta riktigt tidigt, så vi har dagen med oss”, säger Arvid.

”Nja”, säger Olice, som redan lagt sig. ”Vi behöver väl inte överanstränga oss.”

”Jag gör frukosten imorgon”, säger Rickard.

Kapitel 58

Klockan halv sex är Arvid vaken. Han går utanför huset och när han kommer in igen, väcker han de andra. Rickard stiger upp och sätter vatten på spisen till havregrynsgröten. Pedersen tar hand om hundarna. Olice ligger kvar en stund i sängen, tills Rickard säger att frukosten är klar.

"Du har glömt att salta gröten", säger Olice surt, när hon smakat på den.

"Så går det när du ligger och drar dig", säger Rickard.

"Jag tycker det är bra så här också", säger Arvid.

Olice gör sig ärende ut. Hon ser trött ut och vill inte äta av gröten. En liten brödbit och litet te får duga för hennes del den här morgonen.

Snart är slädarna packade efter konstens alla regler. Hundarna står selade och trampar, pigga på dagens äventyr. Solen går upp över bergen. Det är otroligt vackert med snön som glittrar i morgonsolen. Miljoner skimrande kristaller tycks virvla runt i luften.

De är litet osäkra på hur de ska fortsätta från stugan. Trailen är täckt med ett tjockt snölager, men Pedersen och Arvid trampar på med snöskorna och hittar vägen. Landskapet är platt. Snön visar sig vara tillräckligt lätt, så hundarna klarar att ta sig fram. Det är en kall dag. Termometern visar minus trettio. Alla är varmt klädda i päls och mukluks som de köpt av athabaskerna i byn. Arvids mukluks har sulor av älgskinn. Yttersulorna är insmorda med björnfett och inuti finns innersulor av renskinn. De varma yllestrumporna som Andrietta stickade och skickade med honom är sköna i kängorna. Det kan bli hur kallt som helst, tänker han, där han står längst bak på släden och styr sitt spann. Fötterna är ändå varma. Olice verkar inte må riktigt bra, så hon föredrar att sitta ovanpå lasset insvept i sin vargpäls och med halsduken framför ansiktet och runt skinnhuvan. Det går undan. De har solen från höger, och när den kommer upp ett stycke värmer den faktiskt. Mitt på dagen gör de rast vid stranden av Yukon. Isen på floden har inte lagt sig ännu. Men vid stränderna, där det inte är strömt, har det bildats is.

"Vi kan fånga fisk", säger Arvid.

”Det är inte säkert att isen håller”, säger Olice.

”Du kan ju alltid pröva”, säger Pedersen. ”Det vore fint med en fisk på brasan.”

Arvid plockar fram isborr och ett renskinn att sitta på. Han går ut ett tiotal meter från land. Stampar för varje steg för att känna att det håller. Så borrar han hål i isen, släpper ner linan med kroken och sätter sig på renskinnet i solen. Den värmer faktiskt. Och som Pedersen spått, är det ingen vind. Han rycker i linan då och då. Låter den gå ner på olika djup. Sitter tyst. Blundar mot solen. Plötsligt rycker det till. Han tappar taget, men får grepp igen och börjar dra.

”Det är någonting stort på”, ropar han. ”Kom med håven snabbt.” Olice kommer springande. Hon glömmer att det är is under snön och gör en rova, men reser sig och går försiktigt fram med håven till Arvid. Han känner rycket i linan igen och halar in i lagom takt.

”Får du upp den?”, säger hon, där hon står alldeles bredvid honom.

”Det brukar inte vara någon svårighet”, svarar han och ler mot henne.

Han lyckas få fisken fram till hålet och den är precis så stor att han kan dra upp den. Han fångar den i håven.

”Ser du så bra det gick?”, säger Arvid. ”Du kan ju gärna ta med dig håven med fisken upp till de andra. Jag kommer strax.”

Arvid försöker fiska en stund till, men får nöja sig med det han fått på kroken. Det blir en fin lunch. Någon burk bönor som tilltugg, så kan de känna sig tillfreds med rasten. Och så litet kaffe ur termosen, förstås.

Kapitel 59

Vädret fortsätter att vara kallt och vindstilla. De ser till att hålla sig varma och turas om att köra spannen. Hundarna verkar lyckliga över att dra fram genom den lätta snön. De följer floden, och framåt eftermiddagen ser de nästa stuga ett stycke upp mot bergets fot. Det ryker ur skorstenen.

”Det är någon där redan”, säger Pedersen.

”Det verkar så”, svarar Arvid. ”Vi får se till att hålla isär våra hundar från deras.”

Det dröjer inte länge förrän hundarna vid stugan har noterat att ett nytt sällskap närmar sig. De skäller och hoppar. Dörren öppnas och en man kommer ut.

De stannar ett stycke bort från stugan. Arvid och Pedersen går fram och hälsar. Mannen de möter har kort skägg, som de själva. Ur det väderbitna ansiktet tittar två blå ögon fram och plirar vänligt.

”Så vi blir fler i stugan”, säger mannen. ”Välkomna! Stuck var namnet.”

Arvid och Pedersen presenterar sig. De rådgör om var de kan ha hundarna, och kommer överens om att det finns tillräckligt mycket fin snö, för att de nytillkomna ska kunna gräva ner sig och tillbringa natten ute. De vågar inte placera dem tillsammans i hundladan.

”Det blir bra kallt i natt”, säger Arvid.

”Det blir det”, svarar Stuck. ”Skulle tro att vi kan nå femtiogradersstrecket. Det är ju lätt snö att ta sig fram i när det är kallt, men man får ju se upp med hundarnas tassar och sin egen näsa”, ler han.

De kör fram hundspannen med slädarna. Rickard och Olice tar på sig snöskorna och går upp bakom stugan med varsin yxa. De kommer tillbaka med varsitt lass granris, som de lägger ut som underlag för hundarna att sova på. Hundarna utfordras. Pedersen går runt bland sina hundar och kontrollerar allas tassar. Arvid gör detsamma med sitt spann. De smörjer in tassarna med björnfett från en burk som skydd mot kylan. När de är klara, trampar hundarna runt i granriset för att hitta en plats för vila. De rullar ihop sig och lägger svansen över nosen för att sova. Först då kan Arvid och de övriga i sällskapet gå in i stugan. Den är inte så stor. Stuck har två män i sällskap. De är båda athabasker. Den yngre tycks vara i tonåren. De hälsar. Stuck presenterar dem som sina vägvisare. Den yngre, Hän, tolkar för sin far, som bara kan stammens eget språk. Hän har gått i missionsskolan i Crow och kan litet engelska.

”Vi ska vidare till en liten by söderut”, säger Stuck. ”Och det är inte enkelt att hitta vägen dit på vintern, så jag bad de här två vännerna följa med mig. De bor nära missionsstationen i Crow, som jag besökte alldeles nu. Jag är präst och reser runt i Yukon och Alaska för att besöka missionsstationer och små byar bland Hootzhahoos, Athabasks, Hans och Inuits.

Han vänder sig till Arvid.

”Var det Bergman som var familjenamnet?”, frågar han.

”Ja, jag heter Bergman”, säger Arvid ivrigt.

”Då är du namne med den ångbåtskapten, som Bergman village är uppkallat efter. Bergman ligger vid Tanana river just där floden gör en skarp krök. Det ligger ganska precis på Arctic Circle. Längre tillbaka hade Northern Commercial Company en affär där, och det fanns bosättningar, men när jag besökte platsen för något år sedan, var allt det försvunnet.”

”Så vart är ni på väg nu?”, undrar Rickard.

”Till en liten athabaskisk by. Den ligger tolv miles högre uppåt floden. Jag brukar besöka dem med något års mellanrum. De är intresserade av att lyssna till det kristna budskapet om kärlek, och när jag kommer brukar vi sjunga och be tillsammans. Jag måste förstås alltid ha tolk, och Hal här kan tolka åt mig. Och hans far är med för att visa vägen. Det är inte alltid så lätt att hitta fram även om jag varit här förr.”

När de hängt upp sina kläder runt elden, lagar de mat. Det vill säga, Olice sköter det mesta av matlagningen, när de andra plockat fram vad de behöver från slädarna. Stugan är varm, och det är härligt att inte behöva starta från början med att värma upp den, när det är så kallt ute. Stuck och hans sällskap har redan ätit. Stuck kokar kaffe på yukonspisen, när de satt sig.

”Ni kommer från missionsstationen, säger du?”, säger Rickard. ”Hur långt bort är den?”

”Den ligger uppe i Crow. Vi har färdats i en vecka därifrån och hit. Vi tog en avstickare till Dawson, förstås också. Det är ju alltid intressant att se vad det blivit av den stan.”

”Vi är på väg till Dawson”, säger Olice. ”Det sägs ju att det finns en hel del guld kvar där.”

”Det gör det säkert. Men pionjärerna som kom dit i slutet av nittiotalet blev bortskämda med att det fanns lättillgängligt guld. De försvann till Nome när man upptäckte guldet där. Och mycket annat försvann också dit med dem.”

”Vad då?”

”Banker och post, barer och tvättinrättningar. Många hotell flyttade med.”

”Och vad finns kvar nu?”

”Några tusen boende, som ägnar sig åt skogen, pälshandel och även går vidare i olika rivers med vaskning.”

”Då är det väl närmast att smälta med ånga för att kunna gräva fram jorden så här års?”, frågar Rickard.

”Precis så. Det går fortfarande att registrera inmutningar runt creeken.”

”Var gör man det?”

”Miners registration office finns fortfarande kvar i Dawson, så det verkar gå utmärkt att registrera där. Om man nu tror man hittat något som man tror kan ge något gyllene i pannan.”

Rickard gäspar. De andra ser också trötta ut.

”Varje kväll ber jag aftonbön där jag är, och det tänkte jag göra nu också. Mina vänner här talar sitt eget språk. Men den yngre här kan tolka.”

Stuck ber. Han tackar för en vacker dag, för att Gud ger styrka åt hundar och människor, för möten mellan människor. Han ber om beskydd under natten och om ny glädje och vackra upplevelser för morgondagen.

Det blir tyst i stugan. Bara sprakandet från elden hörs. Arvid ligger i sin slaf och tycker, att han känner igen sig i en trygghet från långt tillbaka.

Han har med sig sin bibel, men det var länge sen han öppnade den. Och han har visserligen bett sin aftonbön om kvällarna, men egentligen känt sig ganska ensam när han gjort det. Kanske de andra också har det så, tänker han.

Nu när Stuck ber aftonbön känner Arvid att han har ett sammanhang med en tro, som är större än han själv. Så somnar han.

Kapitel 60

När morgonen gryr är Stuck uppe och tänder i spisen. Den har slocknat. Det är kallt inne. Kallt och fuktigt. Hundarna har vaknat och börjat leva om. Arvid stiger upp och går ut och ger dem mat. Han möter Hän som redan varit ute i hundskjulet och utfordrat de andra hundarna. Lax och ris som vanligt till alla hundar. Hän och Arvid nickar till varandra och säger godmorgon. Det är kallt. Väldigt kallt. Kanske har Stuck rätt när han säger att det nog är femtio grader minus. Han upptäcker ett konstigt knäppande läte när han andas. Bäst att gå in.

"Knäpper det när ni andas ute?", frågar Stuck?

"Ja, vad är det?", frågar Arvid.

"Då är det kallare än femtio minusgrader".

"Varför blir det så?"

"Jag vet faktiskt inte riktigt. Jag frågade någon, men fattade inte riktigt förklaringen. Det har med fukten i andningsluften att göra."

Frukosten ställs på träbordet vid fönstret. Havregrynsgröten är färdig. Bröd står på bordet och kaffet kokar. Alla är uppe utom Olice, som verkar vara mer än lovligt morgontrött. Hon stiger upp och sätter sig vid bordet, men vill bara ha en kopp kaffe och litet bröd. Så reser hon sig plötsligt och går snabbt ut.

"Du måste ha jackan på dig", ropar Arvid, men hon är redan ute.

Hon kommer snabbt in igen. Blek. "Så fruktansvärt kallt!", huttrar hon.

Trots den stränga kylan bestämmer sig båda sällskapen för att ge sig iväg. Alla har sina varmaste kläder på sig och är insvepta i pälsar och yllehalsdukar. Hundarna är pigga på att ge sig av och de är snart klara för avfärd.

"Ni ska ha tack för den finaste gåva någon kan ge så här ute i vildmarken", säger Stuck, "nämligen en trail som är upptrampad. Vi går vidare dit ni kom ifrån igår".

”Och vi tackar då för samma gåva”, svarar Arvid.

De vinkar farväl till varandra och ger sig av i det kallaste och vackraste landskap Arvid någonsin sett. Solens glitter över vidderna, den lätta snön som yr runt hundarna. Det är hänförande.

Det är inte långt till nästa stuga. De stannar bara för att se till hundarnas trampdynor. Trots kylan verkar allt fungera. De har trots allt rört sig på lätt och torr snö.

Vid lunchtid är de framme. Stugan är mycket kall, men det finns gott om ved och snart sprakar en brasa som värmer. Hundarna får plats i skjulet, och värmer varandra.

Olice har hämtat sig och mår bra framåt eftermiddagen, och skojar och skämtar som vanligt medan hon lagar mat.

”Bara så ni vet pojkar, så kommer jag inte att vara er kocka när vi är igång med guldgräveriet!”

”Då blir det burkmat”, säger Rickard.

”Och osaltad havregrynsgröt”, säger Olice.

Dagarna går. Kylan håller i sig en vecka, och de kan följa den upptrampade trailen vidare mot Dawson. Alla vattendrag är frusna. De lyckas ta sig över Klondike river ganska högt upp, där det är lätt att ta sig fram över isen.

Kapitel 61

Rickard är särskilt mån om att de ska ta sig till Dawson så fort som möjligt.

Han är orolig för vart Anton kan ha tagit vägen, säger han. De övriga tycker att de gärna kan ta det litet lugnt medan köldknäppen varar. Stanna kvar i stugan, där det också finns ett skjul för hundarna. Rickard är den enda som propsar på att de ska ge sig av, men de andra slår dövörat till. Arvid och Pedersen går på jakt om dagarna. De kommer hem med mat. Oftast är det änder, men vid ett tillfälle fäller de en älgtjur. Olice vet hur man tillreder en god gryta av fågel, och hon är glad över att få möjlighet att variera kosten med allt vad en älg erbjuder av föda. Också hundarna blir förtjusta. Det blir en hel del över på älgen till dem också. Lax i all ära, men litet älgkött och fågel förgyller middagarna. Ekorrar skjuter de för skinnet. Och renar likaså. Få skinn håller kylan borta så bra som renskinn. Och det är ju klart att renkött också är fint som mat. Eftersom det är så kallt går det bra att förvara köttbitarna frysta efter styckningen.

Olice är fortfarande morgontrött, men hon verkar må bättre när de vilar och är kvar på samma ställe en period. Arvid är glad över att hon verkar vara i bättre form.
”Imorgon vill jag också gå med ut och jaga”, säger Rickard en kväll. ”Jag kan ju inte sitta här veckorna igenom.”

Pedersen och Arvid tycker det är bra att han kommer med.

”Då kommer jag också med”, säger Olice. ”Jag kan hantera en bössa lika bra som ni karlar.” De är överens om att gå alla fyra morgonen därpå.

Kapitel 62

Men fram på morgontimmarna vaknar Arvid av något ljud i rummet. Han öppnar ögonen, men ser inget för det är fortfarande mörkt. Olice står vid hans slaf och har lagt handen på hans axel.

"Du måste hjälpa mig, Arvid", viskar hon. "Jag har så ont."

"Var har du ont?", frågar han.

"Sch! Väck inte de andra. Jag har jätteont i magen. Tror det är nåt fel. Kan du komma med mig ut."

Han tar sig ur sängen och klär på sig snabbt.

"Här, ta pälsen!", säger han och räcker Olice hennes päls och tar sin egen och mukluksen. Hon har redan sina på sig. Hon brukar ha dem nedanför kojen.

De öppnar dörren och går ut. Andedräkten står som moln ur munnen. Kylan är inte alltför sträng, kanske tio minus. Månen lyser över snön. Det gör att de kan orientera sig ute.

Olice jämrar sig och viker sig dubbel. Hon har svårt att gå. Verkar ha kramp i magen, tänker Arvid.

Men så plötsligt kopplar han. Hennes morgontrötta blekhet de senaste månaderna. Han kommer ihåg Andrietta. Hon hade också slutat äta frukost.

"Jag tror jag är med barn, Arvid", stönar Olice. "Jag blöder. Det har jag inte gjort på länge."

"Kom så går vi upp på loftet i hundskjulet. Om du orkar upp för trappan."

Han hjälper henne upp. Hon andas snabbt och har mycket ont.

"Vad vill du jag ska göra, Olice?", säger han.

"Stanna bara här, och säg inget till de andra", säger hon.

Hur nu det ska gå till, tänker Arvid.

De är uppe på loftet ett par timmar. Hon stönar emellanåt. Arvid ser på sitt fickur i månskenet som silar in genom en springa. Klockan är snart fem. De andra vaknar inte förrän om en timme.

”Du är snäll du, Arvid”, säger Olice, och stönar i en ny sammandragning.

”Nu kommer det”, säger hon. ”Kan du hjälpa mig?”

Han vet inte vad han ska göra, men erfarenhet från bondgården och djurens födslar hjälper honom att fatta. Hon ligger på pälsen. Han hade velat ha en handduk. Men nu är det bara snusnäsduken att ta till. Den blårutiga som han haft med sig hemifrån för längesen. Han lägger näsduken mellan hennes ben. Hon blöder kraftigt. Och så kommer plötsligt en stor klump ut med blodet. I månljuset ser han att det är ett foster. Han tar emot det på näsduken. Det ryms i hans kupade händer. Så litet. Kanske bara sju, åtta centimeter långt. Det lilla fostret sitter fast med navelsträngen, och strax kommer också moderkakan ut. Han lägger näsduken runt det. Som ett litet paket. Ett varmt paket med det som skulle blivit en människa.

”Här Olice”, säger han och lägger paketet på en liten hög med hö. ”Klarar du dig nu, så ska jag gå in till de andra.”

”Nej”, säger hon. ”Jag går med. Annars undrar de bara..”

Hon reser sig och vinglar till. De tar sig ner för trappan. Arvid först.

”Vänta”, säger han. ”Du måste väl ha något när du blöder så mycket.”

Han går ut till släden och letar fram ett par yllesockor som han ger henne.

”Ylle suger upp bra”, säger han.

Utan att säga något tar hon emot strumporna och lägger dem i byxorna.

Han räcker henne också den mindre presenningen.

”Smyg dig in nu och lägg dig på den här i sängen. Kallt som attan, men i alla fall.”

Hon går in först. Sedan han. Pedersen och Rickard börjar röra på sig i sängarna. Olice lägger sig i sin och brer täcket över sig. Arvid tänder i spisen och sätter på en gryta med vatten.

”Är det nåt problem, eller?”, grymtar Pedersen.

”Vi vaknade av att det var liv ute i hundskjulet, så vi gick ut och tittade till dem”, svarar Arvid. ”Men det var falskt alarm.”

”Snart dags för frukost”, säger han. ”Havregrynsgröt om en halvtimme.”

Olice ligger stilla i sängen, när de andra äter frukost.

”Ska du inte ha frukost om du ska ut och jaga?”, säger Rickard.

”Jag tror jag stannar kvar i sängen idag”, svarar Olice. ”Jag känner mig litet opasslig. Du vet hur det kan vara för oss kvinnor.”

”Så då blir vi bara tre på jakten då”, säger Pedersen.

”Kanhända jag också blir kvar i stugan idag”, säger Arvid. ”Hundarna har ju inte varit igång på ett par dagar, så jag tänkte jag kunde ägna mig åt dem. Se över klor och trampdynor och så. Känna litet på hur de har det med hullet.”

”Det är ju en bra sysselsättning”, säger Pedersen. ”Vi kan ju inte stanna här i evighet. Snart blir det väl bättre väder för grävning efter paydirt i närheten av Dawson, kan man tänka. Så det är bra att hundarna får en översyn.”

Kapitel 63

Efter frukost ger sig Rickard och Pedersen av. De ska gå upp i sluttningen på nordsidan av berget. Där har funnits spår av caribou igår. Kanske kunde de få en vildrenstek med sig hem.

Arvid diskar upp efter frukosten. Olice verkar ha somnat. Han går ut i hundskjulet och uppför trappan till loftet. Det är mörkt däruppe, men dagsljuset silar in och den öppna dörren ger också litet ljus. Han går fram till näsduksknytet och tar upp det. Det är rimfrost utanpå näsduken. Paketet är inte längre varmt. Det är fruset. Det får ligga kvar. Han ska fråga Olice vad hon tycker de ska göra med det. Begraver man ett så litet foster, eller vad gör man? I alla fall måste det ju ner under jord, så inte något djur äter upp det.

När han kommer tillbaka in i stugan sätter han sig vid bordet och ser ut genom fönstret. Det slår honom plötsligt att det är lördag. Så han tar fram fickuret och vrider upp det. Som varje lördag. Så det blir litet ordning, tänker han.

Olice vaknar.

”Hur är det?”, frågar han.

”Jag tror jag blöder fortfarande”, säger hon. ”Men jag har inte så ont längre.”

”Vill du ha en kopp te och en brödbit?”

”Gärna, Arvid. Tack för att du är så snäll mot mig.”

Han serverar henne te och smörgås. Hon halvsitter i sängen.

”Det var klokt av dig att ge mig något av ull i natt”, säger hon. ”Jag tror kanske inte att jag blött igenom. Lika klokt att lägga mig på en presenning. Men ganska obekvämt.”

”Att du inte sagt något tidigare?”, säger Arvid.

”Tänkte att det väl skulle visa sig i sinom tid.”

”Det gjorde det ju också. Jag behöver väl inte fråga om faderskapet?”

”Nej, gör inte det. Fadern är långt härifrån hos sin första fästmö. Han ska inget veta.”

Han tar koppen och fatet till diskbaljan och diskar upp dem. Olice stiger upp.

”Finns det varmt vatten?”, frågar hon.

”Det finns det.”

”Då vill jag gärna ha en egen stund med tvättbalja och handduk.”

Arvid klär på sig och går ut till hundarna. Han har kokat ris och lax. Fjorton hundar behöver mycket mat.

Efter en stund kommer Olice ut till skjulet.

”Vart gjorde du av det?”, frågar hon.

”Det ligger kvar däruppe där jag lade det. Vad vill du vi ska göra med det?”

”Vi får gräva ner det, så inget djur tar det.”

Arvid går upp på loftet och tar ner det lilla knytet.

”Jag vill se hur det ser ut”, säger Olice. Han räcker henne det, och hon viker upp näsduksflikarna och blottar fostret.

”Så litet”, säger hon med tårar i ögonen. ”Så litet. Och så fint. Allting finns där. Små ben och armar, ett litet ansikte, fingrar med naglar.”

”Ja, det är väldigt fint. Och så sorgligt att det inte blev en människa av det.”

”Jag tycker det ser ut som en liten människa”, säger hon. ”Ett litet, litet barn, som skulle ha blivit mitt.” Hon börjar gråta och lutar sig mot honom och snyftar ljudligt mot hans axel.

”Så, så”, säger han och håller om henne.

”Ska jag hjälpa dig att gräva en grav åt det?”, säger han, när hon lugnat sig.

”Ja. Hur man nu ska göra det i den här kylan.”

”Vi måste få bort all snö ner till marken och elda tills det tinar, så vi kan gräva. Och om de andra inte ska veta om det, måste vi göra det nu. Det kommer att ta timmar."

Han går in och hämtar tändstickor, några tunna vedpinnar och paraffinolja. De går ett stycke bakom stugan, skottar bort mängder med snö och tänder en eld. Under flera timmar matar de elden med ved. Då och då krafsar Arvid under elden, så att det så småningom bildas en grop i marken. När den är tillräckligt djup rakar han bort elden och gräver den lilla graven. Olice lägger ner knytet, och Arvid täcker med jord. Tårarna trillar längs Olices kinder. Hon torkar bort dem med sin yllevante.

"Tur att det inte var femtio grader idag utan bara tio", säger Arvid. "Nu går vi in, Olice."

Efter att ha släckt elden och skottat över en hel hög med snö, går de in. De dricker en kopp kaffe och pratar om det som hänt.

"Du säger inget, eller hur?", säger hon.

"Tiger som muren", svarar han och ler.

"Aldrig mer nån man", säger hon.

"Jaså du", säger han.

"Men en man som vän, kanske?"

"Möjligen det du, Arvid", svarar hon med ett litet leende, och ser ut genom det lilla fönstret. "Nu tror jag de kommer. Är det inte två män som kommer häråt? Det är något stort de släpar på."

Kapitel 64

Yukon är frusen. Temperaturen varierar mellan några få minusgrader och extrem kyla på ner till femtio minus. De börjar vänja sig vid, att det tar tid att komma framåt. Målet är fortfarande Dawson. Men det tycks fortfarande avlägset. De har stannat i stugan i närmare ett par månader. Den är egentligen till för vägfarande, och tillfälliga övernattningar, men vem skulle protestera?

Ett par pälshandlande athapasker har övernattat några nätter, när det varit extremt kallt. De hade gärna velat prata med dem, men språket hindrade dem.

”Det är jul om en vecka”, säger Arvid. ”Då ska vi väl äta lutfisk och risgrynsgröt?”

”Det blir väl ungefär som nu då”, säger Rickard. ”Fast vi får byta ut havregrynsgröten mot risgrynsgröt.”

”Julgran måste vi ha”, säger Arvid. ”Jag kan gå ut och hugga en.”

”Då ställer vi den utanför så det inte blir så barrigt inomhus”, säger Olice. Hon är fortfarande litet medtagen efter missfallet, men hämtar sig dag för dag. Extra städning är inget hon längtar efter.

”Vi kan väl ha den inne på julafton i alla fall”, säger Rickard.

Så blir det. På julaftonen äter de en enkel julmiddag i fotogenlampans sken. Efter maten dricker de kaffe ur finkopparna, som Olice fått i julklapp en gång av sin svenska husfru i Skagway. Hon har haft dem inslagna i tidningspapper, så de har klarat sig utan att gå sönder.

”Vi brukade lyssna till julevangeliet på jul när jag växte upp”, säger Olice. ”Men det är väl ingen som har det med sig.”

”Jo, jag har min bibel med mig”, säger Arvid. Han letar fram den, och efter en lång stunds bläddrande hittar han äntligen Lukasevangeliet.

”Det ska vara någonstans i början”, säger han. ”Jo, här.” Han börjar läsa.

Han läser hela julberättelsen litet högtidligt. Det var längesen han läste högt. Kanske var det egentligen senast i skolan. Men han läser tillräckligt långsamt för att inte behöva staka sig så mycket.

”På den tiden, utgick en befallning ifrån Kejsar Augustus att en uppteckning skulle författas på alla invånare i landet. Denna uppteckning skedde förr än Kvirinius blev hövding över Syrien. Alla foro därföre var och en till sin stad, att låta uppteckna sig. Och emedan Joseph var av Davids hus och släkt, så reste han ifrån staden Nazareth i Galileen in i Judeen till Davids stad, som kallas Bethlehem, att låta uppteckna sig tillika med Maria, sin trolovade hustru, som då var havande. Under det de voro där inföll tiden, att hon skulle föda. Och hon födde sin förstfödde son, lindade honom och lade uti en krubba, ty inne i härbärget var för dem intet rum.”

Richard prasslar nu med sitt tobakspaket, och börjar stoppa pipan. Olice hyssjar på honom.

”Tyst nu så vi får lyssna vidare!”, säger hon. Arvid sätter sig närmare ljuset och fortsätter läsningen.

”Tänk att han föddes i ett stall”, säger Olice, när han slutat läsa.

Efter middagen hjälps de åt att plocka ihop och diska.

”Ska du ha kvar de här tidningspapperen, Olice?”, frågar Arvid.

”Ja det kan väl vara bra att ha. Vi kan slå in kopparna i dem så de är fina nästa jul.”

Arvid börjar läsa på de gulnade papperen. Det är blad från Nya Wermlandstidningen, visar det sig. Han studsar till när han läser rubriken ’Postiljon misstänkt för förskingring.’ Han läser vidare: ’En postiljon är häktad i sin frånvaro misstänkt för att ha förskingrat pengar. Han har varit verksam under en tid i Klarälvdalen. Enligt uppgift har det uppdagats att postiljonen förfalskat adressaternas namnteckningar vid penningutbetalningar, och på det sättet tillskansat sig en stor summa pengar. Mannen är nu efterlyst sedan två veckor tillbaka. Hur länge bedrägerierna kan ha pågått är oklart. Det kan hända att de pågått hela tiden när han tjänstgjort i området, säger polismästare Björkman.’

”Hör här!”, säger Arvid och läser artikeln högt för de andra. ”Det skulle inte förvåna mig om det var den där postiljonen Johan som vi reste med på båten! Då kan jag mycket väl ha haft fog för att jag sa, att man inte kunde lita på honom!”

”Jag tycker det var mycket vackrare, när du läste julevangeliet”, säger Olice och drar sig tillbaka till sin koj.

Kapitel 65

I januari har de flyttat från stugan där de firat jul. De har rest norrut etapp för etapp. Nu är de snart framme där Yukon river möter White river. Det är fortfarande is på floderna, men solen stiger allt högre upp, och värmer sakta men säkert upp världen omkring dem. De har gått över isen på Coffee river. Där bor de nu i en övergiven stuga, och väntar på att isen ska gå upp, så de kan ta sig med båt neråt floden till Dawsonområdet. Solen skiner från en klarblå himmel. Arvid går ut och ställer sig bredvid stugan. Snön töar och han tänker, att det inte kan dröja länge, innan isen släpper sitt grepp om floden. Just där Coffee river mynnar i Yukon river är det en kraftig höjdskillnad. Han hör ljudet från forsen under den märkligt formade isen över forsen. Han tycker isen som tornat upp sig över forsens stenar ser ut som vithåriga huvuden. En del av huvudena ser ut att ha halvmeterlångt hår. På vissa ställen ser de ut att höra ihop, som om de slår sina stora vithåriga huvuden ihop, och funderar över hur länge det ska dröja innan våren kommer och de ska försvinna. Undrar hur vithårig far blev innan han dog, tänker han. Hoppas Andrietta har fått pengarna, tänker han vidare. De borde kunna hjälpa henne till det lilla extra. Eller åtminstone för att få det att gå runt.

Livet i den lilla gruppen pågår som förut. Lång väntan. Mycket kortspel. Havregrynsgröt och kaffe. Dagar med jakt och fiske. Brevskrivning. Arvid skriver till Andrietta. Och han skriver till Viktor. Han har inte hört från Viktor på länge fast han skrivit till adressen i Boston. Rickard är orolig för Anton.

Kapitel 66

Våren börjar bli mycket varm. Solen skiner hela dagarna. Snön tinar snabbt uppåt sluttningarna och rinner i små bäckar ner mot den stora floden. Vatten flödar fram där inga bäckar tidigare har synts till. Det fyller upp Yukon river, som om det var hundratals pumpar igång. Här och var på isen syns svarta fläckar. Vatten rinner i strömmar ovanpå isen. Vid femtiden, natten till den åttonde maj vaknar Arvid av ett okänt ljud. Han går ut på gården. Det dånar och smäller i isen och den har plötsligt börjat röra sig neråt. Vassa isblock skjuter upp i floden för att strax falla ner igen. Stora och små isflak, och bumlingar av is flyter fram i en allt stridare ström. Han springer upp till stugan och slår upp dörren.

”Skynda er ut!”, ropar han. ”Isen har gått i Yukon!.” De andra rusar ur sängarna och kommer ut med kläderna på trekvart.

”Hur dags var det?”, frågar Pedersen lätt andfådd.

”Det var tio över fem”, svarar Arvid. ”Jag tittade på klockan när jag vaknade, sen stod jag här ute ett par minuter. Så isen måste ha gått tio över fem.”

”Vem vann vadet?”, frågar en yrvaken Rickard.

”Det gjorde jag”, säger Olice. ”Jag gissade på morgonen den åttonde maj.”

”Fast jag höll på den sjunde maj före midnatt”, säger Rickard. ”Det är ju minst lika nära klockan fem nästa dag, som en vag morgontid.”

”Fast jag var ändå närmast eftersom jag höll på rätt datum”, säger Olice.

”Då har jag alltså att inkassera tio dollar var från er. Plus det att ni ska laga frukost varje dag en vecka.”

”Det där senaste lade du till”, säger Rickard surt. ”Det ingick inte i vadet.”

”I alla fall tycker jag, att jag lagat så mycket frukost till er i vinter, så det är dags att vi får litet ordning, nu när vi snart är igång igen med guldvaskandet. Kom ihåg vad vi sa i Skagway”, säger Olice.

”Vadå?”, snäser Rickard.

”Att jag kom med er hit upp för att jag också ville ägna mig åt guldvaskning och inte vara ert hembiträde.”

”Visst, så var det sagt”, säger Arvid. ”Vi får försöka få någon ordning på matlagningen, så att Olice inte ska behöva laga mer mat än någon av oss. Men det har inte med islossningsvadet att göra. Så tio dollar var från oss ska hon ha, menar jag.”

”Rimligt så”, säger Pedersen.

De står en stund och ser isen röra sig i floden. Strömmen är kraftig. Vattnet bubblar och fräser. Vattenfallet forsar. Solen stiger upp över bergen.

Kapitel 67

De är inte så långt från Dawson City nu. Dawson som de varit på väg till så länge.

"Vi ska nog ta oss in till stan först", säger Pedersen. "Vi behöver skaffa litet mer proviant, och sedan så snart som möjligt ta oss upp till Bonanza river och Hunker river. Det är där de stora utvinningarna sägs finnas nu. Enligt Mr. Hamilton, vill säga. Han har som sagt ett antal inmutningar i de här vattnen, och det är dit åtminstone jag ska bege mig med det snaraste. Vill ni göra mig sällskap är ni givetvis välkomna. Ni har ju jobbat förr åt honom och vet villkoren."

"Så det är därför du ska vara här. För att fortsätta jobba för honom?", säger Rickard.

"Du kanske inte hörde när jag berättade det för längesen. Det är inte dumt alls, tycker jag. Han betalar ganska bra, och han har många inmutningar", säger Pedersen.

Nära den stuga de övernattat i den senaste veckan finns en by där det bor athabasker. Pedersen har avtalat med dem, att de ska ta hand om hundarna under sommaren, och där ska också slädarna få förvaringsplats. I höst ska de komma tillbaka och hämta upp dem. Floden är full av lax. Athabaskerna har sina fiskhjul ute i floden, och det ger dem god fångst av lax, som de hänger på tork. Arvid tycker att torkställningarna på håll ser ut som Mors tvättstreck. Ett stråk av minnen väller över honom, där han står nere vid strandbanken. Mors tvätt som hängde ute om vintern och blev stel av kölden. Känslan att ta på stelfrusna lakan som hängde på strecket.

När de är framme vid byn kommer en hel hop barn springande. De är nyfikna på vilka som kommer. Nyfikna på hundarna. Antagligen är de vana vid hundar, tänker Arvid, när han ser att de inte håller sig undan, fast alla fjorton hundarna kommer med slädarna efter. Hundarna tas om hand efter en stund, och deras slädar ska få sin sommarförvaring i den här byn.

"Kommer du, Arvid, och hjälper till här borta!", hör han Pedersen ropa. Pedersen har utverkat att de ska få hjälp att ta sig ner till Dawson med två båtar. Två av athabaskerna ska styra dem längs med strömmen. Det är ganska små båtar, men de lyckas få med sig det mesta av packningen. Den man som styr båten som Olice och Arvid sitter i, har långt svart hår och ovanpå skinnkläderna har han en stor poncho av vargpäls. Mukluksen går upp till knäna och han har dragit åt dem med en rem längst upp. Antagligen för han väntar sig att det kan bli en våt färd, tänker Arvid. Packningen är insvept i presenningar enligt konstens alla regler. Det är bara att hoppas att de ska klara färden utan att kapsejsa. Men det ska inte vara några svårare vattenfall på väg ner till Dawson enligt uppgift.

Det går också mycket riktigt bra. Då och då hamnar båtarna mellan isflak som flyter nedströms, men det visar sig att båtförarna är duktiga att parera, och de tar sig relativt torra fram till Dawson City och lägger till vid stranden på en plats, där det går att ta sig i land.

De lägger allt sitt bagage nära floden i Dawson City. De ska försöka hitta ett par kärror, som de kan ta packningen på upp till Bonanza och Hunker river. Arvid, Olice och Pedersen går iväg, medan Richard sitter kvar och passar packningen. Man vet ju inte riktigt om man kan lita på folk här.

Staden tycks ha sett sina bästa dagar. Många hus verkar tomma. Skylten på City Hotel hänger på sned. På gatorna ligger det fortfarande litet snö, och där solen ligger på, är snön en enda sörja. Trätrottoarerna är hala. De står vid Front Street, när en häst kommer springande framåt på gatan. Den drar en släde med en kvinna. Hon är klädd i päls och bär en stor hatt på huvudet, och en vackert röd schal är draperad kring halsen och axlarna. De blir stående på trottoaren och bara stirrar. Det är något mycket elegant och självsäkert över kvinnan. Ekipaget rundar hörnet till Princess Street.

”Sådär flott ska jag också klä mig en dag”, säger Olice. ”Och jag ska bli minst lika rik som hon. Och jag ska klä mig i färger. Det har inte varit mycket färg i vinter utom blodrött.”

De går till en affär på Front Street. Den verkar ha det mesta man kan behöva, när man ska ut i vildmarken. När de säger att de behöver två kärror att frakta sin packning på, ropar expediten på en pojke som kommer springande. Han ser ut att vara i fjortonårsåldern. Han har pigga blågröna ögon, ovanligt utstående öron och knallrött hår. Han rör sig kvickt och bockar mot kunderna och får höra från chefen att han ska ordna till två enkla kärror, som de kan ha bagaget på. Han springer tillbaka ut och butikschefen säger, att han nog kan ordna det om de väntar ett par dagar. Men de kan få låna en kärra om läget är akut just nu, så de kan få in packningen under tak.

Med packningen på kärran går de alla fyra tillsammans vidare in i stan. Matbutiken får deras nästa besök. Bönorna är nästan slut. De behöver mjöl och potatis, salt och socker och en hel del annat i matväg. Kött har de med sig, och fisk kan de fånga i floden, men köper ändå en del torkad fisk. Hundarna har ätit upp det mesta av det de har haft med sig.

Gatorna i Dawson City är konstruerade i ett rutnät. På ena hållet heter det Avenues och på andra hållet Streets. Sällskapet går in på en bar och hör sig för om husrum. Det visar sig, att det finns rum att hyra en trappa upp. Kvinnan serverar dem varsin öl, och ber dem slå sig ner.

"Räcker det med ett rum?", frågar hon.

"Det passar bra för i natt", säger Pedersen. "Vi blir fyra som ska dela rummet":

"Det går utmärkt", säger kvinnan.

De gör upp om priset.

När de installerat sig går de till närmaste restaurang. The Drunken Goat. Där har de att välja på stekt lax från floden, och kött av ren eller älg. De serveras av en ung man. Ett gott öl från stans bryggeri gör måltiden till något alldeles särskilt. Det var längesedan de blev serverade på restaurang.

Kapitel 68

Rickard går runt överallt i Dawson City och hör sig för om någon möjligen sett till Anton. De övriga skaffar proviant för nästa etapp. Nu är de nära guldet. Bara en eller ett par dagsmarscher så är de framme vid Hunker creek och Bonanza. Varje kväll kommer Rickard modstulen tillbaka och berättar om dagens runda. Han säger att han kammat igenom i stort sett hela Dawson City och frågat efter Anton. De svar han fått har varit nedslående. Han säger att han känt sig dum många gånger, när han fått höra att han måste vara galen som trott att han skulle kunna hitta sin bror här. Så många guldgrävare som kommit och gått de senaste tio åren i Dawson City. Han har också fått höra att han kommit för sent för att kunna hitta guld.

”Det är många som säger att vi är här för sent”, säger han. ”Allting är inmutat, och ska man hitta guld måste man jobba åt någon som redan har inmutningar”.

”Men det har vi ju tänkt göra till att börja med”, säger Pedersen. ”Som vi alla vet vid det här laget, har jag Mr. Hamiltons uppdrag att vaska och utvinna guld uppe i Hunker creek, men också vid Bonanza och några andra mindre creeks. Och vi har friare händer här att ta för oss, jämfört med uppe vid Gold creek”.

”Hur då friare händer?”, frågar Arvid.

”Han menar att vi ska se till inmutningarna, så att ingen annan gör anspråk på dem. Men vi kan gräva inåt flodbankarna, och kommande vinters utgrävda jord har han gett oss löfte om att utvinna allt vi kan ifrån. Det är bara det som ligger närmast själva creeken som vi ska fördela så att han får sitt.”

”Det låter som tungt jobb i vinter”, säger Rickard.

Olice instämmer.

”Det är fritt för var och en att bestämma hur ni vill ha det”, säger Pedersen. ”Det kan ge god utdelning, men det vet man ju inte i förväg. Själv tycker jag det är goda villkor”.

”Jag ska fundera på om jag faktiskt vill vara med under de här omständigheterna”, säger Rickard. ”Det kanske är så, att jag fått nog av att vara så beroende av en som dragit nytta av själva ruschen för snart tio år sedan".

"Vad tänker du dig som alternativ?", frågar Olice.

"Jag kanske drar mig västerut. Man har ju hört om ruschen i Nome och Iditarod. Kanske har Anton dragit dit. Men vi får se."

"Jag menar, att vi om två dagar är klara att ge oss av härifrån med våra tält och övrig utrustning", säger Pedersen och stoppar sin pipa. "Nu har vi både ris och potatis och mjöl och fläsk och mycket därtill, så vi klarar oss ganska länge. Vi har lyckats få tag på en rejäl kärra att frakta på, och nu är sommartiden här, när själva guldet kan utvinnas. Framåt hösten får vi se hur vi ska gå vidare, tänker jag".

"Jag följer nog med dig", säger Arvid.

"Antagligen jag också", säger Olice.

Rickard vill tänka litet till. Under de dagar han gått runt och hört sig för om Anton har han fått många kontakter. Bland annat har han träffat den vackra damen som de såg häromdagen på släden. Han berättar om henne, att hon äger flera hotell i Dawson, och han vill att de ska besöka ett av dem. Det ligger nere vid floden. Där finns en bra restaurang, som de kunde avsluta den här etappen av resan på.

Kapitel 69

De andra känner sig en aning tveksamma, men Rickard är påstridig, och till slut sitter de i restaurangen och fru Belinda själv kommer fram till dem.

”Så trevligt att Rickard ville ta med sig sina vänner hit”, säger hon. ”Det här är det första hotellet jag lät bygga när jag kom hit på sommaren 1899. Ni kan inte ana så mycket folk här var då. Från att vi bara varit några tusen här, athabaskerna inräknade, så bara vällde det in folk. Alla var lortiga och medfarna. Alla hade siktet inställt på guld. Därute vid creeksen var allting grått och arbetsamt. Man såg knappt färg. Och jag tänkte, att jag ville sätta litet färg på tillvaron. Vad gör man inte för sina medmänniskor? Få kvinnor var det också därute, men här blev vi många kvinnor med tiden. Här fanns dansflickorna, här fanns flickor som kunde tänka sig att träffa karlarna litet mer têt à têt, om ni förstår vad jag menar”, säger hon och blinkar mot Rickard.

”Här gick det livat till, må ni tro! Musik och dans, mat och dricka, spel och glädje. Det var annat än livet i tälten och hyddorna därute. Och för en ringa penning kunde jag tillhandahålla det mesta som fattades. Jag hade åtta hotell och dansrestauranger under guldruschens glada dagar. Nu har jag tre hotell kvar. Ett är det här, ett har jag ute vid Hunker creek och så ett som ni säkert har sett litet lägre in i stan, nära banken. Det går fortfarande bra, men de flesta gästerna har ju försvunnit nu. Själv gjorde jag mig en förmögenhet, men det är inte så mycket kvar av den. Nåja”, säger hon förnumstigt, ”helt barskrapad kan man ju inte säga att jag är.”

Hon vinkar till flickan i baren och beställer in dricka.

”Det ska väl vara varsin rejäl whisky till så fint folk”, säger hon.

”Gärna öl också”, säger Arvid.

De serveras bådadera. Hon berättar vad de kan beställa in i matväg, och flickan bär så småningom in både kyckling, fläsk och potatis och nybakt bröd. Lokalen börjar fyllas med folk. Det verkar vara ett fint ställe de hamnat på, för hit kommer uppklädda kvinnor och män. Kvinnorna har tjusiga klänningar. Rysch och pysch på klänningarnas kragar, skärp hårt åtdragna kring midjorna. Olice säger, att hon tycker de ser ut att inte kunna andas. Herrarna har stiliga kostymer med fluga i kråsskjortan. Ägarinnan reser sig och står till tjänst. Välkomnar dem och visar dem tillrätta vid borden. Arvid anar att det här är helgens stamgäster. Sådana som blivit kvar sedan ruschen och nu lever ett gott och rikt liv i Dawson City.

Kapitel 70

Två dagar senare ger de sig av. Det småregnar, och de har täckt packningen med presenningar. Kärran är av trä, några meter lång med metallklädda hjul. Två skaklar sitter längst fram på vardera sidan. De har ingen häst, utan turas om att dra och skjuta på. Regnet faller mjukt. Det är ett sånt där duggregn som tränger in i kläderna, även om de har impregnerat sina jackor med fett. Vägen ut från Dawson är lerig. Den går åt nordost och följer Klondike river ett stycke. Nu är de bara tre i sällskapet. Rickard har valt att ta sig västerut. Han hade lyckats hitta en båt som ska följa Yukon river. Han sa, att han skulle ta sig vägen till Nome, eller också söderut mot Iditarod så småningom.

Trion med Pedersen i spetsen känns enkel att vara i, för dem alla tre, tänker Arvid. Det har ju inte alltid varit enkelt med bröderna Rickard och Anton. Anton ställde alltid till bråk, tycker Arvid. Och när Anton gett sig av blev Rickard så vilsen på något sätt. Men å andra sidan är det bra att vara fyra när man färdas. Det gör det enklare att fördela arbetet. Men nu är det som det är.

De stannar mitt på dagen vid en liten övergiven stuga nära floden. Det är skönt att gå in under tak, när regnet hela tiden gör allting vått. Kaffe ur termosen, och bröd, som de köpt med sig från Dawson City smakar bra där de sitter vid det enkla träbordet. Plötsligt hör de ett grymtande utanför stugan. Arvid tittar ut genom dörren och ser en stor grizzlybjörn, som går omkring runt deras kärra och sniffar. Han hojtar åt björnen, och Olice och Pedersen rusar också till dörren. Olice skriker så högt hon kan och Pedersen tar upp en sten och kastar mot björnen. Grizzlyn är mycket stor. Den tittar upp från sin undersökning av kärrans innehåll men negligerar strax avbrottet och börjar krafsa med framramarna på presenningen.

”Vi skulle förstås ha tagit in matlådan med fisken och fläsket”, stönar Olice. ”Vad ska vi göra?”

”Det värsta är ju att vi har gevären också kvar på kärran”, säger Pedersen.

”Jag kanske kan locka bort björnen från kärran ett ögonblick, så du kan ta fram gevären”, säger Arvid. ”Om jag springer iväg runt huset, så borde den väl kunna slita sig från kärran!”

”Är du inte riktigt klok!”, säger Olice. ”Så då ska den äta upp dig istället, tänker du. Skulle det vara bättre?!”

”Jag prövar idén!”, säger Arvid plötsligt och rusar ut och börjar runda husknuten på den lilla stugan.

Det verkar vara vad björnen behöver för att släppa intresset för kärran. Arvid hör hur det dunsar ett stycke bakom honom och ser i ögonvrån, att björnen snabbt närmar sig. Han springer för allt han är värd, och när han kommer till stugans framsida, ser han att Pedersen är framme vid kärran och sliter fram gevären och springer tillbaka mot huset. Arvid rusar mot kärran, och fintar björnen, som bromsar upp farten tillräckligt för att Arvid ska hinna fram till den stora björken och börja klättra upp.

Han klättrar så fort han någonsin kan uppåt, uppåt, uppåt. Han tappar fotfästet på någon gren men lyckas häva sig vidare uppåt. Det går bra, trots att han känner att högerhanden inte orkar som vanligt. Han är kanske sju åtta meter upp, när han tittar ner och ser att björnen är framme och börjar ta tag om stammen för att börja klättra. Minst tio meter upp måste Arvid.

Det är bra grenar som sitter lagom tätt. Han klättrar för livet. Han kastar en blick ner mot marken igen och ser björnen häva sig uppåt. Då hör han plötsligt ett skott. Björnen hejdar sig och rycker till. Så ett skott till, och ytterligare ett, och där ger björnen upp. Den faller ner och blir liggande på rygg. Arvid har fullt sjå att hålla sig kvar. Han har börjat skaka hela han. Björnfrossa, tänker han. Först nu inser han att han befunnit sig i livsfara.

”Är du inte riktigt klok!” skriker Olice. ”Hur galna får karlar egentligen vara?!”

Pedersen går fram till björnen. Den rör något på sig, men efter ytterligare ett skott är den definitivt död.

”Nu kan du komma ner”, säger Pedersen och tittar upp.

”Ja, nu kan du komma ner, så ska du få stryk”, ropar Olice ilsket till Arvid.

”Då vågar jag nog inte komma ner”, svarar han och försöker sig på ett leende. Men det vill sig inte riktigt. Han darrar fortfarande våldsamt.

Så småningom börjar han ändå långsamt klättra neråt. Gren för gren. Men ett par meter upp från marken mister han taget och faller handlöst. Han landar på björnens mage.

Pedersen och Olice börjar båda gapskratta, och rusar fram till Arvid, där han ligger. Arvid tittar förvånat på vännerna som nu böjer sig över honom och bara inte kan sluta skratta.

”Det var det roligaste jag sett i hela mitt liv”, skrattar Olice och håller sig för magen.

”Du föll ganska mjukt va”, säger hon och försöker hämta sig. ”Varmt och mjukt, va?” Och så skrattar de så de nästan ramlar omkull.

Pedersen sätter sig bredvid Arvid som ligger kvar på björnens mage. Han lägger armen på Arvids axel och frågar mjukt om den nya soffan är till belåtenhet.

Då drar Arvid på munnen.

”Absolut. Till. Belåtenhet.”, stönar han fram. ”Varm. Litet gungig. Jag kan väl inte begära bättre, antar jag.”

”Är du skadad?”, säger Olice som också satt sig ner bredvid dem.

”Tror inte det är så farligt”, säger Arvid. ”Kanske mest omskakad. Tappade liksom andan när jag landade.”

”Ja, det är ju inte varje dag man är med om att landa på en björnmage”, säger Olice. ”Du var ju fullständigt galen som slängde dig ut”, säger hon och försöker se sträng ut, men det lyckas inte.

”Nu har vi ju säkrat tillgången på kött i alla fall”, säger Pedersen. ”Med förenade krafter.”

”Men så du ser ut”, säger Olice sedan. ”Du blöder både från huvudet och armarna. Jag ska hämta en trasa och torka av dig med. Och förband.”

”Ja, du är ju bra på att plåstra ihop mig. Det har vi ju sett prov på förr. Se till att du inte mister jobbet på kuppen bara.”

Pedersen tittar oförstående på dem, men frågar bara om han ska hjälpa Arvid upp.

”Nej, varför det. Jag ligger ganska bra här på min nya säng”, svarar han. ”Kom igen om en stund.”

Det visar sig att Arvid bara fått skråmor i skinnet. Blodet måste ha kommit från björnen.

”Det är inte alla som blöder björnblod, när de blir sårade”, skämtar Arvid, när de så småningom sitter inne i stugan framåt skymningen. De har bestämt sig för att övernatta.

”Det är inte alla som är vettlösa nog att utsätta sig för risken att bli björnmat heller”, säger Olice och klappar honom på kinden. ”Så glad jag är att det slutade väl.”

Kapitel 71

Bortsett från myggplågan har de en skön vecka i stugan. Kärran är nu laddad med björnkött och överst ligger björnfällen surrad. Huvudet har de lagt framåt, och benen utåt sidorna, så det ser ut som om björnen lagt sig tillrätta och har det riktigt skönt.

Vägen är ganska oländig. De får mer än en gång skjuta på och dra omväxlande för att komma framåt. Arvid är i det närmaste återställd efter sitt äventyr med björn och björk och han orkar jobba för att förflytta kärran.

Ett par dagar senare är de framme vid Bonanza creek. Den slingrar sig fram mellan bergen, och det är alldeles tydligt att här har många guldsökare redan varit på plats,. Det finns inga träd närmast vattendragen. Ska man hugga virke måste man gå högre upp på sluttningen. Överallt finns uppbyggda rännor och övergivna guldvaggor.

"Nu ska vi se var vi har Mr. Hamiltons inmutningar", säger Pedersen. Han har med sig en avskrift av inmutningspapperen. "Det står här att den första ska ha nummer ett och sträcka sig uppåt från creeken. Den är inmutad den 9 juli 1906 genom två markeringar varav markering nummer två ligger uppströms, står det. Stämplad den19 juli 1906."

De hittar fram till den. Den är belägen alldeles nära creeken och sträcker sig 500 fot åt det ena hållet och 1000 fot åt det andra.

Nere vid själva vattendraget tycks marken vara genomgrävd. Jorden ligger i högar.

"Här närmast har vi väl kanske inte mycket att hoppas på", säger Pedersen, "men litet längre upp mot sluttningen kan vi kanske ha en chans."

"Tror du det finns någonting kvar, när det varit sån rusch", säger Olice.

"Man måste alltid hoppas", säger Arvid.

Nära Mr. Hamiltons inmutning finns en övergiven stuga, där Arvid, Olice och Pedersen gör sighemmastadda. Det finns till och med en ria som står på fem meter höga ben, och där placerar de den medhavda maten. Inklusive björnköttet. En del av det behöver fortfarande hänga på tork, men det är ordentligt saltat, så det ska stå sig länge. Björnskinnet är fortfarande inte helt torrt. Så fort de tar in det så stinker det. De spikar upp det på sydsidan av stugan med insidan utåt.

Ett par män kommer fram till dem från nedströms i creeken. De är klädda i arbetskläder som sett bättre dagar. Båda har långt skägg och höga stövlar.

De kommer fram och hälsar. Visar sig vara irländare.

”Visst kom ni hit alldeles nyligen?”, frågar den ene. Hans hår sticker ut under hatten och hans gröna ögon gnistrar i solen. Huden i ansiktet tycks ha sett mycket sol, för han är alldeles röd. Eller är det kanske i kombination med sprit hans ansikte fått sin färg?, tänker Arvid.

”Vi har just kommit hit till Bonanza”, svarar Arvid.

”Allting är inmutat här redan”, säger den andre. ”Vi har varit här hela vintern, och sett folk komma och gå. Ni skulle sett när den stora ruschen var. Då var det livat här. Folk rusade runt med sina stavar för att muta in det de trodde var fyndigheter. Och medan den ene tog sig till kontoret för att registrera, var en annan där och flyttade stavarna.”

”Ni kan väl inte ha varit här i nästan ett helt decennium?”, säger Olice.

”Vi har rört oss runt i området här omkring under ett antal år. Vi tror inte man ska dra iväg så snart man hört ett rykte om, att det finns guld nån annanstans. Som när ryktet kom att man hittat guld på stranden i Nome. Folk rafsade ihop allt de hade och drog iväg. Lämnade redskap och rännor och rockers. Knappt hade de byggt upp en skaplig stuga att bo i, så lämnade de. Jag ser att ni redan har flyttat in i en av de bättre. Jodå, här finns det allt en hel del kvar i marken.”

”Då har ni kanske gjort er en förmögenhet under de här åren?”, fortsätter Olice och ler med huvudet på sned.

”Tillräckligt för att vi ska överleva gott, och ha en hel del på banken.”

Den andre irländaren knuffar på sin kamrat och vill att de ska gå tillbaka till sin claim. Han verkar inte kunna prata.

”Kom tillbaka ikväll, så ska vi bjuda på björnstek!”, säger Arvid.

Kvällen kommer. Olice har redan gjort upp eld och förfärdigat en grillställning av en mindre björk. Två käppar i jorden. Överst på var och en finns en klyka, och så en grillkäpp som vilar på klykorna. Där ska steken ha sin plats och sakta vändas över elden tills den är klar att äta. Till detta blir det potatis.

Olice trär steken på stången och långsamt vrider hon den runt efterhand, så den blir helt grillad.

Kapitel 72

Irländarna kommer och sätter sig vid elden på stockarna.

”Vi tog med litet dricka”, säger den talföre och tar fram en flaska ur jackfickan. ”Det här är prima irländsk whisky. Har ni några muggar att dricka ur, så bjuder vi.”

Pedersen går in i stugan och tar med sig några bleckmuggar som han räcker fram dem till mannen med flaskan. Mannen häller varsamt upp. När han hällt upp i fyra muggar säger Arvid att han inte dricker sprit.

”Ja, inte trugar jag då på någon min fina irländska whisky”, säger irländaren surt. ”Cheers, vänner från den östliga delen av världen”. Arvid skålar i vatten.

”Hur har ni fortfarande kvar irländsk whisky, om ni har varit här i tio år?”, säger Arvid.

”Somliga kan hushålla med sitt”, svarar mannen.

”Jag heter förresten John och den här gode mannen som är min kamrat heter Paddy.” Han vrider sig mot Paddy och slår ut med armen i ett försök till en chevaleresk gest.

Paddy och lyfter sin mugg nickar till de andra. ”Cheers!”

Arvid, Olice och Pedersen presenterar sig.

När maten är klar lägger de upp den på blecktallrikar, och äter med bestick.

”Berätta hur det gick till när ni sköt björnen!”, säger Paddy. Det är det första de hör honom säga.

Pedersen börjar berätta. När han berättar om hur Arvid fallit ner från björken rakt ner på björnens mage börjar alla skratta. John fyller på whisky i muggarna.

”Det låter som högre graden av cirkuskonst”, säger John. ”Vet ni att Paddy här han är uppvuxen på en cirkus.”

”Vad kan du för cirkuskonster då?”, frågar Pedersen och vänder sig till Paddy.

”Vi hade också björnar. Stora björnar som kom från Ryssland. Vi lärde dem konster. De fick gå på glödande kol och det lärde dem att dansa. Vi spelade en speciell melodi för dem, och domptören viftade med en flagga. Med tiden lärde de sig att dansa också när de inte var på glödande kol, utan det räckte med melodin och flaggan. Det var synd om dem. De fick sår under trampdynorna, och eftersom jag var minst var det jag som skulle plåstra om dem. Det verkade som om björnarna visste, att ett litet barn inte skulle skada dem. De fattade nog att jag skulle hjälpa dem.”

”Det var en underlig cirkuskonst”, säger Olice och räcker fram muggen mot John.

”Jag blev vän med björnarna och en av dem, som hette Nes, övade jag upp mig på, så jag kunde rida på honom. Först satt jag på ryggen. Björnen sprang runt i manegen och domptören viftade med flaggan på olika sätt. På ett bestämt ställe i musiken reste jag mig upp och stod på två ben. Då viftade domptören så björnen kom nära honom och han räckte mig den irländska flaggan i grönt, vitt och gyllene. Och sen ställde jag mig på ett ben och höll upp flaggan i triumf. Allt medan publiken jublade. Så hoppade jag av björnen. Den leddes in till burarna. Jag tackade för bifallet och sedan var det dags för alla björnarna att komma in och dansa. Men jag blev litet less på det hela. Guldet lockade och när jag var arton åkte John och jag hit.”

”Med mycket whisky då”, sluddrar Olice och skrattar.

”Mängder!”, säger John.

Kapitel 73

Det är mitten av juli. De gräver sig igenom jordlagren ett stycke upp från creeken. Pedersen och Arvid gräver, Olice leder in vattnet i vaskrännan. Så mycket guld blir det inte, men det är ett antal gram de samlar in dagligen. Mest i form av guldsand. Men det finns också litet större korn, ibland risgrynsstora, som de samlar i de små skinnsäckarna dag efter dag. Var fjortonde dag tar de sig in till Dawson City och växlar in guldet på banken. En del behåller de. Man kan betala med guldsand på krogen. En nypa guldsand kostar det att få sig ett glas whisky. Belinda har inte bara whisky i baren på sitt hotell, hon har också likör och kaliforniska viner. En kväll går de till hennes hotellbar igen. Belinda välkomnar dem, och berättar att de ikväll kan beställa in dagsfångad lax och ris med dillsås. Arvid beställer in den föreslagna rätten som de andra. Han dricker en öl. Både Olice och Pedersen dricker en snaps. Och Belinda bjuder Olice på ett glas kaliforniskt vin.

”Det är minsann inte så ofta som kvinnor är guldvaskare. Det måste man vara en modig kvinna för att våga sig på. Så en skål oss damer emellan”, säger hon och höjer sitt glas mot Olice.

Olice lyfter sitt glas och de dricker.

”Ni vet väl att jag har hotell med bar också ute vid Hunker creek” , fortsätter Belinda. Där finns det fortfarande en del som vaskar precis som förut, fler där än vid Bonanza. Det har väl att göra med att Bonanza upptäcktes tidigare än Hunker. Skulle ni förflytta er till Hunker, så får ni titta in förstås. Och Olice, om du tröttnar på att jobba med vaskandet så finns det alltid plats för en duktig servitris.”

”Jag kan nog inte räkna mig som duktig servitris ens med bästa vilja i världen”, skrattar Olice.

”Det är aldrig försent att lära sig nåt nytt”, säger Belinda och reser sig från bordet.

Kapitel 74

Arbetet vid Bonanza känns tungt och ger ganska litet. De bestämmer sig för att ta sig till Hunker creek. Det tar några dagar att komma dit, men de tar sig fram med sin kärra. Även här finns det övergivna stugor, som de kan flytta in i. De har tagit med sig vaskvaggan och de ser att rännorna från förr kan komma att användas igen, om de reparerar dem. Vattnet pumpar de upp ur creeken med en enkel handdriven pump, och det går bra att vaska igenom de jordhögar som ligger även där. Men så mycket mer än vid Bonanza creek hittar det inte. Det fyller visserligen på i de små skinnsäckarna, men drömmen om att hitta stora guldklimpar tycks inte bli förverkligad här heller. När de grävt klart om dagarna, brukar Arvid ta vaskpannan och gå ner och ställa sig i bäcken och vaska direkt ur botten. Något skulle det ju kunna ge, kanske. Han slutar inte hoppas. En kväll när han står där ensam i vattnet med stövlarna på som vanligt, skakar han och svänger pannan. Sanden åker ut, och vinkeln på pannan ska behålla det tunga guldet medan skräpsanden försvinner ut med vattnet. Solen kastar sina sista strålar över berget ner på bäcken, och plötsligt tycker Arvid att han ser hur det glimmar till i pannans botten. Han blir ivrig och fyller på vatten och skakar och svänger, och nu ser han att det verkligen glimmar. Det är något större än risgryn. Han fortsätter skölja ut gruset och sanden, och till sist är det bara guld kvar i pannan. Det är två större klimpar och ett par risgrynsstora. Hjärtat rusar i bröstet och han tror knappt sina ögon. Han skyndar sig upp ur bäcken och får en av stövlarna vattenfylld med iskallt vatten. Men han känner det knappt. Väl på land med pannan i hand ställer han sig på ett ben och lyfter det andra upp i luften, så vattnet rinner ur stöveln.

”Du kan ju faktiskt uppträda på cirkus du också!”, ropar Olice, som just tittar ut genom dörren på det lilla huset. ”Maten är klar, förresten!”.

Arvid springer fram till henne och visar upp vaskpannan. Hon tittar och slår handen för munnen. ”Äntligen!”, utropar hon.

Pedersen kommer när han uppfattar att det är mat som väntar. Han tar ett skutt och kramar om dem båda två, när han ser glittret i pannan. ”Jaa!”, säger han. ”Så det finns faktiskt guld här, fast vi inte riktigt hittat rätt förut.”

”Nu tycker jag vi stannar här sommaren ut. Sen kan vi fundera över om vi vill bli kvar här eller ge oss vidare västerut in i Alaska. För det är väl klart att det måste finnas massor av olika creeks som varken är inmutade eller undersökta. Men vi vet ju vad vi har här.”

De bestämmer sig för att följa Pedersens förslag. Vintern kommer och då kan man förflytta sig på snön. Med hundar och släde. De vet ju precis hur detta går till.

De tillbringar resten av sommaren i området kring Hunker creek. Mr. Hamilton har många inmutningar, och på vissa är det lättare att arbeta med utvinning, än på andra. De fyller på sitt guldförråd dag för dag. Då och då är de inne i Dawson och provianterar och löser in guldet och får sina pengar insatta i banken. Högsommaren är nu passé och de bestämmer sig för att ta sig in i Alaska i höst, när Yukon har frusit. Slädarna och hundarna finns kvar ett stycke uppåt floden, och Arvid och de andra tar sig så småningom dit med hjälp av en båt. Hundarna skäller och gläfser och hoppar, när båten lägger till. Men det är en sorglig syn de möter. Deras hundar är fruktansvärt magra, och tufsiga i pälsen. Ett par verkar håglösa. Pedersen pratar med den som åtagit sig att ta hand om dem. Han är upprörd, och säger att han verkligen inte tänker betala så mycket som de kommit överens om, eftersom mannen inte har hållit sin del av avtalet.

”Var är förresten våra slädar?”, frågar Pedersen bryskt. Mannen tar dem till ett stort tält i utkanten av byn. Inne i tältet bland en massa bråte ligger deras slädar och selarna. De ser ändå ut att ha hållit sig bra.

Efter ytterligare diskuterande kommer de överens och de kan ge sig iväg.

Kapitel 75

I slutet av oktober har Yukon frusit. Vintervägen västerut över isen från Dawson City ska ta dem till Alaska. De har provianterat i Dawson City, och tagit ut kontanter från banken, så de ska klara sig en tid. De har också varit inne på postkontoret och lämnat en poste restante adress i Fort Yukon, dit de med tiden räknar med att komma. Släden är väl packad, men hundarna är i dåligt skick. Det bekymrar dem att behöva köra med dem. De skulle ha behövt vara i fin form när de ska ta sig genom snön och kylan.

”Vi behöver skaffa flera nya hundar”, säger Pedersen, när de kommit några mil in i Alaska. ”Kanske vi kan hitta några i närheten av Fairbanks. Med de här spannen kan vi inte räkna med att ta oss så värst långt.”

”Jag tycker att Lizzie ändå verkar vara i skaplig form”, säger Arvid. ”Bong har väl också klarat sig någorlunda”.

”Ja, ledarhundarna kan vi nog ha kvar, men vi behöver minst sex nya draghundar.”

”Tur att vi tog ut pengar”.

Snön har redan blivit några alnar djup. Men de klarar att ta sig fram på vägen.

”Undrar om det finns några stugor här, som vi kan övernatta i”, säger Olice.

”Jag har hört, att det ska finnas en poststuga litet längre fram”, svarar Pedersen, ”men jag vet inte hur långt det är dit. Vi kanske får tälta i natt”.

Skymningen faller, och det blir tältning som gäller. De hittar två stadiga granar att spänna upp repet i. Det ska utgöra tältets taknock. Över det spända repet lägger de tältduken, och förankrar den sedan i marken.

Marken är redan frusen, men de bankar ner tältpinnarna med en slägga och gör fast duken. Över tältdukens nedre kanter öser de snö. De breder ut renfällarna de köpt i Dawson City. I mitten av tältet har de placerat Yukonspisen. Olice har redan tänt i den, och smälter snö för att få vatten att laga mat med. Hundarna är snart utfordrade med kvällsmat, och har grävt ner sig i snön med svansen över nosen.

Snart sover alla. Det är alldeles tyst.

Mitt i natten vaknar de av ett avlägset tjut. Det följs av flera.

"Vad var det?", frågar Olice yrvaket.

"Det där är ljudet av vargar", svarar Pedersen sammanbitet. "Vi måste genast gå ut och tända en eld. Det är det enda som håller dem på avstånd."

"Jag tar fram gevären", säger Arvid.

Pedersen går ut. Han har tagit med sig en hög vedträn och häller på keratin för att snabbt få fyr. Hundarna är fastkedjade. De har blivit oroliga och börjar skälla. Vargarnas tjut hörs allt närmare.

"Ser du dem?", frågar Olice.

"Nej, men vi hör dem ju. Det räcker", säger Arvid.

Alla tre är ute ur tältet nu. De har varsitt laddat gevär. Månen är halv och lyser upp omgivningen.

"Där!", säger Arvid och pekar. "Där såg jag att det rörde sig". Han pekar.

"Ja, nu ser jag också att det rör sig. Det verkar vara flera", säger Olice.

Pedersen tittar åt samma håll. "Jag tror nog de är en flock på kanske tio stycken", säger han.

"Om de kommer nära, måste vi försöka oskadliggöra ledarvargen först. Ibland räcker det för att de andra ska ge sig iväg."

Vargarna kommer närmare. De är nu så nära, att man kan se deras ögon och gap. De tycks ha respekt för elden, för de stannar ett tiotal meter ifrån, och ylar. Då skjuter Olice ett skott mot dem. Någon tycks ha blivit träffad, för de hör ett annat slags tjut. Men det gör också att vargarna blir än mer närgångna. Pedersen tar en brinnande gren och kastar mot dem. Det får dem att rygga tillbaka. Men inte länge.

Arvid har spanat in vilken av vargarna som verkar vara ledarvargen. Han skjuter ett välriktat skott mot honom. Vargen faller och blir liggande. Olice har också laddat om och skjuter, och Arvid och Pedersen gör likadant. När tre vargar blivit liggande döda en bit bort, drar sig de övriga tillbaka och försvinner.

”Puh!”, säger Olice. ”Det var det värsta jag varit med om.”

Pedersen har redan gått in i tältet och tagit fram en stor kniv.

”Kom med nu, så ska vi flå dem och ta tillvara skinnen. De här bestarna ska få hålla oss varma på mindre ansträngande vis framöver.”

Hundarna är fortfarande upprörda och skäller, men en stund senare tycks de ha förstått att faran är över, och grävt ner sig i snön igen. Med svansen som filt över nosen. Som vanligt.

Sömnen låter vänta på sig för vännerna i tältet, men så småningom somnar de alla tre. När de vaknar är det ljust ute. Klockan är redan nio.

De äter frukost, ger hundarna mat och packar ihop tältet och skinnen av både ren och varg. Björnskinnet har de lagt längst ner i botten av släden. Vargskinnen har stelnat i kylan. Pedersen hade lagt ut dem platt på snön utanför tältet, och nu går det bra att surra dem överst på packningen.

När de plockat ihop allt och ska ge sig iväg, ser de den tillplattade snön där tältet stått, de ser den falnade brasan, groparna där hundarna legat, och ett stycke längre från tältplatsen är snön rödfärgad på några ställen.

Nästa natt tillbringar de i den poststuga som Pedersen talat om. Det blir en betydligt lugnare natt, med uthus för hundar och sängar för människor.

Kapitel 76

En lördag i slutet av oktober befinner de sig i Fairbanks. De har lyckats hitta boende och fått tips om var de kan hitta bra, nya draghundar. I Fairbanks möter de många som livnär sig på guldletande. När de går in på ett kafé, hittar de alltid någon att tala med, som vet mycket om var man utvinner guld. De får veta, att några miles norrut finns en dredge där man arbetar med att tina upp marken med ånga, för att nå fram till de guldförande lagren djupare ner i marken, och så lägga upp grushögar att vaska ur, när vattnet smälter till våren.

"Om vi skulle stanna här över vintern, behövde vi inte köpa nya hundar nu, utan kunde ta anställning här", säger Olice.

"Ja, det är ju intressant med de här nya maskinerna, som de har börjat med", säger Pedersen.

"Men då kanske man skulle vara kvar här över sommaren också, och se hur mycket guld vi varit med om att gräva upp under vintern", säger Arvid.

"Det är ju alltid en möjlighet", säger Pedersen. "Eller också drar vi vidare när det blir vår och sommar, och hittar våra egna inmutningar."

"I vilket fall tycker jag vi kan stanna här över vintern", säger Olice. "Det vore ju intressant, att se hur det är att ingå i ett större arbetslag."

En man på kaféet hör deras samtal och förstår att de talar om utvinningen utanför Fairbanks. Han presenterar sig som Joe Brown och frågar om de är intresserade av arbete och berättar, att han har i uppgift att anställa folk. De svarar att de är intresserade av att se anläggningen och eventuellt arbeta där under vintern. Nästa dag följer de med honom dit. Hundarna drar släden.

"De där hundarna kan ni inte ta er några längre sträckor med", säger han.

"Nej, vi vet det", säger Pedersen. "Ska vi fortsätta måste vi köpa nya. Ledarhundarna är i bra skick, men nästan alla andra är i dåligt skick. De for illa under sommaren, när vi hade lämnat bort dem."

Joe Brown visar dem anläggningen för utvinning av guldet. Nu är den stängd för vintern, för allt vatten är fruset. Men han berättar hur den fungerar. Den bygger på samma princip som när man utvinner guld för hand. En ränna där gruset spolas ner och guldet stannar kvar. Allt i mycket stora proportioner. En grävskopa står vid anläggningen. Joe Brown berättar, att den används för att skyffla allt grus ner i vaskaggregatet. Men nu står den också stilla för det mesta. Den används bara då och då. De går in på kontoret.

”Arbetet här består som sagt i att gräva ut gruset vid flodbanken och ett stycke inåt området. Det handlar förstås om att tina upp marken, så det går att ta fram gruset. För det använder vi ånga. Vi har flera sådana aggregat här och det underlättar givetvis framför att hålla på och elda manuellt och sedan gräva. Ni får bo tillsammans med de övriga här inne i huset. Några har just flyttat ut, så det går bra att ta det övre rummet alldeles ovanför trappan, om ni nu bestämmer er för att stanna. Vi betalar tre dollar och tio cent per dag för män och kvinnor får två dollar och femtio cent.

”Varför skulle jag få mindre betalt för att göra samma jobb som männen?”, säger Olice ilsket.

”Det bara är så. Vi räknar med att kvinnor inte är lika starka som män och därför inte orkar gräva lika mycket.”

”Då är det verkligen inte aktuellt för mig att stanna här och arbeta!”, säger Olice.

Hon går ut och smäller igen dörren efter sig.

”Det där var ett fruntimmer med kort stubin”, skrattar Joe Brown. ”Hon kan inte vara lätt att ha att göra med. Även om hon skulle få lika mycket betalt som ni.”

”Jag är inte säker på, att vi skulle vilja arbeta här i vinter”, säger Arvid. ”Olice är vår bästa vän, och vi har kamperat ihop länge nu, och vet att hon är en mycket bra person. Men det är ju orättvist att hon ska ha lägre lön.”

”Nåja, litet kvinnlig fägring kan väl inte skada”, skrattar Joe Brown. ”Hon skulle ju bli den enda kvinnan här, så med tanke på det kunde jag göra ett undantag vad gäller lönen. Men jag hoppas att det inte blir bråk i så fall. Jag hade nyligen en svensk här som jag kickade. Han bara bråkade hela tiden om arbetarnas villkor och skulle ha än det ena, än det andra. Sånt dravel. Helt orealistiska nymodigheter och kommunistfasoner. Han fick gå härifrån för ett par veckor sedan."

"Vad hette han?", säger Arvid ivrigt. "Hette han Anton?"

"Ja, det kan hända, jag minns inte så noga. Namn stannar inte i skallen."

"Hade han mörkt hår och ganska avlångt ansikte?"

"Det minns jag inte, men det kan nog hända."

"Vart tog han vägen? Var han ensam?"

"Det har jag ingen aning om. Tror han skulle ge sig av västerut. Han hade en släde och ett par hundar."

"Det är faktiskt så, att han inte är ensam om att kämpa för arbetarnas rättigheter", säger Pedersen plötsligt. "Det rör på sig på många ställen numera. Men jag förstår inte, vad detta har att göra med vår vän Olice. Hon kräver bara rättvisa."

Joe Brown tystnar och ser ut genom fönstret.

"Jag har som sagt dålig erfarenhet av svenskar här på dredgen, så efter den här diskussionen är det inte aktuellt längre att anställa er, hur trevliga ni än verkade där på kaféet."

"Det ska bli oss ett nöje att i solidaritet med vår väninna Olice röra oss vidare västerut och söka oss annat arbete", säger Arvid och ser på Joe Brown med stadig blick.

"Vi tackar för oss", säger Pedersen när de går därifrån.

Utanför huset står Olice hos hundarna. Hon ser arg ut. Mössan hänger litet på sned, och hon tycks inte märka att hon står i en snödriva.

"Jag vill inte stanna här", säger hon. "Det är ju fullständigt galet att jag inte skulle få lika mycket betalt för att göra samma arbete. Det kan jag inte stå ut med. Men ni kan ju stanna här, ni som får lika mycket betalt. Ni har väl pratat ihop er därinne män och män emellan, antar jag."

"Vi vill inte heller arbeta här", säger Arvid. "Men vet du vad? Kanske har Anton varit här. Den där Joe berättade om en svensk som fått sparken för han tjatade om arbetarnas villkor."

"Va? Har han varit här? Var är han nu?"

"Vi vet ju inte om det är Anton. Men kanske skulle det kunna vara han.

I alla fall har den här mannen gett sig av västerut med ett par hundar och en packad släde.”

”Ensam? Oj, hur ska han klara det?”

”Ja, det kan man undra. Vi kanske stöter på honom, när vi också rör oss västerut”, säger Arvid.

”Så fort vi fått tag på bra hundar”, säger Pedersen.

Kapitel 77

De tar sig fram längs den upptrampade trailen mot Yukons strand. Väl framme är det ibland fruset, så de kan ta sig fram på isen. Är den frusen i flera lager är det svårare. Då skär släden ner sig genom det övre lagret till det undre och fastnar. Om då hundarna tar i, händer det, att också de går igenom det övre lagret. De får skärsår på benen och skadar tassarna mot de vassa iskanterna som uppstår. Det är inte alltid deras damasker skyddar dem tillräckligt.

Det går långsamt att ta sig framåt. Ibland hittar de en stuga att övernatta i. De har bestämt sig för att ta sig uppåt mot Circle City, där det ska finnas en del guld, efter vad de hört. De har ännu inte lyckats hitta nya hundar, men när de kommer till Circle City möter de ett par inuiter, som berättar att de vet, var det finns hundar.

”Ni kan komma med oss, så ska vi ta er till vår granne som har bra hundar. Men just nu är vi på väg till en högtid i kyrkan, så ni kan komma med dit först. Det är en präst som ska ha gudstjänst, och det var längesedan vi var med om det här i våra trakter.”

Arvid och vännerna följer med honom till den träkyrkan. Den är byggd med ett torn, och har tre mindre fönster på vardera långsidan. Allt trä är grått och de förstår att den har några år på nacken. Hundarna står utanför. Kyrkan är mycket liten, och den är fylld med folk. De flesta är inuiter i sina högtidsdräkter, och också en del athabasker har kommit. Förutom prästen är Arvid, Olice och Pedersen de enda som inte tillhör urbefolkningen. Alla är klädda i pälsar av olika slag. Inne i kyrkan är det litet varmare än ute, men det är mycket fuktigt. Gudstjänsten har börjat. Prästen är också klädd i päls. Han leder församlingen i sång och bön, och läser ur bibeln. Stämningen är varm. En stund in i gudstjänsten öppnas ytterdörren och en pälsklädd man täckt av snö kommer inrusande och avbryter det hela. Han springer fram till första bänken och säger något till mannen som sitter ytterst i raden. Mannen går fram till prästen, som slutar läsa, och säger något till honom.

”Mina vänner”, säger prästen, ”jag har just fått veta att en död man har hittats alldeles söder om Fort Yukon. Vi får avbryta gudstjänsten en stund, så jag får veta mera.”

Alla pratar med varandra i bänkarna och stirrar på den nytillkomne mannen. Längst fram i kyrkan pratar prästen och ett par andra män med honom. Budbäraren verkar mycket trött. Han sätter sig ner på första bänken, och prästen går fram och tar till orda igen.

”Den här mannen har rest i flera dygn för att berätta att han hittat en död man i vildmarken sydost om Fort Yukon. Den döde är en vit man, och han hittade honom i ett mindre tält. Efter gudstjänstens slut får några av er resa till platsen där han hittades, se till att den döde får en kista och att en grav blir grävd åt honom. Jag kommer att resa dit om några dagar för att förrätta begravningen. Nu fortsätter vi gudstjänsten och i våra böner tar vi naturligtvis med ett tack för den döde mannens liv. Ett tack och ett överlämnande i Guds händer.”

Gudstjänsten fortsätter. Psalmsången är stark, men Arvid känner bara igen melodierna. Orden som sjungs är helt främmande.

Kapitel 78

På eftermiddagen går Arvid, Pedersen och Olice med två inuiter till utkanten av byn för att köpa nya hundar. Det visar sig vara fina hundar, som nog kommer att fungera väl ihop med Bong. De har bestämt sig för att låta Lizzie stanna kvar på hundgården. Hon har en skada på ena benet som inte vill läka. Det blir fyra nya hundar som ska samsas med de andra. Eftersom de nu bara är tre personer i sällskapet, har de beslutat att nöja sig med en släde, och packa allt på den. Den andra släden säljer de för en billig peng till dem som tar över Lizzie.

De tar sig in till byn igen, och träffar prästen på restaurangen.

När de presenterat sig berättar de, att de är oroliga för att den döde mannen kan vara Anton.

”Han gav sig antagligen iväg ensam från Fairbanks, och han är inte särskilt skicklig vad det gäller vildmarksliv”, säger Pedersen.

”Vi tänkte, när vi hörde att han gett sig av på egen hand att det var ett oklokt beslut, men han är en impulsiv person, så det var ju stilenligt. Han gav sig av när han blivit avskedad vid dredgen norr om Fairbanks”, fortsätter Arvid.

”Var ni inte i samma sällskap då?”, undrar prästen.

”Nej, han hade gett sig av från stället vi jobbade på, när han blev avskedad. Han var en hetlevrad människa som inte fann sig i vad som helst. Han hävdade arbetarnas rätt till bra villkor, och det accepterar ju inte arbetsgivare alltid”, berättar Pedersen.

”Ni pratar som om det faktiskt är Anton som är den döde mannen. Det vet vi inte. Så jag tycker vi ska betrakta honom som levande, tills vi fått klarhet i om det är han som är död eller ej”, säger Olice.

Prästen ser på henne med sina varma bruna ögon.

”Du har så rätt i det”, säger han. ”Vi ska inte gå händelserna i förväg. Det behöver ju inte alls vara er vän som hittats. Vart ämnar ni er nu?”

”Vi är på väg uppåt mot Wiseman och kanske bortåt Richmond så småningom.”, säger Arvid.

”Då ska vi ju åt samma håll, så vi kan göra sällskap, och ni får klart för er om det faktiskt är er vän som dött. Så slipper ni fundera på det. Jag ska resa härifrån om ett par dagar, och det är två dagars tur till platsen där han hittades. Jag antar att ni inte har så bråttom”, säger han med ett leende.

Den tredje dagen ger de sig iväg norrut i sällskap med prästen och mannen som kom och berättade om dödsfallet. När de tar en paus, berättar mannen, och prästen översätter.

”Jag var ute för att jaga, när jag stötte på två hundar som inte verkade vara i sällskap med några människor. Jag ropade på dem. Själv hade jag snöskor på mig, men det var inte lätt för hundarna att ta sig fram i den djupa snön. Jag hade torr fisk med mig och lockade dem till mig. De verkade inte ha sett mat på dagar. Jag följde deras spår för att se varifrån de kommit. De följde med mig förstås. Så småningom såg jag ett tält, och där utanför tältet låg en man i snön. På alla fyra. Han tycktes ha krupit omkring. När jag tittade in i tältet, såg jag inte tillstymmelse till mat. Det verkade som han börjat gnaga på sina vantar. I säckarna inne i tältet fanns inte det minsta gnutta kvar av vare sig mjöl eller lök eller kött. Han svalt nog ihjäl.”

De fortsätter i riktning mot byn där den döde mannen hittats.

Klädda i sina varmaste kläder fryser de inte. Utom när de måste ta av sig vantarna för att ordna med mat eller trassla upp linorna i ekipaget. En av de nya hundarna, Balto, ställer till stort besvär ibland, genom att försöka ta sig framåt i gruppen, så linorna trasslar och hundarna framför blir irriterade.

”Man fryser ju fingrarna av sig”, gnäller Arvid när de stannat för sjuttonde gången. ”Stå still din best”, säger han till den nya hunden och lyfter på en framtass. Hunden svarar med att ge honom en slick med tungan mitt i ansiktet. De andra skrattar när de ser hans min.

”Hur man tuktar en sur hundförare”, skrattar Olice.

Arvid svarar inte, men klappar om Balto och säger åt honom att sköta sig.

Balto verkar inte alls göra som Arvid vill att han ska. Han fortsätter krångla och försöker ta sig framåt i spannet.

På kvällen sitter de i en stuga efter vägen. De har gett hundarna mat och tagit fram granris åt dem att ligga på. Det är eld i spisen inne i stugan. De som varit där innan, hade lagt upp ett bra förråd med ved, så nu har de inte behövt börja med att hugga själva.

När de har lagat mat och ordnat med allt, sitter de framför elden och filosoferar. De fuktiga kläderna hänger på tork på stängerna som sitter fast i taket.

"Vet ni det är fantastiskt för mig varje gång jag kommer till de här trakterna", säger prästen." Att möta inuiterna är alltid en upplevelse. De bor och lever sina liv här uppe i kylan. Inne i deras iglos är det varmt och vänligt. De blir glada när jag kommer, för det kristna budskapet hjälper dem att inte vara så oroliga för allt möjligt. Det finns mycken vidskepelse och föreställningar om onda makter som de är rädda för. Att jag kommer och predikar om att det finns en Gud som är kärlek, och som säger att de inte behöver ängslas, tas emot med tacksamhet av många."

"Men de har väl egna religioner?", säger Pedersen. "Man kan väl låta folk tro det de vill tro. Det kanske inte är rätt att komma hit och pådyvla dem något som egentligen inte hör hemma i deras kultur?"

"Man måste vara varsam och ödmjuk", svarar prästen. "Jesus tvingade ingen till tro. Men han ville möta människor med befrielse från det som tynger dem och gör dem rädda, och det är det jag tror att jag för vidare."

Det blir tyst en stund.

"Jag sitter och funderar på en sak", säger Arvid.

Prästen ser intresserat på honom.

"Jo jag funderar på hundarna. Balto vill ju bara framåt hela tiden och stör de andra. Vi kanske skulle placera om honom i spannet, så han får sin plats längre fram."

"Hundar är som människor", säger prästen. "Man måste ha en plats som passar en, annars blir man aldrig nöjd."

"Du har nog rätt i att Balto borde gå längre fram. Jag tycker vi prövar det imorgon. Vi låter honom gå precis bakom Bong, bredvid Sama", säger Pedersen.

Kapitel 79

De ägnar två dagar i en stuga norr om Circle City åt att ta hand om hundarna. De kontrollerar tassar och muskler, klipper klor och lär känna de nya hundarna.

Balto är en hund, som inte är så lätt att lära känna. Han verkar ha stor integritet, och är inte pigg på att bli klappad hur som helst och av vem som helst. Arvid är den som får bäst kontakt med honom. När Balto ser Arvid komma viftar han på svansen. Visserligen lojt, men ändå. Balto verkar däremot inte ha mycket till övers för Pedersen. Han tittar bort när Pedersen kommer nära.

"Det där verkar vara din hund, Arvid", säger Pedersen. "Jag har ju Bong som min bästa kompis, så du kan gott ha Balto. Men du kan väl säga till honom att han inte ska ställa till bråk."

"Du och jag, Balto", säger Arvid mjukt och sträcker fram handen mot honom. Hunden viftar lätt på svansen till svar, och ser på honom med stadig, ljusblå blick.

"Ni får bereda er på, att det kan vara er vän som är död", säger prästen.

"Jo, vi förstår det", säger Pedersen lågt. De andra är tysta.

Vägvisaren tar dem till platsen för tältet. Någon har tydligen hämtat den döde, tältet och släden. De tar sig till en liten by några miles bort.

"Det är säkert så att mina grannar har tagit hand om den döde", säger vägvisaren. "Jag berättade för dem vad jag hittat, innan jag gav mig iväg."

När de kommer fram till byn kommer folk ut och hälsar. Prästen har inte varit här tidigare, men vägvisaren presenterar honom och de andra vita för grannarna. Den som tycks vara byns ledare visar dem till ett skjul. Därinne har man lagt den döde mannen. Han ligger på sidan. Stelfrusen. Arvid och Pedersen och Olice ser genast att det är Anton. Arvid känner att han stelnar till inuti när han ser honom. Död. Han får en klump i halsen. Men det är bara Olice som börjar gråta högt. Hon torkar sig i ansiktet med ena vanten. Så tar hon av sig den andra vanten och stryker Anton över kinden. Arvid går också fram och gör likadant. Det känns som att klappa en snögubbe. Iskallt och konstigt att detta varit Anton, som de varit så nära tillsammans med i flera år. Olice ser sig om i skjulet och hittar ett hoprullat renskinn på en bänk. Hon tar det och lägger det under Antons huvud.

Pedersen står litet bakom, och går inte fram till den döde.

"Jag hade ju sänt bud att ni skulle gräva en grav och snickra en kista tills jag kom", säger prästen barskt, när de kommit ut från skjulet.

"Vi visste inte hur vi skulle göra en kista, när han inte går att räta ut", säger ledaren. "Kan man verkligen göra en kista och låta honom begravas på alla fyra?"

"Kan man inte ta in honom och tina upp honom?", säger Arvid.

"Ingen vill ha in en död man i sitt hus", säger ledaren. "Och det är bara i rumsvärme han skulle kunna tinas upp."

"Ni får snickra en kista och lägga honom i den precis i det skick han är", säger prästen. "Den ska vara klar imorgon. Några andra måste se till att tina upp marken och gräva en grav. Den måste vara djupare än vanligt, eftersom kistan blir högre än den brukar vara."

De bjuds in till ledarens iglo. Därinne är det varmt. Många människor är samlade, och sitter tätt samman på renskinn. I mitten av iglon brinner en eld. Kvinnor syr eller stickar, en gammal man täljer på en stor valrossbete. Han tycks göra en båt av den och täljer på små figurer som antagligen ska finnas på den när den är klar.

Stämningen är en aning upprymd av det oväntade besöket av fyra vita människor, och bland dem en präst. Samtidigt finns det en sorg över att en man hittats död inte så långt från deras by. Någon säger, att de kanske hade kunnat rädda honom.

"Jag såg på spåren, att han hade gått i cirkel runt sitt tält", säger någon. "Tänk om han ändå hade kommit häråt, så hade han fått hjälp."

Prästen översätter för Arvid och de andra.

Man lagar mat över elden och bjuder gästerna. Det är en gryta av caribou som serveras med ris. De äter med skedar ur skålar av trä.

Olice och Arvid går ut när de ätit färdigt.

"Det är verkligen fruktansvärt det som hänt", snyftar Olice. "Tänk om vi ändå fått honom att stanna kvar vid Gold Creek och sedan göra sällskap med oss."

"Ja, eller så kunde vi ju alla ha gått därifrån tillsammans när det blev så problematiskt", säger Arvid.

"Nåja, ingen av oss hade väl velat fortsätta i Gunnars sällskap", säger Olice.

"Nej, det är sant, men Anton kanske kunde ha gått vidare med oss", säger Arvid.

"Undrar vad Rickard ska säga, när han får veta att Anton är död, säger Pedersen.

"Frågan är ju var Rickard är, och hur han ska få veta det", säger Arvid.

Det känns kallt när de stått ute en stund. De går runt i den lilla byn. Ett stycke bort ser de att några män håller på och eldar. Eldar och gräver.

"Det där har du och jag varit med om tidigare", säger Arvid.

"Ja, detta är inte något särskilt människovänligt klimat för vare sig levande eller döda", säger Olice och stryker bort en tår från kinden.

"Varken för små eller stora", säger Arvid.

Kapitel 80

De går tillbaka mot ledarens iglo. Från skjulet där Anton ligger hör de hammarslag. Det snickras en kista, som inte ser ut som någon vanlig likkista.

De går in i iglon igen.

”Var finns de saker som Anton hade med sig?”, frågar Arvid.

”Vi tog hit dem, så de ligger på släden utanför skjulet”, svarar ledaren.

”Vi vill gärna se om där finns något av värde som vi ska ta med oss till hans bror”, säger Arvid.

Olice fryser, så Arvid och Pedersen går ut och hittar släden bakom skjulet.

På släden hittar de ingen mat, förstås. Men de hittar ett par bra renskinn, och Antons kniv som han hade med sig hemifrån. Längst ner i en liten väska hittar de hans svarta anteckningsbok, som han brukade skriva dikter i. Ett par blyertspennor ligger också där.

Arvid tar boken och bläddrar i den.

”Det verkar som han skrivit hela tiden. På de sista sidorna är stilen alldeles darrig.

’Här kommer jag att dö’, står det. ’Maten är slut. Begrav mig i jorden och inte i snön’

Arvid känner gråten i halsen.

”Jag kan ta hand om den här lilla boken och ge den till Rickard, när vi hittar honom.”

”Gör det du”, säger Pedersen, ”så tar jag skinnen och kniven. Resten är inget att ha.”

”Det skulle väl vara tältduken, då”, säger Arvid. ”Och kanske några läderremmar.”

”Vi har det vi behöver, anser jag. Men ta det du vill.”

”Olice kanske är intresserad.”

De får övernatta i ledarens iglo. Prästen och ledaren samtalar länge. Arvid önskar att han kunnat förstå vad som sägs, men de är helt beroende av att prästen översätter allt. Och detta verkar vara ett samtal i förtroende.

På eftermiddagen nästa dag är graven grävd och kistan med Anton hopspikad. De hjälps åt att bära den till graven och sänka ner den. Prästen sjunger en sång som Arvid känner igen, men det är något i halsen som gör att det inte går att sjunga med. Han tror att de svenska orden är "Närmare Gud till dig."

"Av jord har du kommit, jord ska du åter bli, Jesus Kristus ska uppväcka dig på den yttersta dagen", säger prästen. Så nickar han åt männen som grävt, och de skyfflar tillbaka jorden över graven. Till sist täcker de allt med snö. Mycket snö.

"Skönt att han fick bli begravd i jorden", säger Olice när de går därifrån.

Det har redan blivit skymning. De övernattar en natt till i iglon. Arvid har svårt att somna. Han tänker på Mors begravning för många år sedan. Sorgen som fanns där och tomheten. Tankarna går till Rickard som kanske roar sig kungligt i någon liten stad där guldgräveriet just nu är på topp, samtidigt som hans bror nyss blivit begravd vid en liten by i Alaskas vildmark.

Som vanligt vaknar Arvid först och går iväg till Antons grav, tidigt på morgonen medan det fortfarande är mörkt. Han lyser sig fram med en fotogenlampa och står en liten stund vid graven. Inte länge, för det är trettio minusgrader.

"Hej då Anton", säger han. "Vi kanske ses någon gång. Jag hoppas du inte har något emot att jag läser dikterna du skrivit i din bok. Alla dessa kvällar jag sett dig skriva. Nu är det slut med det. Vila i frid. Och tack för tiden vi fick tillsammans."

Kapitel 81

När det ljusnat går de ut och gör allt i ordning för avfärd. Hundarna är pigga på att ge sig iväg, det märks. De är ivriga. De trampar runt och skäller. Balto får nu gå näst längst fram, i par med Sama. Det verkar gå bättre med balansen i spannet på det sättet, men Balto är ändå inte riktigt nöjd. Han försöker ta sig framåt och ta ledningen. Men Bong ger sig inte. Han gläfser ifrån när Balto kommer för nära.

”Skulle nu Bong få problem, så inser vi redan vem skulle aspirera på att bli ledarhund”, säger Pedersen och skrattar.

”Balto är en riktig stjärna”, myser Arvid. ”Eller hur, Olice”

”Absolut”, svarar hon, ”men den mest lysande stjärnan var Lizzie, och det var verkligen trist att vi inte kunde ha henne med längre.”

De siktar på att ta sig till Fort Yukon under dagen. De har sagt farväl till prästen och invånarna i byn.

Nu känns det bra för alla att resa vidare. Livet väntar.

De kommer till Fort Yukon sent på eftermiddagen, och får plats i en liten poststuga i utkanten av stan. I Fort Yukon finns polis och militär, och en telegraf- och poststation.

Snön är djup och hundarna gräver ner sig utanför stugan när de fått mat. Mellan Balto och Bong finns en spänning som lätt kan urarta till bråk. Men de finner snart ro i snön precis som de andra.

På morgonen nästa dag går de till poststationen för att höra sig för om eventuella brev.

Till Arvid ligger ett brev och väntar från Andrietta. Han sätter sig i ett hörn i stugan och läser. Hon berättar att hon fött en liten dotter. Nu är hon tre månader gammal och mycket söt och stark, skriver hon. De äldre syskonen är förtjusta i sin lillasyster.

Andrietta undrar hur länge Arvid tänker stanna borta. ′Jag saknar dig mycket, för du är ju inte bara min bror utan min förtrogne vän′, skriver hon. ′Jag är tacksam för att du skickat mig pengar, men längtar förstås efter att få träffa dig och prata länge med dig.′ Hon avslutar brevet med förhoppningar att han ska må bra, och trivas med landet i väster. ´Och med alla dina äventyr´, skriver hon.

Arvid funderar över hur mycket äventyr det egentligen är han upplever. Men visst. Det är vinter länge, och kallt, men det är klart, det händer mycket. Sånt som han aldrig får vara med om därhemma. Vem jagas upp i ett träd av en björn där! Och vem hittar guld i bäckarna? Han viker ihop brevet och lägger det i ryggsäcken. Där ligger också Antons dagbok. Han tar fram den och bläddrar i den.

I dagbokens verser berättar Anton om resan de gjort tillsammans. Arvid bläddrar framåt till sidorna där han vill läsa litet mer noggrant om vart Anton tog vägen sedan han lämnat Gold Creek.

’Nu drar jag vidare, jag har fått sparken
här kan dom stanna som står ut med marken.
Gunnar går med mig för Olice gav korgen
nu ska vi slicka såren i sorgen.’

’Vi har nu vandrat i nätter och dar
vilat om natten i tält vi har
Gunnar ska ta sig från Whitehorse med tåg
önskar jag visste var Dawson låg.’

’Fångade laxar i älven idag
gjorde upp eld och stekte den jag,
mötte en vandrare jag fick gå med
han visste var det till Dawson fanns led.’

’Sen kom ett antal soldater till häst
vi hälsade vänligt så som man gör mest
de erbjöd en ensling att sitta upp
så kom jag till Dawson med denna trupp.’

’Dåligt med pengar hur ska jag få mer
jag bara guldet som lösning ser
här sägs Alaska är lyckans land
söker mig ditåt på egen hand.’

’Tog mig med båt över Yukons älv
kostade litet, jag reste ju själv.
Sedan jag sköt några änder till mat
dagen är räddad, mat på mitt fat.’

’Nu har jag kommit till Fairbanks till sist
släpat mig fram fast jag orken har mist
hoppet kom åter när jag fick ett knog
här finns det guld nog och övernog′

Här har Anton ritat in glada gubbar som dansar kring en kalv.

Sliter och släpar varendaste dag
här är det grävet som rådande lag
skotta upp jord, ösa in i maskin
vattnet som rinner gör guldglansen fin

Ingen har rimlig lön för sitt slit
klagar man mister man kanske sin bit
ägaren är just en kapitalist
men arbetarmakten ska segra till sist

Här finns det guld men nu ger jag mig av
slava för svältlön, nej fri som ett hav
vill jag då vara i viddernas land
vandrar nu hellre mot mitt Samarkand

Hu, det är kallt när snöyran rår
hundarna skakar av köld där vi går
maten är knapp, men vi klarar oss allt
tältet och elden ger värme fast kallt.

Maten är slut, var finns Rickard, min bror?
vi var ju två som från hemlandet for
jag tror att jag blir den första som dör
nu har jag mist allt som jag levde för

Här blir bokstäverna mera skakiga. Han har ritat något som liknar en hund, och ett tält med darrande hand.

’Här kommer jag att dö’, står det.
’Maten är slut. Begrav mig i jorden och inte i snön.’

Efter dessa rader är sidorna tomma. Arvid suckar litet och slår igen boken. Anton var ju inte en enkel människa att umgås med, tänker han. Detta ständiga tjat om hur arbetare blir utnyttjade. Men när någon är död, blir det som att man kan se andra sidor också. Som att döden ger något slags vänligt skimmer över det som varit, filosoferar han vidare. Det var ju fruktansvärt att Anton skulle behöva dö på det sättet. Minnet av hur det var, att röra vid hans kalla kind där han låg i uthuset i byn, får honom att rysa. Han lägger tillbaka boken i ryggsäcken och går ut.

Kapitel 82

De rör sig mot väster. Alaska är oändligt stort. Under några månader bor de i en stuga som stått tom. Den är vältimrad, och de får plats alla tre. De delar på matlagning och vattenhämtning och städning och jagar ganska ofta. Mest blir det fågel, men det händer också att de lyckas fälla en ren. När våren kommer tar de sig fram till Richmond Creek, som ligger mitt i norra delen av Alaska. Någon hade rekommenderat området till dem. Mannen som berättat om platsen, hade själv varit där, och trodde nog att det kunde finnas mera guld i småbäckarna i området. Det finns många vattendrag där, som inte är inmutade ännu, hade han sagt. Själv skulle han vidare hem till Crow i Canada, där fru och barn väntade på honom.

De bestämmer sig för att stanna vid Richmond Creek över sommaren, och undersöka området, och registrera inmutningar. De har hittat en liten fin stuga som någon lämnat. Det finns andra som också vaskar litet längre bort i området. Hittills har de inte gjort några större fynd, men det finns hopp om att hitta mera. Guldsanden som glittrar i botten på pannan ibland, gör vaskandet värt besväret. Arvid tycker det är mycket spännande.

En dag sommaren 1910 kommer tre män vandrande till deras lilla bosättning. De är officiella företrädare för den folkräkning som vart tionde år genomförs i Amerikas Förenta Stater. De boende blir intervjuade om varifrån de kommer, vad deras föräldrar heter, hur länge de funnits på den här platsen, vilka de bor med och vilka som är deras grannar. De får säga hur gamla de är och om de är gifta eller ensamstående, och om de har barn.

”Det är ju egendomligt att de kommer hit ut i den här lilla platsen och räknar oss”, säger Olice. ”Vi kanske kommer att finnas kvar för alltid i deras arkiv, och sedan kommer folk om kanske hundra år och mer att veta att just vi bodde just här.”

”Varför skulle någon vilja veta att just vi varit här?”, säger Arvid.

”Ja men tänk om du får barnbarn som vill ta reda på vad hennes morfar gjorde på sina äventyr i Alaska! Då kanske hon kan få veta på något sätt, att du var just här år 1910. I Richmond Creek.”

”Ja, det skulle väl vara det då!”, skrattar Arvid. ”Ibland får du verkligen befängda idéer Olice!”, säger han. ”Kom, så tar vi en paus och sätter oss på bryggan här borta och pratar litet.”

”Det är fint här”, säger hon när de sitter och ser ut över creeken. Den är kanske tjugofem meter bred och inte djupare än en meter på det djupaste stället. ”Fast man kan väl inte stanna här i all evighet.”

”Vi kan stanna här så länge vi vill. Vi är ju fria människor. Jag kan inte tänka mig något bättre just nu.”

”Men om tio år, Arvid. Var befinner vi oss då? Då är vi närmare fyrtio år. Vi kanske vill rota oss och ha hem och barn. Har du tänkt på att det inte alls är en omöjlig tanke?”

”Tio år är så långt bort i tiden. Varför skulle vi tänka framåt, när vi nu har det så bra just nu. I så fall kan vi ju lika gärna fundera över var vi befinner oss om fyrtio år. Då är du en gammal gumma och jag en gammal gubbe som sitter och funderar över om ändå inte livet vi lever här och nu i guldriket trots allt var det allra bästa av allt.”

”Du är så mycket här och nu, Arvid. Man måste tänka framåt också.”

”Inte jag. Jag tycker det här livet är alldeles underbart med skogen och vattnen och djuren och..”

”...och vintrarna när man håller på att frysa ihjäl!”, avbryter hon och reser sig. ”Kom nu så går vi tillbaka till jobbet!”

Kapitel 83

Det tar dagar att vandra för att komma till Yukonfloden och proviantera av båten, som kommer med några månaders mellanrum. Arvid tycker det är underbart att vandra i de milsvida skogarna. Där finns ekorrar och fåglar, en och annan björn, som drar sig undan, och älgar och rådjur. Vid en litet större bäck håller tre björnar på och fiskar lax. Björnarna går ut i vattnet och står blickstilla och spanar efter fisk, och sedan slår de till blixtsnabbt med ramen och lyckas inte så sällan fånga bytet.

"Där ser du hur snabba björnar kan vara när de är på jakt!", säger Pedersen till Arvid och blinkar.

Båten kommer med grönsaker, potatis, mjöl, ris, lök, smör, bönor och konserverad mjölk. Ibland kan de köpa ägg. Priset för ägg varierar kraftigt beroende på tillgången.

Ryggsäckarna är tunga när de går tillbaka. Nu klarar de mathållningen ganska länge. Laxen i älvarna är inte bara mat för björnar, och en och annan fågel brukar de kunna skjuta när de går på jakt. Oftast går de alla tre tillsammans. Sommaren innebär gott om mat. Det finns också blåbär och hjortron att plocka.

Dagarna går åt till arbete vid bäckarna. De har alla tre gjort inmutningar vid Richmond Creek, och markerat dem med märkta käppar som de slagit ner i jorden. De har tillverkat såväl guldvaggor som rännor i trä, och använder också vaskpannan ibland. Arbetet är tungt. De gräver och vaskar ur jorden med massor av vatten. När kvällen kommer och de ätit sin kvällsmat somnar de ofta omedelbart. De samlar på sig guldsand och guldklimpar, men några stora fynd gör de inte.

"Här måste man verkligen öva sig i tålamod", pustar Arvid en dag när de satt sig tillsammans till förmiddagskaffe.

"Men vi tjänar ändå vårt eget", säger Olice. "Här är allt som vi får in vår egen vinst."

"Samtidigt är det ju enkelt att arbeta som åt Mr. Hamilton", säger Pedersen. "Även om vi inte fick så stor förtjänst, så var det ändå enkelt att jobba på ett ställe som redan är inmutat, där allting finns på plats. Någon annan har grävt upp gruset och det är mest bara att vaska igenom det och plocka fram guldet."

”Det är ändå något visst med att vara sin egen. Det jag hittar är mitt och ingen annans”, säger Arvid.

Stugan de bor i är enkel. Den behöver isoleras för att kunna hålla värmen när vintern kommer. De samlar in mossa och tätar mellan bräderna. De behöver också göra iordning rian. Benen måste skos med plåt så inte björn kommer och klättrar ända upp till förrådet.

En dag när det ösregnar, sitter de tillsammans inne i stugan och spelar kort. Arvid skriver brev till Andrietta.

Regnet upphör framåt kvällen. De går ut. Det doftar av jord och grönt.

Över horisonten ser de en skimrande regnbåge.

”Så fantastiskt klar den är i färgerna”, säger Arvid. ”Jag har aldrig sett något liknande!”

Efter en liten stund ser de ytterligare en regnbåge ovanför den andra. Den är ännu mera skimrande. Och ovanför den kan de ana en tredje.

De står och ser de klara och skimrande regnbågarna tills de bleknar bort.

”Jag ordnar litet kvällsmat”, ropar Pedersen inifrån stugan.

Kapitel 84

Arvid är förvånad över hur postgången kan fungera så väl här uppe i ödemarken. De har meddelat vid Fortet att de tänkt bege sig västerut, och då och då dyker det faktiskt upp en postiljon med brev. Arvid brevväxlar med Andrietta och med några månaders mellanrum hör de av varandra.

En onsdag eftermiddag kommer postiljonen till Richmond Creek. Sommartid tar han sig fram till häst. När han kommer slutar de genast att arbeta, och bjuder in honom på en matbit. De anrättar torkat renkött med ris, och postiljonen låter sig väl smaka. Den här gången är det Pedersen som får brev.

”Inget mera?”, frågar Arvid besviket.

”Inte den här gången”, säger postiljonen.

Olice brukar aldrig få några brev. Arvid har aldrig sett henne skicka några heller.

Han frågade henne en gång, om hon inte har kontakt med någon i Norge, och då sa hon åt honom att inte vara så nyfiken. Sedan har han inte tagit upp det igen.

Pedersen tar sitt brev och lägger det åt sidan på bordet. De äter maten och frågar om inte postiljonen vill stanna kvar över natten. Dagen är ju ändå sen, även om det inte blir mörkt.

”Jo, det skulle jag nog gärna tacka ja till”, svarar han. ”Men det är ju frågan var jag kan göra av hästen?”

”Den kan du väl ställa den vid en björk där nere vid bäcken”, säger Arvid.

”Egentligen skulle jag vilja ha den inom synhåll. Helst vid knuten här vid huset.”

”Något stall har vi tyvärr inte. Men ett täcke borde väl vara tillräckligt mot myggen. Vi kan nog leta fram en presenning.”

Postiljonen är tveksam, men accepterar förslaget.

”Vad är det för särskilt med din häst eftersom du absolut ska ha den här?”, frågar Olice, när de alla litet senare på kvällen sitter i stugan.

Postiljonen drar handen genom skägget. Så börjar han berätta.

”Jo, jag var ute med en ung pojke för ett par år sedan. Det var sommar och fint. Vi fiskade och fick bra fångst. Jag kände den här pojkens far. Han var hövding i en by litet norrut. De är athabasker och ägnar mycket tid åt att handla med skinn. Pojken var väl i femtonårsåldern. Han hade en ovanlig förmåga att hitta fram. Vintern innan hade han börjat hjälpa mig, när jag skulle ta mig i svårframkomlig terräng med posten. Hövdingen såg gärna att pojken fick röra sig utanför byn och se litet mera av världen. Jag hade min egen häst, en annan än den jag har nu. Det var ett fint sto, som jag haft sen hon var ung, och själv ridit in det. Pojken hade sin egen skimmel. En mycket fin häst hade han. Så hade vi då stannat till vid den här älven. Det var mer kanske som en liten bäck, som så småningom, som allt annat här i den här delen av Alaska, tar sig ner till Yukon med tiden.” Han harklar sig och frågar efter något att dricka. Olice serverar dem alla av blåbärssaften hon kokade veckan innan. De dricker ur sina bleckmuggar, och är ivriga att få höra fortsättningen.

”Jo, vi hade gjort fast våra hästar vid ett par träd ett stycke längre bort, och stod och fiskade vid älvstranden med rev och krok. Egentligen var jag ute på ett kortare tjänsteuppdrag och hade postväskan klövjad på hästen, men vi hade fått den där idén om att ta en paus och fiska, och jag hade tänkt att det väl inte kunde vara någon fara för posten att lämna den en stund. Plötsligt så hörde vi ett väldigt gnäggande. Hästarna hade blivit oroliga och jag tänkte på björn, förstås. Han brukade finnas i området. Vi sprang upp från älven och fick se en stor grizzly som gick runt hästarna och brölade. Den hade en unge med sig också. Vi förstod båda, att här var goda råd dyra. Jag sa till pojken att dra sig tillbaka. Sakta och försiktigt lydde han mig. Men hästarna var illa ute. Björnen gick till anfall mot bakhasorna på min häst. Jag hade geväret med mig, förstås och sköt mot den. Men jag bommade på ett oberäknat sätt. Jag råkade nämligen skjuta av repet, som höll fast pojkens häst. Hästen rusade genast mot vattnet, åt det hållet pojken hade gått. Pojken visslade till och hästen reagerade. Han fick stopp på den, så han kunde slänga sig upp på den och rida iväg efter hjälp. Min egen häst var hjälplöst förlorad. Jag fällde björnen, men till min sorg var jag tvungen att avliva även hästen. Den hade blivit för svårt sargad. Som tur var hade postväskorna klarat sig utan att bli skadade.”

Han tar upp sin bleckmugg och tömmer den, höjer den och ser på Olice med den tysta frågan om det finns mera saft. Hon häller upp ur kannan och han tar en klunk till.

”Ja, så stod jag där utan häst, och med en död björnhona. Runt om mig svansade en liten björnunge. Jag satte mig på en sten och bara darrade. Pojken, han hade ridit i ilfart hem till sin by, som bara låg några miles bort. Snart kom han och hövdingen ridande och med sig hade de en löshäst. De satt av och kom fram till mig. Hövdingen hade en flaska whisky med sig som han bjöd av, och aldrig har väl en whisky smakat så gott som då. Till och med godare än blåbärssaft”, säger han och ler ett snett leende mot Olice. ”I alla fall så hämtade jag mig. Jag hade slutat darra, och kunde sitta upp på hästen de hade med sig. Vi red i sakta mak mot byn. Pojken red med björnungen i famnen. Han kunde inte lämna den. Hövdingen hade accepterat hans önskan att ta den med. Det är ju svårt att veta vad man ska göra med en sån där liten stackare, som aldrig skulle ha klarat sig på egen hand utan modern. I alla fall, när vi kom fram till byn, så väntade alla på oss. De jublade över att allt hade gått bra. Pojkens mor kom fram till mig och hälsade. Hövdingen omfamnade mig och sa att jag nu var hans bror och om jag accepterade, skulle jag se mig hedersmedlem av hans stam. Han sa sig vara djupt imponerad av att jag var en sån mästare att skjuta, och bad mig lära hans son att hantera skjutvapen, som den mästare jag var.

Det slutade med att han gav mig den här fantastiska hästen som gåva. Den som jag nu rider. Den enda svaghet jag märkt hos den är att den verkar vara ovanligt känslig för mygg och vilt.”

”Hur länge sedan hände detta?”, undrar Olice.

”Det är två år sedan nu. Och den här hästen är min bästa vän sedan dess.”

”Vad hände med björnungen?”, frågar Arvid.

”Jo, pojken och de andra barnen lekte med den hela den första sommaren. Den var som en liten hund. Den sov hos pojken om nätterna. Men den växte förstås, och nu är den fullstor. Det innebär väldigt stor, ska ni veta. Pojken har ju också vuxit till sig, förstås. De har björnen kedjad vid ett träd, och det verkar vara bara pojken som kan gå fram till den och ge den mat. Frågan är ju vad de ska göra med den. Hur ska de kunna ha en björn kedjad i all evighet inne i byn, kan man fråga sig. Ett tag kände den igen mig när jag kom dit. När jag senast kom dit, rusade den mot mig så långt kedjan räckte. Men man står inte gärna kvar när en grizzlybjörn rusar mot en, och väntar på att få veta om den känner igen en eller ej, som ni förstår."

"Det var då en märkvärdig historia", säger Arvid. Pedersen och Olice instämmer.

"Har ni råkat ut för björn?", undrar Postiljonen.

"Om vi har", säger Pedersen och berättar inlevelsefullt om björnäventyret på väg till Bonanza river. Postiljonen lyssnar och säger till sist, att det var då också en björnhistoria som inte är berättad förgäves.

Pedersen sitter uppe en stund sedan de andra lagt sig. Han öppnar brevet, läser det och sitter kvar en stund och läser det igen, innan han stoppar in det i kuvertet och lägger tillbaka det på bordet.

Nästa morgon vid frukostgröten frågar Olice om Pedersen hade fått några intressanta nyheter med sitt brev.

"Det var från Mr. Hamilton. Han är på resa i trakterna och vill komma hit och hälsa på."

"Då kan han ju få jobba för oss med vaskandet, så får han trettio procent av vinsten och vi tar resten", säger Olice och blinkar.

"Yes, absolut", skrattar Arvid. "Så sätter vi oss och rullar tummarna och håvar in vinsten under tiden. Skriver han när han beräknar komma?"

"Det kan nog bli endera dagen den här veckan", svarar Pedersen.

"Då ska jag ta och plocka litet mer blåbär och göra saft, så vi har något läskande att dricka", säger Olice. "Och så gör jag litet sylt som vi kan muntra upp gröten med."

Kapitel 85

Mr. Hamilton kommer vandrande tidigt en fredagkväll tillsammans med två huskies. Det är fina hundar som ser välnärda och friska ut. Han ställer av sig ryggsäcken och sträcker på sig.

”Välkommen hit!”, säger Pedersen och går fram till honom. De dunkar varandra i ryggen och skrattar.

Arvid och han tar i hand, och Arvid hälsar honom välkommen.

Olice kommer också ut och hälsar.

”Så här har vi den vackra Olice”, säger Hamilton och ler.

”Och här kommer Mr. Hamilton och hälsar på vid våra inmutningar”, svarar hon och ler tillbaka. Han skakar roat på huvudet.

”Den här unga damen är inte tappad bakom en kärra”, säger han till Pedersen och Arvid.

”Jag har plockat blåbär”, säger Olice. ”Jag ska hämta litet saft. Mr. Hamilton är säkert törstig efter vandringen.” Hon går in i stugan och kommer ut igen med en kanna saft och bleckmuggar.

”Hur lång vandring har det blivit idag?”, undrar Arvid.

”Jag har väl gått ett antal miles sedan i morse”, svarar Mr. Hamilton. ”Terrängen är ju inte helt enkel att ta sig fram i. Jag missade nog en avtagsstig, så det blev längre än jag tänkt.” Han tar upp stegmätaren och läser av den.

”Ja, jag har gått drygt trettiotusen steg, säger den här.” Han tittar upp och säger till Olice att det var den bästa blåbärssaft han druckit på flera år.

”Min salig hustru brukade göra så god saft, att jag aldrig trodde jag skulle få smaka något så gott igen, men nu tycker jag ändå att jag smakat blåbärssaft igen som förtjänar lika många stjärnor i min bok.”

Alla skrattar och Olice rodnar lätt och tittar ner.

”Arvid och jag ska göra iordning middag”, säger hon och nickar åt Arvid.

"Och jag ska bjuda vår gäst på en stadig whisky under tiden", säger Pedersen.

Arvid blir förvånad, men följer ändå med in i köket. Han har hittat Karl Johanssvamp i skogen, och det blir en delikat gryta med älgstek och svampsås.

"Varför ville du att jag skulle vara med och laga maten?", frågar han.

"Det är ju faktiskt du som har plockat svampen", svar hon. "Och du och jag gör ju alltid bra saker tillsammans."

Arvid steker den rensade svampen. Han slår på mjölkpulver och vatten, gör en redning och kryddar.

"Sådär", säger han och ställer pannan åt sidan. "Jag dukar fram, så kan du kanske göra steken."

"Visst", säger hon kort.

Han går ut ur stugan och ner till vattnet. Han känner sig obekväm med att vara i köket med Olice. På hennes plötsliga infall. Myggen är besvärlig så här dags i kvällningen. Han har visserligen vant sig, men nu stör de honom.

"Maten är klar", ropar Olice en stund senare. Männen går in i stugan och sätter sig ner vid bordet där allt är serverat.

"Älgsteken är sedan i måndags", säger hon när de bänkat sig kring bordet. "Jag hoppas den ska smaka. Tillredd efter mitt bästa recept."

"Och svampen är nyplockad idag", tillägger Arvid. "Också tillredd efter mitt bästa recept."

De skrattar tillsammans.

"Detta var en fantastisk måltid", säger Mr. Hamilton efter maten. "Och blåbärspajen smakade precis som blåbärspaj ska."

Mr. Hamilton stannar kvar i tre dagar. Han och Pedersen har mycket att tala om. Efter middagen den andra dagen ber Hamilton att Olice ska följa med honom och visa sina inmutningar. De går iväg på stigen längs vattnet och det dröjer en god stund innan de är tillbaka.

När de kommer tillbaka går Mr. Hamilton in, men Olice stannar kvar ute. Hon går och sätter sig på bänken utanför rian. Männen sitter en stund inne och pratar. De och skämtar och berättar historier.

”Vad hände med Olice, eftersom hon inte är här med oss?”, säger Arvid efter en stund. Det känns konstigt, att de sitter på varsitt håll.

”Ja, inte vet jag, vad som hände”, säger Mr. Hamilton. ”Men jag tog tillfället i akt att fråga henne om hon skulle vilja gifta sig med mig. Som ni nog vet hade jag frågat henne vid ett tillfälle tidigare, men då sa hon blankt nej. Men jag har tänkt mycket på henne, och skulle gärna se henne som min fru. Så jag tänkte, att jag frågar, det må bära eller brista.”

”Då kan man förstå att hon behöver vara för sig själv en stund”, säger Arvid. Han öppnar dörren och ser att hon sitter på bänken under rian.

”Ska du inte komma in, Olice?”, säger Arvid.

”Jo, jag kommer”, säger hon och reser sig och kommer med in.

De andra säger, att det är dags att gå till sängs.

När Arvid lagt sig för natten ligger han och tänker. Han är fylld av motstridiga känslor. Å ena sidan känner han sig arg på Mr. Hamilton som tror att han bara kan komma hit och ta för sig. Å andra sidan är det ju uppenbart så, att Olice gärna vill ha hem och barn. Det vet han ju. Men han vill inte mista sin bästa vän. Och det kommer han att göra om hon säger ja till Mr. Hamilton. Och Pedersen, vad pratar Hamilton om med honom? Det dröjer innan han somnar. Och när han väl somnat drömmer han, att Hamilton kommer ridande på en stor vit häst. Han öppnar munnen i ett leende och grinar med stora huggtänder. Arvid vaknar och sätter sig upp. De andra snusar och snarkar. Han smyger sig ut.

Klockan är två. När han kommer ut upptäcker han att Olice sitter på trappan. Han sätter sig bredvid henne.

”Kan du inte heller sova?”, säger han.

”Nej, inte du heller? Vet du, att Mr. Hamilton friade till mig igår kväll på promenaden.”

”Han berättade det, när jag frågade var du blivit av. Så nu kan du inte sova för du ligger och tänker på vad du ska svara.”

”Ja, det är väl inte så konstigt?”

”Inte alls. Själv drömde jag att jag såg honom komma ridande på en vit häst, och han hade huggtänder när han log.”

”Hästen?” De fnissar båda till. ”Tror du Mr. Hamilton har huggtänder?”, frågar hon.

”Vet inte. Han är nog inte den som låter folk sätta sig på honom. Men hur det skulle vara att vara gift med honom...., det har jag ingen aning om. Jag vill ju inte mista dig. Men jag vill inte gifta mig heller. Och jag vet ju att du vill ha hem och barn. Med Mr. Hamilton skulle du få ett fint hem. Och höns kunde du ha på gården....”

”Hönsen kanske skulle vara det minsta problemet.”

”Pedersen har ju känt honom länge, vad jag förstår, och har stor respekt för honom. Och så var det ju också med den där skepparen vi besökte Mr. Hamilton med. Men Olice, är det viktigt för dig att vara kär i den du gifter dig med? Jag tror att för min del skulle det nog vara det.”

”Jag vet inte riktigt om jag har råd att tänka så. Mr. Hamilton är nog ett gott parti som skulle ge mig trygg trivsamhet. Och vad har jag som kvinna att se fram mot här? Och vart skulle jag resa, om jag skulle resa hem till Norge? Jag har ju lämnat mitt hemland en gång, och ingenting kommer nog att vara sig likt om jag skulle återvända. Vem skulle vara intresserad av att höra vad jag har haft för mig i Amerika under sju års tid? Ingen.”

”Det vet du ju inte. Men du har fått en friare, och du måste svara. När?”

”Han reser vidare västerut imorgon, och han kommer vägen förbi här om två veckor. Då vill han ha svar från mig, och om jag säger ja, vill han att jag ska följa med honom till Fort Yukon, och där det finns en präst som kan viga oss. Och sedan skulle vi i så fall resa vidare hem till honom.”

”Och då kan du skaffa höns.”

”Då kan jag skaffa höns.”

”Och odla spenat.”

De blir tysta.

”Om du gifter dig med honom, kommer det att bli väldigt tomt här efter dig”, säger Arvid. ”Då mister jag min bästa vän.”

”Om jag gifter mig med honom, kommer du ändå att vara min bästa vän.”

”Du kommer att äga en massa claims. Fast vi kommer ju inte att ses.”

”Nej. Någon enstaka gång, kanske. Och per brev i så fall.”

”Välj det som du tror blir bäst för dig på sikt, Olice. Stannar du här för min skull, så kommer du nog att ångra dig.” De blir tysta en lång stund.

”Se så fint solen lyser genom björkarna så här tidigt på dagen”, säger Arvid.

”Så här sent på natten”, menar du. ”Nu går vi och lägger oss och sover några timmar. Sov gott Arvid, och dröm bara vackra drömmar.”

Han ger henne en kyss på håret innan han reser sig och går. En ömhet smyger sig fram inom honom.

”God natt, Olice!”

Kapitel 86

Stämningen i den lilla gruppen är inte som vanligt de följande två veckorna. Olice går mycket för sig själv och tänker. Pedersen berättar, att Mr. Hamilton vill att han ska komma till en av hans claims längre västerut, när sommaren är över. Arvid vet inte vad han ska tänka. Visserligen finns det andra litet längre bort i Richmond, som han kunde jobba ihop med. För det där med att arbeta helt ensam är ingenting för honom. Han har ju sett hur det gick för Anton. Man behöver vara flera för att klara vintern. Det är visserligen underbart att vandra omkring ensam i de stora skogarna när det är sommar. Lyssna till bäckarna och fåglarna, fånga en lax eller två, vaska guld och skjuta villebråd i skogen. Men att inte ha några vänner i närheten, är inget han längtar efter.

Mr. Hamilton är tillbaka som beräknat. Hundarna skäller och hans hundar svarar. Han kommer gående på stigen mellan björkarna. Den här gången har han inte vandrat så långt, utan ser glad och alert ut. Han hälsar på dem. Olice först.

Han ser frågande på henne. Hon nickar och ler. Arvid vet, att hon bestämt sig för att säga ja till Mr. Hamilton. Hon berättade det för honom dagen innan. Så det är ingen överraskning, men han känner vemod. Litet som när han reste iväg till Amerika och skulle ta farväl av Andrietta. Hur ska det bli för henne?

Han känner sig i alla fall nöjd med att inte ha försökt hålla Olice kvar, utan att det är hennes eget val att ge sig av. De senaste veckorna har han arbetat på att tälja en liten skål av trä från en björkknota. Ifall hon skulle säga ja till frieriet skulle hon få den som avskedspresent, hade han tänkt. Ojämnheterna i skålen följer knotans egna former. Han har putsat och filat och fått fram en djup trälyster genom att olja in den. Den är vacker.

Den sista kvällen innan avfärd, sitter Olice och Arvid på bänken vid rian.

De är tysta, för de har inte så mycket mer att säga.

"Jag har en avskedsgåva till dig", säger han så, och tar fram den bruna papperspåsen och ger henne. Hon ser förvånad ut, men tar emot den och öppnar.

”Åh, Arvid, en sån vacker skål”, säger hon och luktar på den. ”Den luktar björk. Är den från den där björken med knotor, därnere vid min claim?”

Han nickar.

”Den ska jag ha och lägga fina saker i, och tänka på dig.”

”Du ska få de här fröna också”, säger han och räcker henne en liten träask. ”De behöver någon som är bofast och bryr sig om dem. Det är sommarblommor från Sverige, som min syster skickade med mig.”

Arvid känner en klump i halsen. Han harklar sig.

”Hoppas du ska ha det bra. Vi får brevväxla.”

”Du ska få en sak av mig också”, säger hon.

Hon går och hämtar ett par ullsockor och ger honom.

”De här har jag stickat till dig. Jag fick ju ullsockor av dig när det var som värst, som du minns. De värmer även när de blir våta, som du vet.”

”Så fina!”, säger han och stryker över dem. Hon har stickat i ullgarn. Sockorna är mörkt grå, och på skaften har hon stickat ett mönster i vitt och ljusare grått. Mönstret består av stickade kryss i vitt upptill och nertill, och mellan dem kvadrater i vitt och ljust grått. Det ser mycket komplicerat ut, men harmoniskt och vackert. ”Jag visste inte att du kunde sticka så vackra mönster. Trodde bara du kunde sticka grytlappar.”

”De har mönster från Geiranger i Norge, där jag kommer ifrån. Så tänk på mig när du blir varm i dem.”

Det är en måndag morgon när Mr. Hamilton och Olice ger sig av. Det regnar och blåser, och för Arvid passar vädret bra. Vem skulle vilja ha solsken en sådan dag?

Han och Pedersen går till arbetet med att vaska och arbeta med guldvaggan.

De får några små guldkorn som glittrar i pannan. Det är alltid en inbjudan till ett leende. Det är en rik åder. Inmutningen har han tur med. Efterhand blir guldskatten tung i skinnpåsen. Hamilton hade sagt, att banken i Fort Yukon är pålitlig, så det blir där han i första hand ska lämna in sitt guld när sommaren är slut. Men vad ska han göra sedan?

Det känns tråkigt att det bara är han och Pedersen kvar. Och vad ska Arvid göra när Pedersen ger sig av? Han kan förstås ge sig av västerut han också, men det här med att söka sitt eget guld är ändå väldigt mycket mer spännande.

Kapitel 87

Hösten 1911 återvänder Arvid till Fairbanks. Han har valt att komma tillbaka dit, trots att de inte behandlades särskilt väl, när de senast var där. Förmannen är densamma som tidigare.

”Jag känner igen dig”, säger han, när Arvid kommer in på kontoret och frågar om jobb. ”När du var här senast var du och din kamrat i sällskap med en kvinna. Men ni gick bara er väg. Och ändå kommer du tillbaka och vill ha anställning här.”

”Det ena behöver väl inte hindra det andra”, säger Arvid. ”Jag behöver jobb, och jag har förstått att det här är ett bra ställe. Resten är historia.”

Arvid får anställning över vintern. Här använder man det nya systemet att tina upp jorden med vattenånga. Då man kan lättare gräva fram gruset och lägga upp det i väldiga högar, som sedan ska vaskas igenom när sommaren kommer med tillgång till vatten.

De är ett tjugotal arbetare som finns på plats. Det är ett tungt arbete att gräva och lasta på gruset på vagnar som går fram till den stora vaskmaskinen. När kvällen kommer är Arvid och de andra trötta och somnar ofta tidigt.

Snön har kommit tidigt, och de varma vinterkläderna måste till för att klara kylan. Pälsen och pälsmössan, de varma handskarna och mukluksen. Varje morgon sätter han på sig sina fina ullstrumpor med mönster från Geiranger. Och tänker på Olice. Han undrar ibland på om hon ser på skålen hon fick av honom. Och om hon tänker på honom.

Boendet som företaget ställer till förfogande är ganska bra. Arvid är nöjd med att det går att laga litet mat på spisen om kvällen, baka bröd i ugnen ibland, och att det är skaplig värme i rummet han delar med tre holländare. De förstår varandra relativt bra, men när holländarna pratar med varandra, fattar Arvid ingenting. Men spela kort kan man ju alltid göra. Det blir många kvällar med poker. Han kan känna sig litet ensam emellanåt, när de pratar holländska och han inte kan följa med i samtalet. Han känner sig också nedstämd, när han tänker på att han förlorat kontakten med vännerna han varit tillsammans med under flera år. Pedersen arbetade han länge tillsammans med. Men han kan inte säga att han saknar honom, för de blev aldrig riktigt nära vänner. Det är bara litet tomt. Men Olice saknar han. Och att han blev ovän med Gunnar var ju inte så roligt. Men vad skulle han ha gjort annorlunda? Och Rickard, var kan han finnas nu? Det känns svårt att tänka på att Anton är död. Så tänker han på Viktor, som inte har svarat på de brev han skrivit till honom. Vart har han tagit vägen? Och Andrietta och hennes familj. I vår blir det sju år sedan han gav sig hemifrån. Hittills är han nöjd med det han har lyckats skrapa ihop av guld. Han är inte direkt rik, men nog skulle det räcka till en båtresa till Sverige, om han skulle vilja det. Kanske åka hem och hälsa på. Det vore ju roligt att träffa Andrietta och barnen, och se hur de har det. De minsta har han ju inte ens träffat. Men hon har berättat så varmt om dem. Kanske borde han också besöka föräldrarnas grav vid Västanfors kyrka. Varför han nu skulle göra det. Men det kanske ändå vore redigt av honom att lägga en blomma på graven, när han nu inte kunde vara med på Fars begravning.

Han tänker på fickuret i västfickan. Han är övertygad om att Pedersen haft rätt, när han sa, att klockor lever sitt eget liv och kan stanna exakt när någon nära dör. Han har räknat ut att klockan stannade just i det ögonblick när fadern dog. Sedan dess har ju klockan gått som den ska.

På kvällarna innan han somnar går tankarna i samma banor. Kanske man skulle ta sig hem till Sverige och vara där ett tag. Inget skulle väl hindra honom från att komma tillbaka till Amerika, om han skulle vilja det. Pengarna skulle absolut räcka också till en returbiljett.

I arbetslaget i Fairbanks finns en norrman som har rest runt mycket i Alaska och Klondyke. Han har berättat att det finns guld också litet längre söderut.

Kanske kunde det vara idé att söka sig åt det hållet, tänker Arvid. Komma litet närmare kusten. Kanske sedan ta en båt via Skagway och vidare till Seattle och sedan tåg österut till Boston. Eller varför inte New York? Men först undersöka möjligheterna att fylla på med guld. Vaska litet på måfå och kanske hitta något.

Han lämnar Fairbanks och börjar ta sig söderut. Han vandrar genom milsvida skogar, vaskar i bäckar som han råkar hitta, och får ett och annat guldkorn i vaskpannan. Så småningom reser han med båt tills han når öarna i söder.

I juni 1912 stiger han på en båt till Skagway. Det är en oändligt vacker resa med hav och de höga snöklädda bergen i norr. Han stannar några dagar i Skagway i väntan på en båt mot Seattle. Därifrån ska han resa med tåg till New York och vidare med atlantångare till Göteborg via England.

Nu har han råd att resa i första klass om han vill, men han väljer andra klass. Han vet att guld inte växer på träd.

Båten avgår från Skagway på eftermiddagen. Han stiger ombord med sin resväska. Den som han har haft hela tiden, i ljust skinn och bälg och remmar. Litet medfaren har den blivit. Men bra kvalitet håller ju, tänker han. Axelremsväskan har han också fortfarande med sig.

En vänlig ung man i sjömansuniform visar honom till hans hytt. Det är en tvåbäddshytt, så antagligen ska det komma ytterligare en passagerare. Arvid får en liten broschyr där han kan läsa om hur båten ser ut. Den liknar mycket de båtar han rest med tidigare. Han är hungrig så han börjar med att orientera sig om var matsalen ligger på den här båten, och när middag ska serveras.

På slaget sex står han utanför matsalen. När dörrarna öppnas får han gå fram till en liten disk för att få bordsnummer. Kvinnan bakom disken ler mot honom och ger honom bord nummer tre.

Han letar sig fram till bord nummer tre. Det är ett fönsterbord dukat med vit duk och vackert porslin. Han undrar om han kommit till rätt matsal. Ska detta verkligen vara matsal för passagerare i andra klass? Tänk om han kommit fel?

Men i så fall tänker han ändå sitta kvar. Han är mycket hungrig. Och den unga kvinnan vid disken är mycket vacker. Han sitter visserligen vid fönsterbord med betagande utsikt, men han kan inte låta bli att se på henne, som står där borta vid disken och visar alla vilket bord de ska sitta vid. När matsalen är full, lämnar hon platsen vid disken och börjar servera tillsammans med fyra andra servitriser. Tyvärr serverar hon inte i raden där hans bord står. En annan servitris serverar honom. Dagens rätt är kyckling med ris och en mycket god sås. Hon frågar vad han vill dricka. Han svarar att han vill ha öl.

”Har ni Coldfoot?”, frågar han.

”Coldfoot?.” Hon verkar konfunderad.

”Jag ska fråga”, säger hon och går fram till kvinnan som stått vid disken.

Hon kommer fram till honom. Verkar vara någon slags chef, tänker han.

”Jag förstod att det önskades en Coldfoot”, säger hon.

”Ja, om det finns.”

”Jag har bara mött ett par män som frågat efter Coldfoot, och de hade druckit det uppe i Klondyke någonstans. Stämmer det?”

”Om de druckit det i Klondyke, vet inte jag, men jag har druckit det i Dawson City.” Han kan inte låta bli att se på den långa, ljusa, ostyriga hårslingan som letat sig ut ur den uppsatta frisyren. Den hänger ner över ena ögat. Hennes leende är varmt och de grönggrå ögonen blir som glada springor när hon ler med sin breda mun. Han lägger märke till att hon har vackra, jämna tänder.

”Tyvärr har vi inte Coldfoot. Men vi har ett öl här som kanske kan vara liknande i smaken. Det tillverkas i Skagway, och brukar tilltala folk som druckit Coldfoot”

”Då prövar jag gärna det”, svarar han och ler.

Hon går och hämtar ölen, öppnar den och serverar honom. Det skummar.

”Ölen skummar bara en gång”, ler hon. Han tycker att hon har en svensk accent när hon pratar. Amerikanerna brukar ju ha tjocka t när de pratar. Men det har inte hon.

Hon går vidare och serverar vid sina bord. Arvid serveras av någon annan.

Han sitter kvar länge. Han säger till sig själv, att han ju inte kan sitta här hela kvällen och glo på en kvinna. Men ändå reser han sig inte. Han kommer på att han vill ha en öl till av samma sort, och ger ett tecken till henne. Just då är hans servitris någon annanstans, så det är den vackra som kommer till honom och tar upp beställningen och serverar.

”Den här skummar också fint”, säger han och ler.

”Ölen skummar bara en gång”, säger hon. På svenska.

”Så fröken är svensk?”, säger han.

”Ja, från Västanfors i Västmanland.”

”Själv kommer jag från Fagerstatrakten.”

”Var då?”, frågar hon.

”Jag är uppvuxen i Älgsjöbo.”

”Det vet jag var det är. En granne till oss bodde i Dalvik. Men nu får jag gå vidare i arbetet. Roligt att möta en västmanlänning.”

När han är nästan sist kvar i restaurangen tar han sig äntligen samman och går ut.

Kapitel 88

Han finner att han fått en kamrat i hytten.

”Good evening”, säger en äldre svart man, som kvickt reser sig ur kojen och räcker fram handen. Han är smärt och klädd i en vit skjorta och svarta byxor. Arvid tar hans hand och de presenterar sig för varandra. Mannen heter Martin. Han är kommer från Georgia, men har bott länge i Kalifornien, tagit sig vidare upp till Nome och ska nu ta sig till New York för att se den stora staden.

Arvid berättar att han kommer från Sverige, och har vaskat guld både i Alaska och Kanada. Han berättar om vännerna han rest med och hur han nu reser ensam tillbaka till Sverige för att hälsa på.

”Så du har varit i Nome”, säger Arvid. ”Berätta!”

”Jag kom dit med båt när jag hörde om guldet där. Vi var massor med folk ombord på båtarna. En del åkte i båtar som knappt var sjövärdiga. Alla skulle dit. Och alla ville ha sin del av kakan. Inte minst båtägare. Jag hade ju varit i Kalifornien. Dit kom jag för sent för att vara med i ruschen där. Men i Nome hade jag bättre lycka. Jag lyckades få en del claims, som var rika. Du vet, när vi kom till Nome med båten då 1900, då fick man en meter av havsstranden och kunde gräva fram guldgrus med spadar. Oj, vad det grävdes. Kvinnor och barn kom och grävde. Kvinnornas kjolar hängde tunga och blöta av allt grävande i vattenbrynet, och inte ett par skor var torra. Men alla hittade guld. Allting fanns i Nome då. Det var barer och hotell, bank och post, musik och dans, hästar och hundar. Och massor av folk, som sagt. Vilket liv!”

”Så hur länge stannade du där?”

”Jag var där i fyra år. Drog mig sen inåt landet på Sewardhalvön i väst. Där fanns det ju också många guldfyndigheter. Men sedan hörde vi att man hittat en ny plats med guld, och det var i trakten av Iditarod. Så jag tog mig dit när det blev vinter och man kunde ta sig fram med slädar och hundar, du vet. Dit hade då plötsligt alla flyttat från Nome. Danspalatsen, flickorna, bankerna, hotellen, you name it. Det var många jag kände igen från Nome. Och alla kände väl igen mig eftersom det inte fanns så många svarta där. Enda gången jag såg en svart man, var när jag såg mig själv i spegeln i ett hotellrum.”

De sitter länge och samtalar, innan det blir natt också för dem. Nästa morgon går de gemensamt till frukost. Nu är det inga bestämda bord att sitta vid, så man väljer fritt.

Martin och Arvid sitter ner tillsammans. De har mycket att fortsätta prata om. Det kommer hela tiden nya frågor och reflektioner och berättelser.

”Vänd dig inte om”, säger Martin, ”men jag ser att det står en mycket vacker ung servitris vid det bortre fönstret. Hon pratar med en annan servitris, och den vackraste nickar åt vår håll. Antingen pratar de om mig för att de så sällan ser en svart människa här i trakterna, eller också är det dig de pratar om.”

Arvid vänder sig om och gör ett tecken att han önskar få hjälp. Den vackra kommer genast.

”God morgon!”, säger hon leende. ”Vad önskar herrarna?”

”Jag undrar om det finns litet mera mjölk till gröten”, säger han på svenska.

”Naturligtvis.” Hon tar den tomma kannan och går iväg. Arvid följer henne med blicken. Hon rör sig mjukt och snabbt. Han tittar på hennes ben, han ser på hennes midja och håret som nu är strängt uppsatt i frisyr. Inga lösa slingor så här tidigt på dagen. Han kan inte slita blicken från henne.

”Hey man!”, skrattar Martin. ”Något intressant i kikaren, kanske?”

Arvid återvänder.
”Är hon inte fantastiskt vacker, den där servitrisen?”, säger Arvid. Han känner att han rodnar litet.

Hon kommer tillbaka med en fylld mjölktillbringare. Arvid möter hennes blick. Det glimtar till i hennes grågröna ögon.

”Den här mjölken är redan skummad”, säger hon.

”Då kanske man får vispgrädde till efterrätten ikväll?”

”Vem vet?”, säger hon och blinkar snabbt med ena ögat. ”Önskar er en fin dag på sjön!”, säger hon sedan på engelska och nickar också till Martin.

Kapitel 89

De får en härlig tur på havet de närmaste dagarna. Den vackra servitrisen från Västanfors i Fagersta är hela tiden i Arvids tankar. Den där hårslingan. Den där glimten i de grågröna ögonen, hennes sätt att gå. Ibland ser han henne i matsalen. Men hon verkar mycket upptagen. Hon nickar bara vänligt till honom.

Sista kvällen går han fram till henne och ger henne en lapp. På den har han skrivit en fråga om hon kan tänka sig att träffa honom, när hon slutar arbetet för kvällen. Hon tar emot lappen utan att titta på den och stoppar den i förklädesfickan. Hon ger honom ett stort leende och går iväg.

När restaurangen har stängt för kvällen står Arvid utanför ingången och väntar. Flera av de servitriser han sett under resan kommer ut, men inte hon. Han börjar undra om han missat henne, eller om det finns någon annan dörr. Eller om hon glömt att läsa hans lapp. Eller om hon inte vill träffa honom. Äntligen kommer hon. Hon har håret stramt uppsatt, och har tagit av sig det vita förklädet som hon burit över den svarta klänningen.

”God kväll”, säger Arvid och räcker fram handen.

”God kväll”, svarar hon och tar hans hand. ”Jag kunde inte motstå hälsningen på lappen. Intressant att möta någon från hemtrakterna.”

”Jag tänkte just samma sak”, säger Arvid, och stryker med handen över mustaschen.

”Kan vi sätta oss någonstans och prata?”, fortsätter han. ”Ute går ju inte, det är alldeles för kallt.”

”Det finns ett rum för personalen, som nog är tomt så här sent”, säger hon. ”Vi kan sätta oss där.” Hon tar honom med sig till däcket längre ner och öppnar dörren till ett rum som är möblerat med enkla små fåtöljer och några runda bord.

”Jag ska hämta något att dricka”, säger hon och försvinner iväg. Hon återvänder med två glas och öl av samma märke som han drack första kvällen.

”Jag heter Elin Jansson. Vi i personalen får egentligen inte umgås med gästerna, men på eget bevåg kan jag inte låta bli att sitta ner och prata litet med någon som kommer från Fagersta.”

”Jag heter Carl Arvid Bergman. Kallas för Arvid.”

”Vad var det som fick dig att komma till Amerika? För vi får väl säga du när vi båda kommer från Fagersta.”

”Jag tänkte nog inte i första hand att bli guldgrävare, utan bli amerikan, som så många andra i Sverige. Men det var tillfälligheter som gjorde att jag sökte mig upp mot guldområdena, och det har jag inte ångrat. Guldfeber är kronisk när man väl smittats av den.”

”Jag har förstått att det är en farlig sjuka”, säger hon och tar en stor klunk öl. Han lyfter sitt glas och höjer det mot henne och dricker. Skummet fastnar i mustaschen, och han torkar bort det med baksidan av handen.

”Ja, men du då? Har du arbetat länge på båt?”

”Jag har varit här sedan i somras. Jag reste från Sverige med en svensk familj och arbetade som barnpiga hos dem ett tag utanför Seattle, innan jag fick jobbet här på båten.”

”Då har du alltså varit här nästan ett år. Själv var jag här i sju år innan jag började längta efter Sverige. Så nu är jag på väg hem till min syster och hennes familj i Elgsjöbo. Men du vet, äventyret i de milsvida skogarna och guldet som glimmar i bäckarna. Det är svårt att slita sig från det”, säger han.

”Jag tänker nog att jag ska återvända hem, ganska snart. Nu har jag tjänat rätt bra med pengar. En del har jag skickat hem till Mor. En del har jag satt in på banken här.”

”Du skickar pengar hem till din mor. Är ni flera i familjen?”

”Det var bara Mor och jag kvar hemma. Min far och min storebror Ejnar är döda och min lillebror Otto hade flyttat till Nora.”

”Vad tycker du om Amerika då?”

”Det är väldigt intressant och bra mycket bättre betalt än hemma. Det är ett vackert land.”

”Jag håller med om att det är vackert. Och kallt vintrarna igenom. Nio månader vinter, och tre månader kallt, som man säger där i norr. Men skål!”

De lyfter glasen och skålar.

”Jag är egentligen godtemplare, men en öl tycker jag inte kan skada. Starkare varor lämnar jag åt andra, däremot.”

Han kan inte låta bli att fästa sig vid att hon hela tiden försöker få ordning på den där hårlocken som vill hänga ner över ögat.

”Har du alltid håret uppsatt?”

”Alltid när jag är i tjänst. Men jag har så ostyrigt hår, så det vill bara loss hela tiden.”

”Låt det vara loss, då, nu när vi sitter här i alla fall”, ber han.

Hon ser allvarligt på honom. Så ler hon, och börjar ta loss hårnålarna en efter en. Till sist skakar hon på huvudet, så håret blir ett enda burr. Hon skrattar.

”Vänta! Här är en lock som inte riktigt vill komma loss.”

Han sträcker sig mot henne och tar försiktigt tag i en slinga som sitter fast bakom örat. Han känner en öm värme pirra i hela kroppen.

”Du har ett vackert litet öra.”

”Du, nu var det ju locken du skulle få ordning på.” Hon skakar loss håret igen och lutar huvudet bakåt. ”Berätta om dina planer!”

”Jag tänker mig att jag ska tillbaka upp till Fairbanks igen, när jag varit hemma och hälsat på. Jag vet var det finns guld att få. Och jag kan få anställning där igen med god förtjänst. Mer än tre dollar om dagen. Kanske ger jag mig också ut i vildmarken och försöker mig på att hitta egna claims. Ingenting går upp mot att hitta guld på egen inmutning.”

”Jaså, du, ingenting går upp mot det.” Hon häller upp resten av ölen i glasen. ”Skål då i alla fall!”

Plötsligt öppnas dörren. En elegant man i vit skjorta med fluga, svart väst och svarta byxor kommer in.

”Vad är det jag ser?!”, säger han ilsket. ”En av mina servitriser kurtiserar en gäst! Vet hon inte att det är förbjudet för personalen att umgås med passagerarna!"

Elin rycker till och reser sig och drar rätt kjolen. Arvid sitter kvar. Han vet inte riktigt vad han ska göra, när stämningen så abrupt förändrats. Det varma och mjuka försvann som genom ett trollslag, och han känner sig som när han var liten och far skulle ge honom stryk för något han gjort.

"Jag ber om ursäkt", säger hon och stryker håret bakåt så gott det går. "Men låt mig presentera min fästman för chefen. Detta är Carl Arvid Bergman från Sverige. Vi är förlovade. Jag visste inte att man inte fick träffa anhöriga."

När han hör henne säga så, känner han sig inte längre som en liten pojke som ska få stryk, utan som någon värd respekt. Han reser på sig, slår ihop klackarna, hälsar i hand och bockar.

"Jag skulle kanske ha presenterat mig redan när jag gick ombord, men det är inte så lätt att veta vad som är god sed i detta sammanhang. Elin och jag kommer båda från samma ort i Sverige."

Chefen lugnar ner sig och slår sig ner i en fåtölj vid ett annat bord. Han har med sig en flaska vin och två vinglas.

"Nåja", säger han. "Förlovade par måste givetvis få träffas ombord. Men jag vill hållas informerad när så är fallet."

"Vi ska inte störa chefen med att sitta här", säger Elin och tar med flaskorna och glasen och de går ut ur rummet. När de stängt dörren tittar de på varandra och börjar fnissa.

"Kom så går vi till matsalen. Det är tomt där nu." I trappan upp möter de en mycket stilig dam. Hon är uppklädd i en vacker röd klänning, har tunga guldörhängen och bär ett vackert guldhalsband om halsen.

De nickar till varandra.

Väl inne i matsalen sätter de sig mitt emot varandra vid ett fönsterbord.

"Damen vi mötte skulle säkert dricka ur det andra vinglaset vid chefens bord", säger Elin. "Och hon är inte hans fru, det vet jag. Frun och två barn var med på förra resan."

"Aha, då gäller det att hålla på polityren, när personalen upptäcker vad som pågår."

Det blir tyst en liten stund. Hon hämtar två öl till och häller upp.

”Så här sitter vi plötsligt och är förlovade med varann”, säger Arvid och ler spjuveraktigt.

”Ja, i alla fall har jag inbillat chefen det. Och du hjälpte villigt till, Carl Arvid Bergman! Så nu tror han det. Men om vi också tror på det, så är det väl tidernas snabbaste förlovning, eller?”

”Tycker du att vi är förlovade?” Arvid sväljer. ”Elin, från det att jag såg dig när jag gick in i matsalen den första kvällen, har jag inte kunnat sluta tänka på dig. Du är det vackraste jag sett. Skulle du kunna tänka dig att vara förlovad med mig på riktigt?”

”Carl Arvid, du är väl lika tokig som jag. Men hittills har jag inte upptäckt något som skulle få mig att säga nej. Du verkar snäll och trevlig. Och man får inte sår i ögonen av att se på dig. Det är förstås en fråga om jag skulle kunna konkurrera med guldet. Men jag chansar och säger ja.”

De sträcker sig båda över bordet och nuddar varandras läppar.

”Kom nu, så ska du få en kyss som du inte glömmer!”, säger Arvid och går runt bordet och kysser henne länge.

”Hur skulle jag glömma den kyssen....”, mumlar hon.

De sätter sig igen. Bredvid varandra. Han håller armen om henne.

”Imorgon när vi kommer fram till Seattle, vad ska du göra då?”, frågar han henne.

”Jag ska gå tillbaka till Skagway med båten i övermorgon. Så jag ska stanna i Seattle över natten.”

”Jag vet ett bra hotell där vi kan övernatta. Jag har också tänkt åka vidare i övermorgon.”

”Vad är klockan?”, säger hon plötsligt.

Arvid tar upp sin klocka ur fickan.

”Halv ett.”

”Jag börjar mitt frukostpass klockan sex, så jag måste nog gå och sova nu.”

”Trist det här med sömn”, säger han och kramar henne.

Hon vänder sig mot honom.

”Nu min fästman, ska du få en godnattkyss så du drömmer vackert”, säger hon, och kysser honom.

De skiljs åt utanför matsalen och går till sina hytter.

Kapitel 90

Martin sover när Arvid kommer ner till hytten. Han snarkar ljudligt. Men för Arvid tar det lång tid att somna. Skulle han plötsligt vara förlovad? Vad var det i ölen han fick? Han som tycker om att vara den friaste människan på jorden. Vad har han sagt? Men kyssarna hade talat ett annat språk. Han somnar just när har tänkt på att han längtar efter fler kyssar från hennes mun.

Martin väcker honom.

"Dags att gå till frukost", säger han. "Det blev visst sent igår kväll."

Arvid klarar av morgonbestyren snabbt, och de går till matsalen. Elin serverar.

Hon rodnar när hon kommer fram till deras bord.

"God morgon", säger hon. "Önskas kaffe eller te?"

"God morgon, min fästmö!", säger han glatt på svenska. Så vänder han sig till Martin.

"Får jag presentera min fästmö. Elin Jansson."

Martin ser förvånad ut, men så skrattar han och säger, att det var väl det enda rätta en så förälskad man kunde ta sig till. Han reser sig upp och tar först Elin i hand och gratulerar, och sedan gratulerar han Arvid på samma vis.

Folk i närheten ser på dem, men ingen frågar eller lägger sig i. Hyfs tycks vara en hederssak på den här båten.

De kommer fram till Seattle vid sent på eftermiddagen. Arvid söker upp hotellet han minns att han sett, när han var här senast för sju år sedan.

Han beställer ett dubbelrum för dem. Men portieren frågar om de är gifta. När det inte är det får de hålla tillgodo med två enkelrum.

”Det finns sedlighetspolis som kontrollerar oss, så vi vågar inte göra på annat vis”, säger han lågt. ”Men ni ska få ett rum med en litet bredare enkelsäng i.”

”Jaja, det får väl bli bra så. Men är man förlovad, så borde det väl räcka för ett dubbelrum”, säger Arvid.

De ställer sina väskor i varsitt rum. Så går de ut på stan och äter en god middag. Arvid bjuder. De går arm i arm tillbaka till hotellet.

”Har du lust att komma över till mitt rum om en stund”, säger Arvid. ”Jag verkar ha fått rummet med den bredare sängen.”

”Jag tittar in till dig så småningom. Men förvänta dig inget annat är kyssar”, säger hon.

”Om du bara visste vad jag har lust för kyssar”, säger Arvid och kramar om henne.

När de ätit frukost går de ut och ser på Seattle. Den stora hamnen, de vackra husen, gatorna och hästskjutsarna. De äter gott och pratar om allt de är med om. De berättar för varandra om familj och uppväxt. Arvid berättar om livet på gården, om bröderna, om föräldrarna, om Andrietta och hennes familj. Han berättar hur han sparade pengar under åren för att kunna ta sig till Amerika, och hur han smittats av guldfebern. Elin berättar om sin far som varit sågbladsarbetare, men som dog för ett och ett halvt år sedan. Hon berättar om sin lillebror, som fått anställning i Nora i samma yrke som fadern. Om storebror Ejnar som plötsligt dött i nervfeber vid sju års ålder. Hon berättar om modern, som hon verkligen älskar djupt. De går bra ihop, och de ska fortsätta bo tillsammans när Elin kommer tillbaka till Sverige. Hon berättar om arbetet med städning på en stor kontorsfirma. Hur slitsamt det varit, men samtidigt bra med en inkomst.

Dagen går. Kvällen går. Samtalsämnena tryter inte. De har hela tiden nya frågor och nya berättelser. Natten går. När morgonen kommer har de bestämt sig för att gemensamt ta tåget till New York, och därifrån åka vidare till Sverige.

Elin går in på redarkontoret och hämtar ut sin lön, och de köper tågbiljetter.

De är båda trötta. Somnar ibland, där de sitter bredvid varandra i tågkupén. Det är en lång resa över kontinenten. Den första resa de gör tillsammans.

Kapitel 91

De reser med en båt som heter Lusitania över Atlanten till Liverpool. I fyrbäddshytt. Herrar för sig. Damer för sig. Men de ses till måltiderna och i sällskapsrummen.

Från Liverpool tar de tåget till Grimsby och därifrån båten till Sverige. När de närmar sig inloppet till Göteborg står de uppe på däck och beundrar utsikten över skärgården som breder ut sig. Soldiset ger en mjukhet över allt de ser. Arvid och Elin håller om varandra.

”Så vackert det är”, säger Elin.

”Jag kan inte minnas att det var så här vackert när jag reste åt andra hållet”, säger Arvid. ”Nu är det något särskilt att andas svensk luft.” De ler och kysser varandra. Några skränande måsar gör båten sällskap hela vägen in i hamnen.

Det är mitten av april när de anländer till Göteborg.

Därifrån åker de tåg mot Fagersta. När tåget stannar till efter vägen, kan de se att björkarna snart kommer att slå ut. De skiftar i lila som de gör när knopparna sväller. I en hage blommar blåsippor i sådan mängd att hela marken är blå.

Arvid har skrivit till Andrietta, men vet inte om hon fått brevet, där han berättar, att han kommer hem för att hälsa på. När han och Elin stiger av tåget i Fagersta, tycker han att det ser ut ungefär, som när han reste för sju år sedan. Vad har hänt här egentligen?

Han hjälper Elin med resväskan. Den är ganska tung. Eftersom det inte är så länge hon varit på resa har hon inte någon koffert att släpa på. Hon vinkar på en hästdroska, som ska ta henne hem till mor i Västanfors. De kysser varandra farväl och säger att de snart måste ses.

Även han väljer att ta en hästdroska till Hagen i Ängsjöbo. Han stiger av vid avtagsvägen och betalar för sig. Sedan går han sista biten till fots.

Han drar in doften av vår i lungorna. Det här är dofter han känner sig hemma med. Det doftar som han tycker det ska.

Kapitel 92

När han ser stugan, ser han också några barn som leker på gården. Den största pojken stannar upp i leken, när han får syn på Arvid. Han ropar på sin mor. Alla barnen stannar upp och ställer sig att titta på nykomlingen. Den största pojken vågar sig fram.

"Vem är du?", frågar han. Han har lingult hår och Arvid tycker att han är väldigt lik Reinhold, som han såg ut i tioårsåldern.

"Jag är morbror Arvid som kommer från Amerika", säger han. Det sätter fart på alla barnen. De rusar in i stugan. Han hör deras glada rop.

"Mor, Mor, morbror Arvid har kommit från Amerika!"

Så ser Arvid Andrietta komma ut med en klut runt håret. Hon står ett ögonblick stilla på farstubron, och så rusar hon emot honom och kastar sig om halsen på honom.

"Men Arvid! Är det verkligen du?! Tänk att du äntligen är här!"

De skrattar båda och han svänger runt med henne.

"Nu blir du alldeles mjölig på din fina rock", skrattar hon, och försöker borsta bort mjölet, men inte blir han mindre mjölig för det.

"Är du mitt i baket, är det väl bäst att du fortsätter", säger han. "Kanske kan barnen hjälpa mig bli ren från mjöl", fortsätter han och sätter sig på huk på marken. Barnen springer fram och borstar på hans rock på ryggen. Den lilla fyraåringen står på säkert avstånd med ett finger i munnen och tittar på. Hon är klädd i en blå klänning med förkläde och ett par små träskor på fötterna.

"Oj, här blir man överfallen av mjölborstare", säger han och låtsas ramla omkull.

"Kommer du från Amerika?", säger den äldsta pojken när de rest sig.

"Ja, där har jag varit i sju år."

"Har du letat efter guld där? Det säger Mor att du har gjort."

"Det har hon rätt i", säger Arvid och reser sig. "Men nu går vi väl in i stugan. Jag måste få prata med min storasyster."

”Är Mor din storasyster?”

”Just precis.” Han tar sina väskor och stiger på i stugan. Andrietta har satt på kaffe, och tar just ut en plåt med bullar ur ugnen.

”Precis som när du väntade på din friare förr i världen”, skojar Arvid.

”Så det har du inte glömt”, svarar hon leende och sätter fram två kaffekoppar och fem glas på bordet. Hon tar fram en flaska svartvinbärssaft, häller upp i en kanna och fyller på vatten. Barnen har satt sig i en lång rad på kökssoffan. De råkar ha satt sig i storleksordning. Det ser ganska komiskt ut.

”Sätt er här kring bordet nu”, säger hon till barnen. De springer genast fram och sätter sig på varsin stol. På bordet ligger en duk som han känner igen. Han minns plötsligt hur Mor hade suttit vid kökslampan om kvällarna och broderat de blå blommorna med små, små korsstygn.

”Den här duken känner jag igen”, säger han och stryker med sina skrovliga fingrar över de sydda blommorna.

”Ja, det var en av de få vackra saker som fanns kvar efter Mor, när Far hade dött.

Du fick väl bouppteckningen, hoppas jag.”

”Det var inte mycket kvar att ärva. Så det var bra att åtminstone den här duken finns bevarad.”

Arvid smakar på kaffet och ser på barnen ett efter ett.

”Du är Erik Axel, förstår jag. Storebror till de andra.”

”Ja, jag är 13 år nu. Jag går sista terminen i skolan, så nu ska jag arbeta här hemma på gården. Tills jag får börja i hyttan. Jag måste vara litet större först, säger Far. Och nästa år ska jag konfirmeras.”

”Och du är…?”, frågar han nästa pojke.

”Jag heter Karl Gustaf. Jag är 11 år. Jag ska läsa ett år till i folkskolan.”

”Och du måste vara Frida Matilda. Hur gammal är du nu?”

”Jag är 10 år. Jag går också i skolan.”

”Er tre minns jag från innan jag reste till Amerika. Fast ni var ju små då. Ni var ju sex och fyra och två år bara. Ni kommer väl inte ihåg mig, antar jag, även om jag var här och hälsade på ibland."

"Jo, jag minns nog dig litet grann", säger Erik Axel tveksamt.

"Men er minstingar har jag inte sett förr. Men jag har förstås hört om er i brev, där Andrietta berättat om er. Sven Olof, eller hur?" Han ser på sjuåringen. "Jag minns, att när jag reste iväg till Amerika väntade Andrietta barn, och det var du."

"Ja, jag heter Sven Olof och är sju år. Jag ska börja i första klass till hösten."

"Det var ju inte dåligt det. Vet ni att jag har varit på ställen i Amerika, där barnen inte alls fått gå i skolan. Många där lär sig aldrig att läsa. De kan många andra bra saker, men det här att kunna läsa och skriva och räkna, det är viktigt det. Så det är bra att ni får gå i skolan och lära er det."

"Jag kan nästan läsa litet redan", säger Sven Olof stolt och ser på Arvid.

"Det är bra det, då kommer du att lära dig saker snabbt."

Arvid går vidare med blicken.

"Och här har vi minsta lilla flickan. Kan det vara du som heter Anna Elisabet?"

"Jaa! Och jag är fyra år."

"Fyra år! Har du redan blivit så stor?"

Hon nickar och ser på sin mor och krånglar litet med händerna i håret. Andrietta lyfter upp henne i sitt knä.

"Akta dig så du inte bränner dig på kaffet", säger hon.

"Och var har vi Far i huset då?"

"Anders Erik arbetar i hyttan idag. Han kommer väl hem vid sex-tiden ikväll."

"Det blir en rolig överraskning, att vi har amerikafrämmande!", säger Frida Matilda.

"Nu får ni barn gå ut och leka igen, så jag och min lillebror får prata", säger Andrietta, när de är klara vid bordet. Alla barnen lämnar köket.

”Berätta hur du haft det där på andra sidan det stora havet!”

”Ja, var ska jag börja. Du vet ju en del genom våra brev. Men jag ska visa dig hur guld ser ut när man vaskar fram det direkt ur bäcken!”

Han går till sin resväska och letar fram en skinnpåse med guldkorn. Och en del små guldklimpar finns det också med i påsen.

”Har du ett ledigt brevpapper?”,frågar Arvid.

Hon går till skänken vid sidan av soffan, fäller ut skivan och tar fram ett brevpapper ur översta lilla lådan på högra sidan.

”Detta slags papper känner jag igen”, säger han, när hon lägger det på bordet. ”Men det är ännu mycket roligare att se det och vara i samma rum som du. Och då ska du tänka på hur roligt det ändå är att få skrivna brevpapper från dig därute i ödemarken.”

”Ja, ja”, säger hon. ”Kan man få se guldet nu äntligen?”

Han öppnar skinnpåsen och häller ut guldkorn på papperet.

”Oj, ser det ut så. Så små de är”, säger hon.

”Så här smått är det mesta, men guld är ju tungt, så du ska veta att också så här små korn med tiden plockar ihop sig till förmögenhet, om man sparar.”

”Har du varit sparsam då?”

”Jag har i alla fall inte supit bort några pengar, det kan jag försäkra dig. Men många blir ju av med sina pengar på det sättet. Spel och dobbel är också vanligt, eller att man blir skinnad av damer på bordeller och dansrestauranger.”

”Och du har inte blivit av med några pengar på något av det?”

”Alltså allt går faktiskt inte att återge, när man varit borta i sju års tid. Det kostar mycket att resa, till exempel. Man kan resa med tåg och båt. Man behöver verktyg och man får betala för inmutningar. Eller så kan man bli anställd av någon som äger inmutningar. Jag har provat på det mesta.”

”Men damer då?”

”Jag har haft en norska som arbetskamrat och vän under många år i Alaska och Klondyke. Hon heter Olice. Men hon gifte sig med en engelsman som heter Georg Hamilton, som är mycket rik. Vi var nära vänner hon och jag. Goda vänner. Men inte var det läge att vi skulle bli ett par. Där ute i vildmarken vill man ju gärna vara fri. Men vet du vad Andrietta, jag mötte en flicka från Fagersta på en båt i Seattle. Elin Jansson. Kan du bevara en hemlighet?"

"Såklart jag kan! Men nu blir jag nyfiken!"

"Vi är hemligt förlovade! Vi reste tillsammans hem till Sverige, så du ska snart få träffa henne."

"Är ni hemligt förlovade?", säger hon och slår ihop händerna och håller dem framför munnen. "Varför hemligt? Det var snabbt. Är det bråttom?"

"Nej det är inte bråttom på det viset som det var för dig, när du skulle gifta dig, men vi har ju inte hunnit eklatera någon förlovning officiellt ännu. Måste skaffa ringar och sånt."

"Hur länge har ni känt varann? Och var träffades ni?"

"Vi träffades på en båt när jag var på väg hit till Sverige. Så det är inte så länge. Men ibland vet man när det bara stämmer."

"Är det inte litet väl vågat att gå och förlova sig så där plötsligt. Man behöver nog litet tid på sig för att veta om det stämmer. Och vad tror du hennes föräldrar säger om att få en sån kringströvare och vildmarkare som du till måg?"

"Det är väl det hon måste få tid på sig att berätta för sin mor. Fadern dog för ett par år sedan."

"Gratulerar till förlovningen, Arvid!" Hon tar hans händer i sina och kramar om dem. "Ta hit din fästmö snart och presentera henne för mig så får jag se, om jag godkänner henne. Hon ler."

"Tack!"

"Så nu ska du inte tillbaka till vildmarken då?"

Arvid skruvar på sig.

"Vi får se. Men berätta nu hur ni har det här hemma!"

"Som du ser mår alla barnen bra. Anders Erik är en snäll och bra man.

Men han blir trött av allt arbete här hemma och där borta i hyttan. Du vet själv hur det är. En skillnad mot Far, är dock att han inte super. Det gör att vi klarar av det mesta. Vi samarbetar bra. Och Erik Axel är till god hjälp. Och de andra stora också, i någon mån."

"Har du hört av våra bröder?", frågar Arvid.

"Jag har brevväxlat med Reinhold. Senast fick jag brev i maj från honom. Då börjar det bli vinter i Australien, där han bosatt sig med sin fru, som kommer därifrån. Det är konstigt, att när vi får det som vackrast och varmast så ska de få vinter. I vilket fall verkar han må bra. Han är ju sjökapten nu, och är väl bara hemma ibland. Men det fungerar bra för honom. Han verkar trivas. Vad gäller Axel, så bor ju han i Stockholm sedan många år. Han skriver väldigt sällan, så jag vet egentligen inte vad han gör eller hur han har det. Men jag tror han har arbete."

Barnen kommer in igen tillsammans med Anders Erik, som blir så glad, när han ser Arvid att han skyndar fram och kramar om honom. Han glömmer att han kommer direkt från hyttan och är kolsvart om händerna. Nu blir Arvids skjorta solkad av sotet han har på händerna.

"Så vi har fått storfrämmande!", säger han. "Välkommen hem!"

"Tack! Det är känns fint."

"Titta!", säger Andrietta. "Det här är riktigt guld från Alaska, som ligger på papperet på bordet." Hon visar Anders Erik och barnen.

"Så här ser guldet ut när man vaskar fram det ur bäckarna", säger Arvid.

Alla vill känna hur det känns i handen.

"Så tungt det är", säger Erik Axel och väger det i handen innan han försiktigt häller det tillbaka ner på papperet. Han borstar noggrant ur det sista guldkornet ur handflatan. De andra följer hans exempel.

"Det är just precis det som är finessen. Att guld är så tungt, så det sjunker till botten i vaskpannan, och så kan man skölja ur resten av gruset med vatten. Och då stannar guldet kvar i botten på pannan." Arvid samlar ihop guldkornen och häller ner alltsammans i det lilla glasröret som han förvarar i skinnpåsen.

"Hur är det på hyttan, nuförtiden", säger han och vänder sig till Anders Erik.

”Det har inte hänt särskilt mycket sedan du var där. Vi jobbar på som vanligt. Varmt och tungt och mycket kol. Hur gick det förresten med din ljusa skjorta? Jag ser, att du nog fick litet koldamm på dig.”

”Det är ingenting att bry sig om. Andrietta har i gengäld mjölat ner min mörka rock så det jämnar ut sig”, säger Arvid och alla skrattar.

Kapitel 93

Sommaren 1912 hjälper Arvid till på gården i jordbruket. Han åker titt som tätt till Elin i Västanfors. Hon har börjat arbeta som städerska igen. En dag bjuder Elin hem honom och han får hälsa på hennes mor. Arvid har klätt upp sig i kostym och skjorta. Skorna har han fått låna Anders Erik och putsat dem blanka. Han känner sig litet nervös när han knackar på ytterdörren och Elin genast öppnar.

”Stig in”, säger hon nästan litet blygt. Han ger henne en kyss på kinden.

”Det här är min mor Emma”, säger hon, och vänder sig mot den gamla damen. ”Och det här är den unge mannen jag berättade för dig om.”

Emma sitter i en gungstol och virkar, men reser sig för att hälsa.

”Så det här är en amerikafarare till”, säger hon, plirar med ögonen och tar i hand. ”Välkommen hit.”

”Ja, vi träffades i Seattle, och så bestämde vi oss för att åka hem tillsammans”, säger han.

”Det tycker jag han gjorde riktigt bra. Så jag äntligen fick hem min tös från det där stora farliga landet där på andra sidan havet!”

”Jag är lika glad som tant, för att hon ville göra sällskap med mig hem”, säger Arvid.

Elin har dukat fram kaffe med bullar och kakor på köksbordet. Duken är fint broderad och kopparna är nog finkopparna, tänker Arvid.

Emma vill veta mera om Arvid. Hon frågar och frågar, och Arvid svarar så gott han kan. Han kommer på att han också gärna vill fråga henne om vad hon sysslat med hittills, och då börjar hon berätta om den gamla stugan i Nickarvet i Folkärna, där de två äldsta barnen föddes. Där var det jordbruket. Sedan om hur de flyttade till Västanfors när Elin bara var ett halvår.

”Arvid kan inte ana hur söt hon var som liten. Hon hade samma lockiga hår som nu, och var mycket företagsam. En gång höll hon på att ramla ut genom ett fönster för hon såg en fågel på fönsterblecket och skulle öppna för den.”

”Men Mor då”, säger Elin generat. ”Arvid vill nog inte lyssna till barndomshistorier om mig.”

”Jag tycker Elin är rasande söt nu också”, säger Arvid och ser varmt på Elin.

Hon reser sig rodnande och gör sig ärende till spisen för att hämta kaffepannan och erbjuda påtår.

De samtalar ganska länge innan det är dags för Arvid att ge sig av. Elin följer honom ut.

”Du ska veta, att ska vi gifta oss så kommer hon med i boet”, säger hon. ”Annat går inte.”

”Jag tror nog att det inte ska bli något större problem, när vi gift oss och skaffat egen gård. Kanske vi får smått som hon kan vara barnvakt till.” Han kramar om henne och ger henne en kyss.

Elin kommer till Älgsjöbo ganska många gånger under sommaren. Hon har lediga söndagar och slutar redan klockan fyra på lördagar. När det är soligt går hon och Arvid ner till Älgsjön och badar. De åker också ofta ut i ekan och lägger till ute vid en enslig vik, där de får vara för sig själva.

När augusti kommer, hjälper hon till att plocka äpplen och skörda potatis. Andrietta är glad över Elin. Hon säger till Arvid, att hon tycker hon har fått en ny väninna, fast det skiljer några år mellan dem.

En dag sitter Andrietta och Arvid och pratar över en kopp kaffe på verandan.

”Nu när du har fästmö här, stannar du väl kvar hemma i Sverige. Du kan ju köpa en gård och ni kan gifta er och slå er ner.”

”Jag vet inte riktigt vad jag ska säga. Jag hade ju planer på att återvända. Du skulle älska livet i Alaska, Andrietta!”

”Jag och jag”, utbrister hon. ”Nu är det ju inte mig det handlar om. Det är ju Elin. Menar du att du har tänker resa ifrån henne, när ni i stort sett är förlovade. En sån pärla som du mött. I så fall ser du inte till ditt eget bästa Arvid! Och inte till hennes!”

”Det här ska du inte lägga dig i, Andrietta.” Han reser sig och stöter till kaffekoppen så kaffet rinner ut över bordet.

”Det där var visst en väldigt känslig fråga! Men när Far och Mor inte längre kan ge dig råd får väl din enda vettiga storasyster ta i med sin lillebror när han är på väg att göra sitt livs dumhet.”

”Som sagt, Andrietta, lägg dig inte i!” Arvid går iväg mot ekan med rasande fart. Han gör loss den och ror långt ut på sjön med kraftiga årtag. Han är arg. Vad ska han göra? Förut var det Far han skulle ta hänsyn till. Nu ska han hållas i koppel utav Andrietta och Elin. Han är inte alls redo att gifta sig än. Han hoppar i vattnet och tar ett par simtag. Det måste väl ordna sig, tänker han, när han sitter på stranden igen. Det skulle ju inte vara hela livet jag skulle vara i Alaska om jag åkte. Det behöver ju inte vara antingen eller.

Kapitel 94

I mitten av oktober är Arvid inne i Fagersta och handlar verktyg. När han går ut ur järnhandeln stöter han på Gunnar på trottoaren.

”Nämen Gunnar!”, utbrister han glatt och räcker fram handen. Gunnar tar den.

”Arvid! Är du hemkommen nu?”

”Kanske inte för gott. Men jag ville hälsa på. Tack för hjälpen med pengarna. Hur är det?”

”Jag och Ingrid gifte oss när jag kom hem. Och nu har vi två små till. Båda pojkar. Så vi har fullt upp, och jag har gått tillbaka till arbetet på tinget.”

”Jag vill nog ut i stora världen igen innan jag slår mig till ro”, säger Arvid.

”Du får ursäkta mig, men jag har litet bråttom. Vi har korta lunchraster på tinget. Du får ha det så bra.”

De skakar hand till avsked och Gunnar går iväg.

När Arvid åker hem igen bakom hästen, tänker han på mötet med Gunnar. Så stelt det hade känts. Och hur är det egentligen att komma hem för gott och slå sig till ro? Slut med äventyren. Jobba och gå hem från jobbet och så dit på morgonen nästa dag igen. Inte se något nytt. Men vad ska man tänka? För egen del blev han nu mer övertygad om att han ska resa tillbaka till Amerika. Kanske redan i vinter. Men han ska hjälpa Erik Anders att snickra färdigt tillbygget på ladugården först. Det borde bli klart före jul.

Kapitel 95

En söndag i november går Arvid och Elin en promenad i Dalvik. Han vill visa henne soldattorpet som var hans.

"Det ser väldigt fint ut", säger hon när hon ser det från den lilla vägen. "Det kanske är någon som bor där. Jag tyckte jag såg en rörelse i gardinen."

"Vi knackar på", säger han.

Sagt och gjort. En kvinna, som han aldrig sett förut, öppnar. Arvid berättar att det här var hans soldattorp för åtta år sedan, och att han vill visa torpet för sin fästmö. Hon bjuder dem att komma in i köket. Det ser ut nästan som när han bodde där. Bordet står på en annan sida av rummet bara. Dörren till kammaren är stängd.

"Han sover", säger hon och lägger fingret över munnen.

Arvid frågar hur länge de bott där, och hon svarar att det är nästan fyra år nu. Men så hade mannen fått tuberkulosen, så nu orkar han inte arbeta längre, berättar hon, och torkar sig med baksidan av handen över ögat. Men själv gör hon dagsverken hos bonden. De hör hur någon hostar inne i kammaren.

"Vi ska inte störa längre", säger Arvid.

De tackar för titten, önskar god bättring för den sjuke, och går ut. Så följer de stigen upp mot gläntan i skogen. Höstens sista svampar står kvar. Karl Johan och trattkantareller och ytterligare några förvuxna soppar. De stannar i gläntan, där stigen slutar. Av huset, som stått där, finns bara murstocken kvar. Det gamla mossiga äppelträdet har de sista äpplena kvar på grenarna. Under trädet ligger de som redan gett efter för tyngdkraften. Brännässlorna har invaderat vinbärs- och krusbärsbuskarna, och det långa gulnade gräset är nedlegat, antagligen av en älg.

"Vi sätter oss här på stenmuren en stund", säger Arvid.

"Arvid, jag undrar hur du tänker om framtiden", säger Elin när de suttit där en stund och lyssnat till vindens sus genom trädkronorna.

"Ja, du Elin, du har rätt i att jag funderar på framtiden. Hur vi ska ha det. Hur allt ska bli."

”Vill du inte gifta dig med mig längre?”säger Elin.

”Elin, du vet ju att du är min käresta. Jag älskar dig, om jag nu ska ta de stora orden i min mun, och detta är väl rätt tillfälle, kanske. Men så är det ju det här att guldfebern inte vill släppa taget om mig. Jag längtar till Alaskas milsvida skogar, till bäckarna där man kan vaska fram gyllene korn som man blir rik på, så man kan få det bra”, säger Arvid.

”Har man det inte bra här då? Här finns det ju också milsvida skogar och glittrande bäckar. Och så jag. Som älskar dig och har tackat ja till ditt frieri.” Hon ser på honom och ler osäkert.

”Jag känner att jag har äventyret i blodet fortfarande. Om jag stannar är jag rädd att jag inte riktigt blir hemma här, utan längtar härifrån. Och det skulle inte vara bra för någon av oss.”

”Jag vet att Andrietta tycker du ska stanna kvar här och inte åka. Hon har pratat med mig om det”, säger Elin.

”Ja ja, jag vet vad Andrietta tycker. Hon har pratat med mig också, men hon är inte jag. Det här är en sak mellan dig och mig och inga andra.”

”Så jag räknas, då? Och jag kanske vill bestämma att jag vill följa med.”

”Känner du inte att jag räknar med dig? Om det inte var för att jag har så starka känslor för dig skulle jag nog ha gett mig av redan. Då har det inte varit något problem för mig”, säger Arvid.

”Så det är jag som är problemet?”

”Problemet är att jag älskar dig och inte vill vara någon annanstans i världen än du, Elin. Och du har nog inte någon lust att åka från din gamla mor igen, gissar jag.”

”Om det inte vore för Mor skulle jag följa dig vart du ville i världen. Kanske vill jag följa med dig i vilket fall”, säger hon.

De tystnar. En fågel visslar förstrött.

”Som du vet lider jag av guldfeber”, säger Arvid.

”Precis som om det skulle vara en sjukdom. Jag trodde inte guldet var så viktigt för dig längre”, svarar Elin..

”Du och jag vill väl inte leva fattigliv, eller hur?”

”Nej, men jag vill inte leva utan dig.”

”Jag kommer tillbaka. Jag lovar”, säger Arvid.

”Och jag ska gå här och vänta på dig i åratal, när jag egentligen vill följa med!”

”Livet därute på guldfälten är för hårt för en kvinna”, fortsätter Arvid.

”Men den där Olice du berättade om, som du vaskade guld tillsammans med var kvinna. Kanske hon var roligare att vara med, än jag skulle vara.”

”Jag har berättat att hon var som en vanlig kamrat”, säger Arvid.

”Jaa, men hon var kvinna och klarade av det. Så då kan du inte påstå att det skulle vara för farligt för mig att komma med”, säger Elin.

”Men dig är jag rädd om. Du är min fästmö. Det är dig jag vill leva med. Den man älskar vill man gärna skydda och vara rädd om”, säger Arvid.

”Då borde du tänka på, att inte ge dig iväg igen, eftersom jag älskar dig och inte vill att du ska råka illa ut.”

”Men det är skillnad på män och kvinnor. Kvinnor ska ha hemmet som sin hemvist, medan mannen ska vara ute och skaffa dagligt bröd”, säger Arvid.

”Ja, stick du till ditt guld, om det är viktigare än att vara med mig!”, skriker hon och reser sig från stenmuren.

”Men Elin, du vet att du är mer värd än allt guld i världen!” Arvid reser sig också upp.

”Hur ska jag veta det, när du hellre drar iväg till guldet!”, skriker Elin och stampar ilsket med foten i marken och går iväg längs stigen med snabba steg. Arvid skyndar efter och hinner ifatt henne. Han tar tag i hennes axel, men hon rycker sig loss och går vidare.

”Men du, Elin”, säger Arvid där han går bakom henne.

”Ja! Elin det är jag! Vad vill du?”

Hon saktar av på stegen och så småningom går de långsamt bredvid varandra på stigen som nu har blivit en liten skogsväg med två spår.

”Vi måste komma fram till hur vi ska göra”, säger Arvid.

”Absolut”, svarar Elin.

”Vi kan väl ses om en vecka och prata”, säger Arvid. ”Jag fattar ju att inte skulle vara så roligt för dig, om jag åkte härifrån och var borta i flera år, och du skulle gå här hemma och vara förlovad med någon, som är på andra sidan av en ocean. För min del skulle jag gärna vara förlovad med dig, om jag skulle åka iväg, men jag tänker på dig. Gå här hemma och vänta, och inga kyssar få.”

”Du då? Skulle du få några kyssar där borta?”, säger Elin.

”Elin, om vi ringförlovar oss och jag åker och kommer igen om några år, så kommer ingen annan emellan oss, det lovar jag dig. Men skulle jag åka, så kunde jag komma tillbaka med pengar nog, för att vi skulle kunna köpa oss en fin gård, gifta oss och leva ett gott liv. Som det är nu skulle vi leva fattigliv, även om både du och jag har en viss ekonomisk grund att stå på.”

De går tysta genom skogen.

”Ska vi tänka på saken en vecka, och bestämma oss nästa söndag, när det är första advent”, säger han. ”Då kan vi gå på värdshuset och äter något gott tillsammans. Vi måste ju bestämma oss.”

Kapitel 96

En vecka senare ses de på värdshuset i Fagersta. De känner sig båda tafatta. När de väl sitter vid bordet och har beställt in stek och potatis med portvinssås, börjar det kännas lugnare. De dricker varsin öl till.

”Vad har du tänkt?”, säger Arvid och rör vid hennes hand.

”Jag undrar förstås vad du har tänkt?”, säger hon, och ser på honom.

”Jag har tänkt, att jag vill resa igen och vara borta under en tid, och sedan komma tillbaka och gifta mig med dig. Jag ska spara allt jag får in, så vi kan leva gott när jag kommer hem. Då kan vi köpa en gård och leva på vad gården ger, och vi kan odla grönsaker och frukt i litet större skala än bara till oss själva.”

”Och förlovningen? Hur vill du göra med den?”, säger hon.

”Hur vill du?”

”Jag vet ju att du inte nöjer dig med att stanna hemma nu, för du hade bestämt dig för, att bara åka hem och hälsa på. Så det är lika så bra att du reser. Jag är inte glad åt att ha en ocean emellan oss, men jag kan ju inte heller hålla dig kvar här mot din vilja. Då tror jag det skulle ta slut mellan oss.”

Han ser på henne med mjuk ömhet och måste blinka bort några tårar som stiger i ögonen. Hon stryker med handen över duken fram och tillbaka och sväljer ett par gånger.

”Arvid, jag vill att vi ringförlovar oss innan du reser”, säger hon och sträcker på ryggen. ”Sedan får vi skriva till varandra. Och du kommer tillbaka när det är tid för dig att komma tillbaka, det vill säga då kommer du hem till mig och stannar hos mig.”

”Jag önskar inget hellre. När tycker du vi ska förlova oss?”, säger han.

”Nu blir det ju snart jul, och det är så mycket stök omkring jul. Så mycket som ska förberedas. Och sen är det nyår, och så ska julen ut vid Knutmäss. Och min mor som är en djupt religiös människa, vill gärna fira Kyndelsmäss innan hon anser att julen är slut. Så jag tänker att i början av februari skulle det kunna finnas bra utrymme för vår förlovning”, säger hon.

”Vi måste ju beställa ringar. Vi går hem och ser ut ett bra datum och sedan går vi till guldsmeden och väljer ringar och får dem graverade. Och ser till att ordna ett kalas för våra närmaste.”

”Kyss mig Arvid!”, säger hon plötsligt och blundar.

Han reser sig upp, går runt bordet och kysser henne på munnen. Länge.

”Tack! Då är vi överens!”, säger han.

Tisdagen därpå går de till guldsmedsaffären och väljer ringar. De bestämmer att det ska stå Elin 8/2 13 i Arvids ring, och Carl Arvid 8/2 13 i Elins ring. Ringarna är klara att hämta en vecka senare.

Kapitel 97

I mitten av december gör sig Arvid ytterligare ärende till guldsmeden. Denna gång utan Elin. Han har med sig en skinnpåse med guldklimpar som samtliga är två till tre millimeter stora.

”De här har jag själv skaffat ur bäcken i Alaska”, säger han till guldsmeden. Det är etthundratjugofem stycken, noga räknat. Jag skulle vilja få ett vackert halsband av de här. Ett långt guldhalsband som min fästmö ska få i fästmansgåva.”

Det är inga andra inne i affären, men guldsmeden går till dörren och vänder på skylten, så det utåt står att det är stängt.

”Det här kräver god planering”, säger han och bjuder Arvid att komma in i verkstaden innanför butiken.

Han tar fram en stor ask klädd med svart sammet och ställer på bordet. Arvid häller över guldet i asken.

”En sån här uppgift får jag mycket sällan”, säger han och tar upp några små guldklimpar i handflatan och känner på dem.

”Om jag länkar samman alla de här till ett halsband blir det väldigt långt. Och tungt. Man kan också tänka sig, att jag smälter samman dem till ett mera konstfullt smycke.”

”Nej, det ska vara en enda lång kedja där alla de små guldklimparna är sammanlänkade. De ska vara just i den obearbetade form de har. Ett långt halsband kan hon ha i flera lager kring halsen. Det kan bli mycket klädsamt.”

”Kunden har alltid rätt”, säger guldsmeden.

”Hur lång tid kan det ta att få ett sånt här halsband klart?”

”Jag behöver nog en månad eller mer, så efter nyår kan det vara färdigt. Om jag minns rätt ska ni ringförlova er den 8 februari. Men jag ska börja i nästa vecka, så titta gärna in. Då kan jag ha någon decimeter färdigt. Jag vill ju gärna att det ska bli precis som ni önskar.”

Arvid går ut ur affären och när han vänder sig om ser han att guldsmeden just vänder på dörrskylten. De lyfter båda handen till hälsning.

Kapitel 98

Den 8 februari 1913 på eftermiddagen är det dukat till fest hemma hos Emma och Elin Jansson. Finaste duken. Finkaffekopparna. Vikta linneservetter. Höga ljus i stakarna. Arvid och Elin sitter bredvid varandra vid bordet. Andrietta och Anders Erik och alla deras fem barn är med. Arvid och Elin ställer sig upp.

”Nu ska vi göra det som vi alla är här för, nämligen, att Elin och jag ska förlova oss”, säger Arvid och tar fram en liten ask ur sin kostymficka. Han öppnar den och tar fram ringen som Elin ska få.

”Elin, ta emot den här ringen som min fästmö.” Hon räcker fram sin vänstra hand och han trär ringen på hennes ringfinger. Så tar hon hans ring ur asken, och ser på honom.

”Arvid, ta emot den här ringen som min fästman”, säger hon.

Elin trär ringen på Arvids finger, och så kysser de varandra. Alla klappar i händerna.

Stämningen blir glad och närmast uppsluppen när det formella är avklarat. De nyförlovade visar upp sina ringar och får beröm för hur vackert de glänser.

”Guld är alltid guld”, säger Arvid nöjt och ler mot sin fästmö.

Emma har bakat sin godaste chokladtårta. Hon har garnerat den med två ringar som hon har förfärdigat av gulfärgad marsipan. Hon får mycket beröm för sina konditortalanger.

Framåt senare delen av eftermiddagen bryter Andrietta och Anders Erik upp och ska resa hem med barnen. De frågar om Arvid ska följa med, men han säger att han nog kommer litet senare. Han vill stanna hos sin fästmö så länge han kan den här dagen.

De nyförlovade tar en promenad i snön. Dagen har varit solig, och nu syns stjärnorna och månen är bara ett litet komma. Det är tio minusgrader.

”Så här kallt är det väl i Alaska nu också?”, frågar Elin och kramar hans arm.

”Det kan man nog gott tänka sig. Om inte ännu mycket kallare. Här knäpper det ändå inte när man andas.”

”Hurdå knäpper?”

”Jo, när det är kallare än minus femtio, så knäpper det när man andas.”

”Hur vet du det?”

”Jag vet för jag har varit med om det, förstås”, säger han.

”Och dit tänker du dig av igen, din tok?”

”Ja, men jag åker dit för att komma tillbaka igen till dig, min älskade Elin.”

”Se till att du inte fryser ihjäl bara.”

Elin fryser, så de vandrar hem till henne. Först nästa morgon tar sig Arvid tillbaka in till centrum i Fagersta. Han besöker guldsmeden Pettersson och hämtar halsbandet som Elin ska få. Sedan går han vidare till järnvägsstationen för att beställa biljett till Göteborg. Han tänker sig resa tillbaka till Amerika den 17 februari. Elin och han har kommit överens om, att det är lika bra att han ger sig av så snart som möjligt.

När han kommer till Hagen är det redan eftermiddag.

”Jag hoppas verkligen att du ändrat dig och stannar kvar här hemma hos din Elin nu”, säger Andrietta där hon står vid diskbaljan med det grå förklädet knutet kring midjan.

”Jag har just varit på järnvägsstationen och köpt biljetter till Göteborgståget för jag ska ge mig iväg västerut”, svarar Arvid. Jag reser den sjuttonde denna månad. Elin är helt införstådd med planerna”, svarar han.

Andrietta tystnar.

”Ja, ja bara du kommer tillbaka snart igen och inte råkar ut för krig och jordbävning och slagregn och orkan och allt vad det kan vara, så får du väl mitt tillstånd att åka då!”, säger hon och blinkar. ”Men du ska veta att jag slår ihjäl dig om du kommer hem och har råkat ut för något som berövat dig livet!”

Kapitel 99

Den sextonde februari övernattar Arvid hos Elin i Fagersta. Hans tåg ska gå vid tiotiden på förmiddagen nästa dag.

De sitter på sängen inne på hennes rum.

”Det är sorgligt att du ska resa”, säger Elin. ”Jag förstår att du måste, men det är ändå ett konstigt sätt att visa att man älskar någon, att man ger sig iväg bort till andra sidan jordklotet istället för att vara här, nära.”

”Jag har något till dig”, säger han och går till sin axelremsväska. Det är bara den och så den gamla resväskan han ska ha, när han reser. Han öppnar väskan och tar fram en liten röd ask ur det innersta facket.

”Jag vill ge dig det här som en fästmansgåva”, säger han och räcker över asken.

Elin ser storögt på honom.

”Öppna den!”

Hon knyter upp det blanka guldsnöret som omger asken och öppnar den. Överst i asken ligger rosa bomull, som hon lyfter på. Hon drar efter andan när hon ser, att det glänser av guld därunder.

”Men Arvid!”, utbrister hon och tar upp guldkedjan. Den är mer än en meter lång.

”Ta på dig den!”, säger han. Hon sitter med kedjan i händerna och bara tittar. Då tar Arvid halsbandet och hänger det om hennes hals. Den är lång nog att hänga i tre lager.

”Elin, jag älskar dig!”, säger han och kysser henne. ”Jag lovar att jag ska komma tillbaka till dig och vi ska ha många goda år tillsammans.”

”Arvid, hur ska jag kunna tacka dig för ett sånt fantastiskt halsband. Det måste vara värt en förmögenhet. Du vet att jag älskar dig.”

”Jag har själv tagit upp de här guldklimparna ur Klondykes och Alaskas rinnande vatten. Jag hoppas att de ska få dig att känna, att jag reser bort nu för att komma tillbaka till dig.”

Den sjuttonde februari 1913 är en kall och mulen dag. Lätta snöflingor yr genom luften. Elin följer Arvid till tåget. Hon ger honom en påse.

”Här har jag brett litet smörgåsar till dig. Så du i alla fall inte ska svälta ihjäl innan du kommer till Göteborg.”

Arvid lyfter in sin väska på tåget. Sedan går han ner på perrongen igen och kramar Elin. De har båda tårar i ögonen. När stinsen blåser i sin visselpipa kysser de varandra och han stiger på tåget. De vinkar när tåget rullar iväg. Han reser ut i världen med sin förlovningsring på fingret. Hon står kvar på perrongen med sin.

Efterord

GULDGRÄVAREN ARVID bygger på berättelsen om Arvid Bergman, född 1881, som var min morfar.

Han reste i unga år till Amerika som så många andra svenskar.
Det finns mycket litet material om Arvid. Kyrkböckernas uppgifter, en tidningsartikel samt passagerarlistor på fartyg, har fått vara bakgrund till romanen.
Dessutom återfinns hans namn i en folkräkningslängd i USA 1910.
I familjens ägo finns också nedanstående fotografi, daterat Fairbanks 1913. Arvid är här nummer fem från höger, stående.

Litteratur om guldgrävandets villkor, besök vid ett antal olika arkiv och möten med människor vid resor till Yukon i Kanada och i Alaska har fått bidra till miljöbeskrivning och utvecklingen av händelsekedjor.

Ett stort och varmt tack till alla som bidragit till bokens framväxt under de senaste sju åren.

Alingsås i juli 2020
Christina Lövestam